民国了

杨早 著

后浪出版公司
四川人民出版社

目　录

引 言　哪一根稻草压垮了骆驼　1

三位北京客的辛亥年　7

新 年　7/　春 和　9/　夏 闰　12/　秋 凉　17/
冬 寒　25/

让子弹飞　33

入 会　33/　失 事　38/　起 义　42/

天下未乱蜀先乱　49

死 事　50/　保 路　53/　罢 市　56/　独 立　58/

袍哥革命　63

舵把子们　63/　端方之死　66/　**人物**：端方说相声　71/
死水微澜　74/

断了皇帝的后路　81

潼关以西　81/　西安事变　82/　陕甘大交兵　87/

绅士与会党　93

“辛亥革命的一课”　93/　小曾国藩被杀了头　97/
绅士靠边站　102/

湖南的人头　105

廿四岁的无名小卒　106/　乱象与密谋　109/
一日杀二烈士　113/

娘子关　119

《国风日报》　121/　**议论**：革命与造谣　123
燕晋联军　126/　刺　吴　130/　**人物**：吴禄贞与良弼　135/

汪兆铭与袁世凯　139

北　上　139/　事　败　143/　结　拜　147/

“完成革命”　151

拿破仑的字典　151/　喋血滦州　154/　天津的时差　157/
谁杀了蔡德辰？　160/　尾　声　164/

一锅夹生饭　167

攻打制造局　168/　陈其美抢都督　172/
火并光复会　174/

要共和，不要革命　181

“我辈看起义似甚简单”　181/　“插白旗”　185/
“非共和无善策”　190/

苏北杀人事件　195

清江浦　195/　山阳血案　199/　缉　凶　203/　扬州皇帝　207/

为秋瑾报仇　215

浙江老乡发飙　215/　痛失导师　217/　“今之聂政”　219/
捉放章介眉　221/　“大做王都督”　224/

休言女子非英物　227

秋瑾的弟子　227/　黎元洪躲到我床下　231/
敢死队长　233/　女子不参政？　236/

陈胜变了荆轲　241

从日本绕道去安徽　242/　安庆的外乡人　244/
两个徐锡麟　248/　行刺成功，造反失败　250/

外来的和尚　255

饿着肚子闹革命　255/　借 兵　257/　“皖人治皖”　261/
奇士韩衍　264/

列强围观下的战争　271

议取登州　271/　独立如昙花一现　273/　外人插手了　276/
黄县保卫战　280/

大清了，民国了　285

新的新年　285/　四十四天：交织的时光　288/
1643—1912　292/　新的国　294/

后记　《民国了》是一份读书笔记　299

引言　哪一根稻草压垮了骆驼

同治六年六月二十日，即公历1867年7月21日晚，两江总督曾国藩与其幕僚赵烈文之间，有一场著名的对话。曾文正公像个时评节目主持人似的，在阐述了“都门气象甚恶，明火执仗之案时出，而市肆乞丐成群，甚至妇女亦裸身无袴”的景象后，问赵：“民穷财尽，恐有异变，奈何？”

赵烈文的应答非常直接：“天下治安一统久矣，势必驯至分剖。然主威素重，风气未开，若非抽心一烂，则土崩瓦解之局不成。以烈度之，异日之祸，必先根本颠仆，而后方州无主，人自为政，殆不出五十年矣。”

历史回顾总是“倒放电影”，赵烈文的预言在今日看来，准确无比。但若站在辛亥那年的夏末或秋初，你去问任何一位朝野之士，怕是无人相信，二百余年的大清基业，会在一百二十日内，土崩瓦解。大家总觉得这个政权岌岌可危，不假，但宣统三年也似乎并不比宣统二年异样，何以就会如露如电，转瞬即空？

赵烈文在讨论清朝统治问题时，曾指出“国朝有天下太巧”。

异族入主中原，一直是清朝统治合法性的敏感点，不管雍正声嘶力竭地印行《大义觉迷录》也好，康乾盛世中连绵不断的文字狱也罢，江宁苏杭织造的间谍手段，旗兵分驻各省会的制度，都挡不住这个问题的提出：非我族类，其心必异。

太平天国打的也是这面旗号，被曾国藩用“文化”这件法宝敌住了。然而这场乱事的平定，只是利用了太平天国自身的失德乖张，并未从根本上解决满汉之间的种族异见。尤其同治之后，许多“祖制”被打破，汉人秉政之势越来越强，曾、左、李、张纵无异志，朝廷却不能不防微杜渐。

从大环境来说，清末种族主义的提出、排满主张的兴起，绝非清初“反清复明”的翻版，二百多年了，当初的杀戮已成传说，反不如“长毛之乱”的血腥记忆来得分明。革命党人重印《扬州十日记》《嘉定屠城记略》，是为了激励民心，然而那只是一种投射，一丝共鸣，真实的冲击还是来自当下的危机，是孙中山强调的“外邦逼之”与“异种残之”并置的残酷现实，正如共进会在武昌新军中散发的传单所说：

“如今朝政紊乱，奉承洋人，经常割地赔款，老百姓跟洋人闹起事来，不但不给百姓讲一句公道话，倒替洋人杀老百姓出气。满人只顾请洋人保他做皇帝，不管汉人的死活。中国本来不是满人的，他拿去送给洋人也好留条生路。所以我们革命，一来要替祖宗报仇，二来要早点准备，把全国的会党合起来。”

“替祖宗报仇”云云，不过是引子，关键是“中国本来不是满人的”，既然满族对中国的统治没有合法性，那么朝廷对中国利权的出让便不仅仅是“失道”的问题，而变成了满族伙同洋人来掠夺汉族的生命财产。通过这种叙事的转换，反抗满族政权从“内争”变成了“攘外”，而在民族国家话语的建构过程中，“反侵略”具有天然的合法性，革命的正当性也就不言自明了。

不过，即使在革命党人中，反对排满的也不乏其人，如第六镇统制吴禄贞。这位在东京留学时与满人军事精英良弼结为好友的同盟会员，虽然一心革命，却强烈反对排满，他认为满族腐化已久，不足为虑，但满蒙素为盟友，如果联手与汉族相抗，汉族必败，更给外人以可乘之机。吴禄贞认为革命之敌，不在清廷而在袁世凯，革命党将与袁世凯有“十年战争”——这也是一条比较准确的预言。

辛亥革命中，较为文明的省份，安民告示中无不强调“满汉一视同仁”，就连鼓吹排满最力的章太炎，也赞成寓意“五族共和”的五色旗为国旗。此亦可见排满之说，实为排外之借口，中国社会在无力与西方开战的情形下，借内部民族纷争来谋求突围，也是一条捷径。只是民国政府也未见得比清廷做得更好，此是后话。而满人的地位一落千丈，是清末民族战争的最明显效应，甚至满人中的佼佼者，如老舍、罗常培，长久不敢承认自己的民族身份，照赵烈文的说法，也是清朝二百年统治的果报。

“排满”虽然是策略，但也有不少人中了毒，读辛亥史料，每每有人说“他也是汉人，自然赞成光复”或某某表白道“我也是汉人，当然不反对革命”，忍不住叹一声“幼稚”或“奸诈”。

近年大家都认识到，辛亥之成，革命党不过是火药的引信，真正炸断二百年龙脉的火药，是代表绅商阶层的立宪派。立宪派与中央政府及其派出官员分享着地方的统治资源，某些绅权极重的省份如四川、湖南，官员意志若无绅商的支持，政令根本无法通行。宣统二年（1910）的长沙抢米风潮就是一个典型例子，长沙米荒直至群众失控，事件背后是绅商联手洋商，大量囤积、盗运米粮。而成为辛亥革命导火索的各省保路运动，其首要矛盾便是政府利益与绅商集团的利益的冲突，至于哪方更代表一般民众的利益，还真难说清楚，因为朝廷若想施惠民众，不可能越过绅商阶层实施；而绅商集团仗以与政府抗衡的，正是所谓“民意”——这种民意可能有操弄的成分，但这毕竟是近代最具合法性的话语资源，“天子牧民”的旧观念是无法与之颉颃的。

朝廷中人并非没有认识到这种来自绅商的强大势力。清政府 1903 年设立商部，1905 年设立商标注册总局，都是提升商人地位的举措，同时政府为了借助民间力量发动对西方人的“商战”，鼓励在乡官绅经商，基本形成了“无绅不商”的局面。最典型的如光绪廿二年（1896），清廷接受张之洞奏请，派陆润庠与张謇两位状元，分别在苏州、南通设立商务局，并办理苏纶纱厂与大生纱厂，人称“状元办厂”，喧传一时。

有钱有势的绅商阶层必然要争取政治权力，而且这种争取有着充分的理由。自甲午一败，庚子再败，中央政府无能力应对世界大局的弊病暴露无遗，首都丢给八国联军当了一年多的殖民地，堪称一个政府的奇耻大辱，《辛丑条约》的巨大赔款压力则让政治话语权进一步向富庶的东南倾斜，所谓“非东南不足以存西北”，也是东南诸省敢于抗旨不遵、联合倡定《东南互保条约》的根本理由。

南北风气的落差导致了帝国的断裂。时人孙宝瑄比较说，上海与北京，风气之异，几有百年。问题是，经济上帝国完全倚重于东南，政治上却还是赵烈文所说的“主威素重，风气未开”，庚子之后，绅商阶层借由反思“拳乱”，以及 1904 年日俄战争“立宪小国击败专制大国”的样板效应，掀起了立宪风潮，也制造了立宪神话，似乎中国之病，全在未曾立宪，只要立宪，则国运立改，国力立强。

然而正如 1906 年载泽留洋考察归来对西太后进言的那样：立宪利于民，利于国，却不利于官。满洲亲贵固然不愿意权力旁落，庚子后出任各省的方面大员也难得对立宪有什么好脸色。立宪运动搞了整整十年，朝廷还在 1911 年 5 月 8 日搞出了“皇族内阁”，无论摄政王载沣此举有何不得已的苦衷，都再难封天下悠悠之口。而谘议局联合会上书要求重组内阁，清廷居然申斥曰：“用人系君主大权，议员不得干预。”对“立宪”的理解，双方恐怕分歧不小。

再提一点，1905 年科举废除，时人与后人多视为美事，去千年祸国之根。然而这一举措，却令整个社会权力瞬即固化，已为官绅者永为官绅，社会下层却无由上达，人才向上流动的途径被截断，朝廷虽征用考选留学生，实质仍是以门阀精英政治代替行之千年的考选制度。旧制已死而新制未立，则大量旧制培养的人才无处可用，不入学堂，即投新军，而学生与新军这两股力量，在辛亥革命中均发挥极大能量，足见当初遽尔操觚，其祸不小。

讨论哪一根稻草让庞大的骆驼砉然倒地，当然只是一种叙事。无数涓流汇成了奔腾的大河，尽管其间的许多溪流并不见得期待最后的洪潮，但一旦列车进入快轨，离心力大于向心力，则不免“抽心一烂”，“土崩瓦解”。正像鲁迅说的那样：“中国人的性情是总喜欢调和折中的，譬如你说，这屋子太暗，须在这里开一个窗，大家一定不允许的。但如果你主张拆掉屋顶，他们就来调和，愿意开窗了。”（《无声的中国》）

辛亥年的举义，逊位，共和，民国，或许就是开一扇窗的过程。

三位北京客的辛亥年

新 年

宣统三年辛亥，正月初四。

翰林院侍读学士恽毓鼎坐在马车里，望着窗外香厂北口拥堵的长龙。马车一动也不动，一阵阵笑闹声、叫骂声、吆喝声传入车内，他不禁大为愤然，慨叹“甚矣，京师少年之游惰也，甚至高车驷马亦厕其中，此岂尚有人心耶”？可是回心想想：这景象关自己什么事？顾自在车里愤不可遏，大翻白眼，这样的心境，还能在这权贵麇集的帝都待下去么？

新年这天的拥堵有它的原因。这个冬天的雪特别多，去年十月迄今，已经有六场大雪，从旧年除夕到新年，大雪彻夜，一直下到初一下午四点来钟，积雪足有一尺多厚。在恽毓鼎的记忆里，二十多年没下过这么大的雪了。

雪太大了，路上几乎看不到行人，初一一整天也没有一辆拜年的车驾到门。恽毓鼎自己也没有出门。雪刚停，就有清道夫分段铲雪，这一点让恽毓鼎很满意，他在日记中评论说“新政中唯路政最见益处”。

初二晴了，但午后忽起狂风，高屋积雪漫天飞洒。恽学士出门贺年，发现虽然雪风相继，“马路刬垫平匀，车行极快”，若是在二十年前，雪后初霁，一层融雪一层冻雪，车辙之深，能淹没车轴，那就只好望路兴叹了。恽毓鼎又一次念及了路政的好处。

恽毓鼎 1907 年出任过宪政研究所总办，当然不是那种一味反对新政的冬烘头脑。他一直订阅梁启超主笔的《国风报》，也正在读梁启超的《饮冰室文集》。梁任公的文集里包罗万象，从西藏问题、俄国虚无党，到《康德学案》，应有尽有。但恽毓鼎最喜欢的还是梁任公论本朝学派变迁那篇，认为“二百六十年宗派当以此为定评”。对于腾喧一时的宪政，这位曾经参过瞿鸿禨与岑春煊的都老爷明显保留着自己的看法。

就在恽毓鼎坐在拥堵的马车中大发感慨时，道旁的行人里晃动着一位少年的身影。他昨天晚上才从陕西抵京，准备进清华学堂读书，今日先与同伴一道来领略一下京都的新年。在这位外省少年吴宓兴奋的眼中，要把式的、卖玩物的倒还罢了，这游人如鲫、男女相轧、拥塞异常的场面，才是他们久仰的京师繁华。

四十九岁的恽毓鼎是光绪八年（1882）中的举，同一年的福建乡榜很出名，出了好几位大名士，如陈衍陈石遗、林纾林琴南（恽毓鼎很爱读他译的小说），还有一位，比恽毓鼎大三岁，是目下京师的红人、前广西边防督办郑孝胥。

比起恽毓鼎，郑孝胥离政治核心要近得多。他去年为了锦瑷铁路的事，在奉天、京津之间跑了好几趟，年下正好闲在几天。初一上午躺在被窝里，与夫人聊天，“甚欢”。

自初一至元宵，郑孝胥的活动无非是赴宴、作字。他是闽派的首领，诗和字都很有名，求的人极多。不过这两年，他的精力主要放在新政上，与当红的邮传部尚书盛宣怀、即将起复的前两江总督端方都走得很近。酒席宴前，当然不会完全不谈政事，有人议着宪政预备，京师该到了组织政党的时候，有人还在愤愤于六年前的科举废除，冀望朝廷重新用八股取士。

初四这天，又是赴一处饭局，只是从午后开筵，边吃边等，等到快三点半，还有一位主客严复未至，最后索性派人来通知说“不来了”。大伙儿摇摇头，对这位福建同乡的惫赖无可如何。饭局散后，郑孝胥去访端方——端午帅年后估计会有任用，一直想带郑孝胥出任。但是不在，家人回称“上山去了”。新年上妙峰山进香，满洲权贵流行这个，汉臣基本无此兴趣。

辛亥的新年就这样开始了。这三位身份各殊的北京客，各自在自己的生活中摸索前行。

春 和

吴宓刚十七岁，初次入京，虽然时时与同学议论时政，但他的心情，不似恽毓鼎那种宦海沉浮的萧疏，也不像郑孝胥大用在即的自得，而是兴奋与新奇之中，藏着忐忑与迷惘。

他此次由陕西省咨送来京，要考入的“清华学堂”，其实在宣统二年十一月底才正式更名。之前叫作“游美肄业馆”，成立一年多来，几乎是纯粹负责留美考试与派遣，学生从考取到出国，只有一至三个月时间，像梅贻琦、胡适、竺可桢、赵元任等人，名义上在清华园过了一水，还是像爆肚一样生猛。

改名后便有所不同，按《清华学堂章程》，采用四四制，即中等科四年，高等科又四年，而且学分要修满212个，平均成绩要达80分以上，才能留美。像吴宓这样的，虽由陕西省咨送，就是保送，仍要通过笔试、体检，入学四个月后还要举行甄别考试，宁缺毋滥。难怪吴宓跟其他同学一样，心下栗六，前途未卜。

他本来觉得自己在家乡三原已经接受了中等教育，不料来京看过游美学务处告示，原来也必须先入中等科，想想要在这里磋磨四年才能入高等科，未免有些不甘心。不过八年后“能靠住往新大陆一游”，还是难得的机会。又想到如果学堂里功课腐败，教师荒疏，再设法退学也还来得及……问题是现在考得上考不上还两说，想那么多干啥！

吴宓决定先放宽心，每日看看《纳氏英文文法》——他来自内地，跟沿海学生比，英文是块短板，便是与同乡们逛逛琉璃厂、青云阁，再不就是到大栅栏看“升平电影”，陕西也有，叫“活动影戏”。不同的是京师的影戏有色彩。吴宓同学猜测那是往胶片上涂了色彩，或是在放映的石灰灯里加了什么药粉。

值得一提的是，正月十一他在劝业场买了一具剪发机，回寓后就将辫子剪了。用水洗了头，觉得“轻快异常”，索性又出去买了顶洋式软帽，揽镜自照，很像个洋学生了。于是发感慨曰：“京师各校现虽不许学生剪发，已剪者则弗过问，余剪之毫无妨碍。”

剪了发的吴同学，次日又跟友人去天乐园看闻名已久的王钟声新剧。王钟声慕名久矣，是南方来的新剧大王，传闻他是个革命党！但这不妨碍大家热捧他的新剧。今天这出《缘外缘》，首演是前年冬天在天津大观新舞台，据《大公报》报道，王钟声一身西装女子打扮，在洋琴伴奏下，娓娓道来，“座客无不击节称赏，掌若雷鸣”，接下来，舞台突然一转，外庭变为内室，把台下众人看得一愣一愣的。论者称为“实梨园中从未有之奇观”。

吴宓头次看这种“纯用说话，弗须锣鼓等乐”的新剧，大开眼界，只觉得它演的都是家庭上、社会上的真情实状，感人之深，超过了旧戏数倍，“每到惟妙惟肖之处，台下观察直觉现身局中，亦若果有如此其人，而亲睹其如此之事者”，他完全沉浸到戏中了。

阴历二月初五、初六，吴宓终于参加了延期举行的入学考试。头一日的国文、历史、地理，还算容易，而且出题只问本国，事先准备的外国历史、外国地理都没有用上。第二日的英文、数学、英文默写，可就有些艰涩了。吴宓知道自己英文不够好，但没想到今天在数学上折了跟斗，两道大题未能完卷。虽然嗟叹，但觉得省里保送来此，落榜的可能性不大，只是可能会编入低级班。

考试见得多，五天后的体检，倒真是新鲜。检查者为三位洋人，吴宓上身衣服只剩一件小衫，还得敞开。先查体温、脉搏，再遍察眼、耳、鼻、喉、气管、牙齿，再用器械量脑部前后左右之长短及胸围，又用听诊器听上身血管流动情况，最后是手触按各处的淋巴腺。完毕。

又消磨了一个礼拜，看榜，陕西来的六个人，都中了。阴历二月十九，正式搬入清华学堂。这是吴宓将托身寄命半生之处，今日初见：“地域颇大，略成方形，而墙壁亦多弯曲之处。外墙以虎皮石砌成。内部地方颇大，势殊空阔，洋式房屋错综散布。此外有土岭，有溪水，有小桥，有曲廊，风景极清幽而佳旷宜人。”

宿舍每间住六人，早餐馒头二个（到梁实秋四年后入学，馒头增加到三个）、小菜四碟、粥，午晚餐是四碗、四盘、米饭，九点半就寝，六点半起床。一切都规范了，不复刚入京那一个半月的闲散矣。

交通很方便，京张铁路设有清华园车站，每天从张家口入京、从北京发张家口的火车，各有两趟。最让学生们得意的，是京张铁路公司特地为清华学堂学生开了一趟周末票车，周六下午五点从清华园发车，经西直门、广安门抵丰台，周日下午又从丰台开回清华。“票价，到西直门两角，广安门三角，不算贵，京师物价，照像须二元，一本《普通英华字典》也要一元哩。”

刚刚入学，新学生就与校方起了交涉：清华的伙食免费，学生须交洗衣费与理发费。但校方规定学习用品都必须自购，而学生被咨送来时大都以为是官费全免，不愿意负担各科教材与体育课操衣费用。教务长的官方回复称无商议之余地，只是可以先领教材上课，费用缓交。可是流言很多：有人说庶务长承诺教材可以由学校借给，毕业时交还，操衣必须自购；又有人说管理员称操衣免费，教材必须自购。吴宓被推举为陕西省代表，参加交涉，虽然没什么结果，却跟时行的宪政一样，有了民主的初步感觉。

夏 闰

这一年的夏天特别的长，因为有一个闰六月的缘故。

四月初十（5月8日），上谕宣布新内阁官制。这是所谓“立宪筹备方案”的实践头一炮，难免引人注目。结果等来了这么一个“皇族内阁”。

此前的立宪风潮中，对于立宪后如何任人有其共识，如戴鸿慈、端方出洋考察后挂名撰写的《欧美政治要义》即称：“决不以其私意进退宰相，又不必以其忠于王权始加任用，唯考政治之实况，察舆论之趋向，而取其有适良之主义，堪以为辅弼者授之大命。”但原则归原则，真到作用时，“忠于王权”和“私意”的因素仍然甚重。

郑孝胥只是记录了内阁名单，未置一评，以他与内阁多人交往频仍的位势，也不便评。少年吴宓倒不在乎皇族不皇族，气魄很大地一笔扫去：“中国政府今日并无一人才能出众，可为国家有所建树者，终日改头换面、掉此易彼、往复其间者，实不过此数人而已。吁，国事尚可问哉！”

从政治立场上说，吴宓对革命党颇有同情，曾在3月15日日记里对上海《民立报》报馆被焚深表遗憾，而且怀疑有人播弄其间。因为《民立报》主编于右任是他的乡党，吴宓生父去上海，也是借住在于寓。因此吴宓看清廷变革，眼光要更冷一些。

只有念念于光绪的恽毓鼎，反而最为愤激。他在3月底刚刚申请翰林侍读学士开缺，而且不打算再谋起复，一心行他的医术，办他的学堂。恽毓鼎对内阁名单的分析，更能代表权力中心之外的非革命者的心声：“共计十七人，而满人居其十二。满人中，宗室居其八，而亲贵竟居其七。（国务大臣）十三人中，而满人居其九。九人中宗室居其六，觉罗居其一，亦一家也。宗室中，王、贝勒、贝子、公，又居六七。处群情离叛之秋，有举火积薪之势，而犹常以少数控制全局，天下乌有是理！其不亡何待？”

“皇族内阁”并非外界的命名，上谕发布两天后，奕劻请辞内阁总理大臣，并称“诚不欲开皇族内阁之端，以负皇上者负天下臣民之望”。不过，摄政王载沣还是拒绝了他的辞呈。

内阁上谕发布一个星期前，4月27日广州黄花岗起义的消息才传到京师。郑孝胥、吴宓日记均未记，恽毓鼎记了一笔：“革命党自香港入广州，以火弹、手枪轰击总督张鸣岐未成，焚毁督署大堂，伤人无算。凶犯旋就擒，并搜获军火甚多。”事情不能不算大，但闻者似乎有些麻木，国事中枢糜烂，这些边地疥癣之疾，已经引不起强烈关注了。

即使仕途正热的郑孝胥，也未尝不时刻打着归隐抽身的小算盘。就在黄花岗起义的次日，他接到儿子的信，在上海营建的海藏楼初步选址已见眉目，女词人吕碧城也愿意将徐家汇的一块地卖给郑家。内阁上谕颁布两天后，郑孝胥赴六国饭店，与预备立宪公会同人（郑是会长）商讨开报馆推行宪政。孟昭常主张在北京办一份《宪报》，郑孝胥表示，如果报馆要成为将来政党的根据地，还是以在上海为宜。

然而就算有了皇族内阁，具体办事还是离不开汉人。力主铁路国有的盛宣怀，是眼下最炙手可热的实权派。6月9日，盛宣怀急电正在上海收拾房产的郑孝胥：“川、粤汉大局粗定，朝廷注重速成，午帅、莘帅会商，非赖公毅力熟手，难赴目的。本拟即日发表，午帅欲请公来面商办法，已发公电，务乞速临，至盼至祷！”川汉、粤汉两条铁路的了局，是近期朝廷举措的重中之重，已确定负责川汉路的端方，负责粤汉路的瑞澂，都眼巴巴地指望着郑孝胥帮手，足见海藏楼主人位置之重，也足见如吴宓所说，朝廷可用之人太少。

6月13日中午，郑孝胥从上海赶回北京，一到宅即急电盛宣怀。盛宅答，正在宴客，请即来。席间郑孝胥见到了状元商人张謇，他也是被朝廷征调进京备咨询的。就在这天下午，张謇入大内，应对摄政王载沣。

郑孝胥开始了新一轮的频繁交际。仅在回京次日，他便连续两次约见端方，又一次见到盛宣怀。就大佬们最关心的铁路问题，他还是向盛、端建议他一贯的主张：铁路包工，并说“此策既定，则风潮皆息，省费而工速，不可忽也”。

事关天下大局，《时事新报》等媒体很快就对郑、盛、端的谈话进行了报道。郑孝胥的一贯主张，简言之，即认为铁路国有，是“救亡之策”，政府必须将路权掌握在手里，才能在国际政治中谋得话语权；而只有采取包工筑路政策，才能快速而稳定地将铁路由商办转化为国有，重点在“省”和“速”。他对盛宣怀举例说：现在中国修铁路，最高的费用达到每里合银五万余两，这都是“点工之害”（点工就是散招人工筑路，计时付酬），而采用郑在去年手定的《锦瑷铁路借款包工合同》中规定的方式，“嘱包工公司承修其路”，“所有该路事宜，由铁路公司经理，仍受邮传部节制”，“平均每华里合华银一万九千余两，连山工、桥工、车站、道房、车头、车身在内，期限极速”。

6月20日上谕颁布：“湖南布政使著郑孝胥补授”。对这一任命，《申报》立即指出“其原因确为收路一事”，郑的前任杨文鼎对于湖南愈演愈烈的反对风潮应对失当，朝廷希望郑孝胥前往收拾人心，因为郑力主铁路国有，又有对付广西会党的经验。

6月21日至7月10日之间，新任的湖南郑藩台马不停蹄，连续拜会权贵闻人。满人有内阁总理大臣庆亲王奕劻、那桐、载涛、载泽、载洵，汉官有徐世昌、于式枚、李经方、陈宝琛、严复、林纾、杨度等。"郑苏勘"这个名字也不断地在《申报》《时事新报》的新闻标题中出现。最引人注目的，无疑是6月21日入宫谢恩，被摄政王载沣召见。面对摄政王的垂问，郑孝胥再度强调了铁路的重要性：

"中国如欲自强，机会只在二十年内。以二十年内世界交通之变局有三大事，一帕拿马运河，二恰克图铁道，三俄印铁道是也。欧亚交通恃西伯利亚铁道，俄人始为主人，战事之后，日人经营南满，遂与俄分为主人。今中国若能急造恰克图铁路，则由柏林至北京只须八日半，世界交通得有四日半之进步。从此以后，中国与俄分作欧亚交通之主人，而南满、东清皆成冷落，日本经营朝鲜、满洲之势力必将倒退十年。此乃中国自强千载一时之机遇也，愿摄政王勿失机会。"

郑孝胥还对摄政王说，变法之本，总括为四个字："借债造路"。他看见摄政王频频点头，脸色甚悦。

这场奏对持续了二十分钟。

据郑孝胥日记说，没几天，《北京日报》就刊布了他入宫与摄政王的对话，但全系捏造，其他华文大小报纸也纷纷附和，指责郑孝胥为政府收买利用——在之前的国会请愿运动中，郑孝胥是坚定的立宪派，舆论不免认为，在欺世盗名的皇族内阁成立之后，郑居然坦然接受湘藩的任命，并力主铁路国有，借债造路，不啻是一种背叛。为此郑孝胥将与几位湖南京官的对话记入日记，以明心迹：

“仆未尝为实缺官。今入官场，殆如生番不可以法律拘束者，不知闹何笑柄。然决不能合格，明矣。”又曰：“天下明白人居多数乎？少数乎？”曰：“少数耳。”“然而则作事宜求谅于少数之明白人，抑将求谅于不明白之多数乎？”

为了辨明舆论对自己的误会，郑孝胥在日记中大段摘抄外报如《太晤士报》（今译为《泰晤士报》）对自己的评价：“新任湘藩郑苏戡，其奏对之辞……大抵审度时势既极精当，复极博大，无论世界何国之政治家，固莫不以能建斯言自豪。倘中国能简拔如是之人才十数辈或数十辈，列诸西津，畀以政权，则中国之应付时局，其和平坚卓自应远过于今日也。”

他甚至在日记里大放豪语，如：“吾今日挺身入政界，殆如生番手携炸弹而来，必先扫除不正当之官场妖魔，次乃扫除不规则之舆论烟瘴，必冲过多数黑暗之反对，乃坐收万世文明之崇拜。天下有心人曷拭目以观其效！”

写下这番话时，郑藩台已经离京，往长沙赴任的途中，绕道苏州，拜会了江苏巡抚程德全。郑孝胥当然不会想到，他称为“雪帅”的程抚台，距离摇身一变为独立江苏的程都督，只有不到五个月了。

秋 凉

10月10日那天，恽毓鼎访友，收信，晚上赴一个饭局。在饭局上他听说七天前四川的嘉定府、雅州府相继失守。恽毓鼎很相信谶纬之学，他觉得今日午前“无云而雷，兵象也”，只不过，他以为这天象应在保路运动正如火如荼的四川。

恽毓鼎对于朝廷处置四川事变的举措一直颇为不满，9月18日，他在日记里数落朝廷张皇失措的表现：“已命端方，复起岑春煊；又寄谕滇督李经羲援川，李以不能离滇辞；旋又寄谕陕抚钱能训援川，钱以栈道不便行军辞；又谕粤督张鸣岐分兵援川，张以粤乱方棘辞。”朝廷把能调的人都调了个遍，还是找不到稳妥的解决方案，恽毓鼎认为是“阁臣不明地势，不达军情，故疆臣多不受命”。

吴宓已经融入了清华的“洋学堂”气氛之中。他参加了英文演说会，10月10日这天正好有活动，他讲的题目是“How to Make Our Future Life”（如何创造我们未来之生活），会后投票，吴宓竟以十一票居首，少年心性，不免得意。

郑孝胥从湖南布政使任上，被湖广总督瑞澂派入京师参与厘定省制行政，已经有一个半月。这一个半月中，一路向西的钦差大臣端方，不断直接或通过盛宣怀向郑孝胥致意，希望他能入蜀帮助平靖川事，一会儿说“艰难险阻，谅所不辞。缓急扶持，交情乃见”，一会儿说“在宜昌专候”。郑孝胥颇有些不胜其烦，有几封端方来电，干脆不译，他是决不肯去蹚四川这道浑水的。

10月10日，郑孝胥去前门西站送他的随员李宣龚回湖北。之后仍是一连串的访友。最近上海各报对郑孝胥意见很大，不断攻击他为政府收买，从立宪派变成清廷的能吏，而上海那边的商务印书馆、大豆公司也牵扯着他的精力。

此次入京参与讨论的政制大纲，进展颇为缓慢，但主旨很明显：分权。各省督抚由内阁任命，督抚对内阁负责，督抚拥有对地方官吏的任命、监督权力，可以节制巡防队，而且兼理司法行政。裁汰冗员，道这一级官制基本取消。关、盐、粮、河这些独立的官制系统，不得兼管地方行政。

最早知晓武昌事变的，当然还是离权力核心最近的郑孝胥。10月11日，他就从不同的渠道闻知武昌起事的消息。要知道湖北与湖南同气连枝，他身为湖南布政使，家眷还留在长沙，武昌一乱，难保不波及湖南，郑孝胥的心情可想而知。

12日中午，盛宣怀电邀郑孝胥到度支部大臣载泽府第吃饭。载泽表示，盛宣怀今早已入宫应对，明早自己也要被“叫起”，希望郑孝胥能帮他参酌应对之策。郑孝胥提了四点：一、以兵舰速攻武昌；二、保护京汉铁路；三、前敌权宜归一；四、河南速饬戒严，更请暂缓秋操。

13日，郑孝胥登门求见盛宣怀，府里说盛大人一早入宫，还未出来。郑孝胥在盛府等到中午，仍未等到，只好出门找别人打听消息。外间纷纷传言“长沙有变”，有人还说得绘声绘色：同事里有湖南人，已得到家里电报，说省城被革命党攻陷，家里人好不容易才逃了出来。说的人多了，郑孝胥“虽不遽信，亦颇震动”。这一天，还有人传说南京两江总督衙门被焚，芜湖也发生事变，等等。

郑孝胥跑到前门西站，大概想从来往旅客那里打听一些消息。不料车站寂无一人，只有二十余辆军用专列开拔。另外，就是两队禁卫军开入正阳门。夜里连月色都没了，北京气氛一变为肃杀惊怖。加上前几天天气骤凉，棉袍也穿得住了，人心也和天气一样冰凉。

好在夜里得到长沙来电，称湖南尚算平靖。湖南巡抚余诚格也有电报来，表示已派遣防营往武昌，防止革党入湘。告诉郑孝胥这件事的，是外务部副大臣曹汝霖。

恽毓鼎10月11日午后赴天津办事。晚上住进旅馆后看报纸，还只知道四川叙州府（乐山）失守的消息。他内心替朝廷着急：川事糜烂至此，为什么还不肯罢斥赵尔丰？难道四川就不要了么？想起在火车上看见“月出时其色如血”，益发觉得那是刀兵之象。

第二天早起，接到儿子快信，才知道这刀兵之象应在武昌。而且旨意已下，命陆军大臣荫昌督军赴援。他儿子宝惠正是在荫昌手下当差，少不得随同出征。这一下，武昌事变也就与恽毓鼎发生了密切的联系。

13日，恽毓鼎回到北京，见到即将出征的儿子宝惠，“意气甚壮，心为宽慰”。从宝惠那里他听到更多的武昌消息：汉阳失守，铁厂、枪炮厂都已落入革命党手中。在恽毓鼎看来，最可恨的无疑是湖广总督瑞澂，听说他半个月前就已经将眷属全部送回京师，还运载了多年受贿所得，分明已经打算好了要逃离武昌这个是非之地。八月十三（10月4日）听说有革党起事的消息，立刻把铺盖搬到“楚豫”号兵轮上，白天在总督署办公，晚上住在兵轮上。10月10日一听到枪炮声，瑞澂立即逃上“楚豫”号，属员们自然作鸟兽散，让革命党毫不费事就占领了武昌。恽毓鼎恨恨地写道：“三百年来弃城逃走之速，瑞澂首屈一指矣。”

吴宓10月12日晚上看报才知道武昌事变。前两天他一直在抱怨清华学堂选拔留美学生不公，选择班长舍长不公，管理学生亦不公，这时的注意力又被吸引到了清华园外的中国：“乱事方炽，正未有已，吾不知中国前途如何？果于何时灭亡也！

吾辈又将如之何而可乎？”

13日，报纸腾传郑州北黄河铁桥已被割断，郑孝胥去火车站，发现车票确实只卖到黄河以北，而且南北通信已断。

14日，北京的大恐慌终于爆发了。政府下令各报，禁止刊载“各省乱事”，这反而为谣言拓展了无限的空间。远在清华园的吴宓，都能感受到“警报纷纭，一日数起，闻之殊令人惊惶异常”，谣传长沙、广州、南京均已失陷，四川乱氛愈炽，连江西、安徽也不安靖。清华学堂原拟本月二十五日（8月16日）举行秋季开校仪式，如今学部通知延期，可见情势紧急。

恐慌其实是从官场开始的，官吏们的信息渠道最多，谣言也传得最多。京师的管理者也变得张皇失措，如外城突然勒令所有戏园子停止唱戏，并让巡警在各路口稽查行人，一副革命党已大举入京的征象。大批京官携亲带眷涌往前门车站，想逃往天津租界，邮传部为防止出事，声称要停开京津火车，这一来恐慌更甚。逃不走的市民则围堵大清银行与各银号，挤兑现银，银行银号经受不起，只得关门。银行关门，更是引发恶性循环，所有商铺拒收银行钞票，只收现银。接着便是米价飞涨，恽毓鼎称，每石粮要卖十二两（郑孝胥记载是二十元，即十六两）。幸好新政办巡警还算得力，不然庚子年的惨象又将重现北京。

吴宓听人说，这次的银行挤兑风潮是政府诸大员挑起的，总理大臣庆亲王奕劻率先向大清银行提取金币三十万两，转存入外国银行，大小官员纷纷效尤，才导致没有任何真实威胁的情形下，市面大乱。

郑孝胥身边的同乡好友，如林琴南，也都在忙着送眷属去天津租界避祸。他的家眷在湖南，倒省了这份心。15日一早就被盛宣怀叫去，要他拟一个电报给湖北，悬赏十万元，希望能收买已反正的四十一标，并要求保全兵工厂与铁厂。盛宣怀还告诉郑孝胥：不管鄂事如何，这次不会再放你回湖南了。从盛府回来，郑孝胥拟了一个条陈，希望朝廷明发上谕：赦从匪之学生、兵士及许匪首以悔罪自投，俟其抗拒乃击之。权力中枢希望湖北之乱早日平息，不要引致各省的连锁反应。

陆陆续续有人从武汉归来，但传说的消息很不一致。吴宓听到的说法是"革党此次极为文明、极守秩序，商民人等毫未受及扰害"，而恽毓鼎则亲耳听闻，革党照会各国领事，请守中立，并请过江到武昌晤商。只有美国领事因为省城教堂、侨民众多，过江去查看，"匪党排队鼓乐迎入，美领睹死尸遍街巷（皆旗兵之被杀者），怫然曰：'公辈自命文明，乃残杀无辜若此，岂文明举动乎？'"于是认定革党为"草寇"。恽毓鼎无疑很高兴听到这样的说法，自太平天国起事以来，叛乱者每因得不到洋人的支持而失败，清廷当然希望此次亦能如此。加上 10 月 19 日，听说清军前队马继增、王占元部在刘家庙击败革党，黎元洪、汤化龙均已遁逃，恽毓鼎不免推测革命党"大约溃散在即矣"。

郑孝胥当然不想回湖南，但又牵挂家眷安危。10 月 19 日，清军小胜，20 日，郑孝胥便收到内阁交片一件，其文曰："交湖南布政使郑孝胥即请训，迅速回任。钦此。此交，八月二十九日。"公文随便写在一张白竹纸上，相当草率，但这毕竟是公文。郑孝胥不敢不从，当日即往琉璃厂花八钱银子买了一挂朝珠，备请训之用。

10 月 21 日，郑孝胥连续拜访朝中显贵，也许是想就鄂事商讨一二对策，并取得王公大臣们的支持，毕竟他马上就要面对湖北乱党。谁知访盛宣怀，不在，拜谒庆亲王，称病请回，再去找内阁协理大臣那桐，那桐根本不见。最后终于见到了另一位协理大臣徐世昌，谈了良久。

10月23日，郑孝胥请训，召见。这都是过场，这日见到了庆亲王，也没什么话，只说自己带病坚持办公，最后去辞别盛宣怀。这位不可一世的重臣也“意绪颇仓皇”，他告诉郑孝胥，长沙消息很不好，连电报局都已被乱党占据。

10月25日下午四点，郑孝胥登上开往天津的火车。晚上登上了赴上海的轮船。他在旅途上盘算万端，仍然认为中国今日是改革行政之时代，清廷未到覆灭之时。如今朝廷谕袁世凯总督湖广，“袁果有才破革党、定乱事，入为总理，则可立开国会、定皇室、限制内阁责任，立宪之制度成矣。使革党得志，推倒满洲，亦未必能强中国；何则？扰乱易而整理难，且政党未成，民心无主故也”。郑孝胥认为到那一步，获渔人之利者将是日本，但日本国力还不足以吞并中国，则中国必将瓜分豆剖，为列强分据，列强再以华人攻华人，举国糜烂，“我则为清国遗老以没世矣”。

念及此，郑孝胥不禁哀叹：“官，吾毒也；不受官，定得中毒！不得已而受官，如食漏脯、饮鸩酒，饥渴未止，而毒已作。”他有些后悔接受湖南布政使的任命，弄得现在与所爱者天各一方，音信断绝，无由拯救。轮船停在烟台，悲痛伤心之下，他笔端变得凄厉：“魄之将狂，魂来救之；魂魄俱狂，孰能救之？又举远镜，见玉皇顶峰峦千迭，皆积恨耳。”

29日，船抵上海。上海的消息比北京还是灵通得多，郑孝胥这才知道，离京前的22日，湖南已由谘议局宣布独立，他肯定是去不了长沙了。补看这几天的《申报》才知道，他从天津出发的26日那天，资政院正式弹劾盛宣怀，清廷将盛宣怀革职永不叙用。想起辞行时盛宫保的神色，郑孝胥的心情可想而知。

吴宓有着另外的担忧。清华园如今每天都有二三十人离校，吴宓寝室六人中已经走了一个，自修室里无人学习功课，都聚成一堆一堆地讨论何时避逃，避往何地。吴宓和他的同学们，最担心的是：一、北京一乱，必然而盗贼蜂起，土匪到处，清华园孤悬城外，危险程度可以想象；二、海淀是满旗聚居地，清华园周围住的都是满人，如果全国起了满汉仇杀，他们肯定会对清华学生下手。传说前几日禁卫军中已经有人倡议，要杀尽北京城内外的汉人，从没有辫子的学生下手。这个倡议虽说被带兵官阻止，但随着南方的革命消息不断传来，难保不会变为现实；三、政府混乱，经费缺乏，就算没有外忧，清华的食物供应也成问题。

针对这些忧患，有人提出，应该由学校管理者主持“公同防御之法”：要求诸生公约不得离校，每人发枪一支，练习军事，厚储粮米。一旦事变，全校有五百余男学生，抵御土匪绰绰有余。

这个提议颇有群众叫好，但马上有人泄气：管理人肯发枪给学生？做梦吧！而且学生已经逃掉不少了，每天还在往外逃，如何说服他们，及他们的父母？还有，这几天，城内不断派出侦探进校，调查学生里有没有革命的迹象，清华园的校警都是满人，一旦学生人手一枪，难道不会被指为谋逆？

说来说去，只有逃了。家在北京、直隶的同学好办，最惨的是来自湖北、四川的学生，家乡正在扰乱，北京也不太平，简直无处可去。

吴宓的同乡都在商议如何从京师去正定府，再从那儿搭正太铁路往太原，转道回陕。吴宓跟他们不同，他父亲在上海经商，自然是奔赴天津，从天津搭海船去上海为宜，可是这条线路是逃难热线，无数达官贵人官亲吏眷都挤在这条道上，火车挤得不行，船价涨了数倍，哪里去筹措这笔盘川？

吴宓坐困愁城，想起以前读历史与诸小说，“至末世乱离之际，戎马倥偬、颠沛流荡，则谓人之生彼时者，不知其心境如何”？现在虽然尚未身经大乱，但恐慌的滋味已经体验，中国还不知会乱到何时，乱到何种地步，将来自己也会身受其害吧？

冬 寒

进入十一月后，时势变得日益紧急。朝廷任命袁世凯为内阁总理大臣，但上海邮来的《民立报》仍在天天报道民军胜利的消息。11 月 3 日，清华有同学接到了城中家里的信，说政府已有逃往关外蒙古库伦一带的打算，且已预备八百部车辆以供运载。

就在这一天，清华学堂向度支部领取当月款项，竟没有领到。

清华园外的铁路，火车隆隆驶过，彻夜不绝。晨光中走过去看，“犹见一长列车满载兵士及炮械等物由北而南，云系他处调来之兵以守卫京师者”。

11 月 5 日，上海失陷的消息传来。这一来，吴宓往上海依附生父的念头似乎也可以断绝了。尤其亲人身居沪上，虽说租界或不致有难，但音信断绝，不免惶急担心。

当晚，清华学堂当局在高等科礼堂召开全校大会。管理员一个不缺，但学生却只剩下可怜的一百一二十人。大会的主旨，便是告知学生：因为同学已多数出校，中国教员也纷纷请假，教课殊难进行，故决定停课一月，到期再议。

功课停止后，“诸生中有愿回家及他往逃避者，即可自由他往”。逃避变成合法，如果不愿或不能离校者，也可留校，饮食如常。诸管理员并美国教员及眷属都不走。范监督并说，其实留校也不见得如何危险，因为：

（一）本校巡警原为十八名满人，已经换成二十名汉人，如有必要可以再招；

（二）美国公使答应事情紧急之时，由使馆派兵若干保护。

然而人心并不因此而稳，当晚便有学生在食堂召聚商议，希望校方能将手里所有资金分给学生做路费。吴宓听了此议，“大愤而出”。他在日记里质问：“像我这样无地可去的，分到手一二十银元，又不能留校，在外流荡，岂不成为饿莩？”他认为这些提议的学生自私到了极点。好在这一提议没有后续消息，想来得不到校方支持。

也有传闻说教务长张伯苓出面安慰学生，称如不得已，可以将诸君送到天津南开中学暂居避难。但这也并非确讯。

停课无事，又无心温课，只好踢球，或闲谈。四川同学刘庄说，清华园旁村庄里住着一位汉人老翁，年纪八十开外。数十年来京师种种劫难，无一不与：咸丰英法联军之役；火烧圆明园；庚子事变。老翁说，满人平日不谋生业，一旦有事，则首起为土匪，抢掠人民，比如英法之役，敌军还未来到，满人已经先自大乱，圆明园之毁，是满人挑的头儿，英法联军只是跟着放了把火。

这些闲谈于眼前无补，却似乎能让清华学生理解眼前事乱的起因，生出一些身外的感喟。吴宓在日记中记载了一位武汉反清小英雄的故事，并慨叹："坐是则光复大业，其或可期。余等之碌碌无行，有愧此童多也。"

吴宓本来已经决意留校，然而他无法抗拒时势的演变。11月8日，多日的传言被证实：天津已陷。北京陷入了更大的惶惑之中。最糟糕的是，美国公使致函清华的美国教员，称使馆兵力不足以分护清华，于是连美国教员也纷纷外迁。

原认为不可行的建议似乎成了唯一的办法。监督召集诸生，通知暂行解散清华学堂，每人发给旅费二十元。这离吴宓预计到上海的费用（三十元以上）还有缺口，但也没法子了。

七位江浙同学愿意同行，于是匆匆收拾，走向未知。那一夜，也不知几人成眠？

11月9日，这些清华学生5时即起，9点，行李由两辆大车运送往前门车站。大部分人还是乘火车进城。刚才开篇的人生故事就报了暂停，"回顾清华园风物，怆然欲涕，未审他年得一重睹此景否耶"？

打这一天起，三位北京客，在京的，就只剩了恽毓鼎。

前御史、光绪帝的不二忠臣恽毓鼎学士从不相信大清朝会就此完结。他坐在家中，骂降臣，骂亲贵，骂二张（张之洞、张百熙），一面读《唐纪》天宝末年那一册，"觉长安失陷景象如在目前矣"，而这种景象，十一年来已是再次见到。

天宝之乱，有郭子仪、李光弼只手挽回，今世之李、郭是谁？恽毓鼎可不相信袁世凯，这家伙虽然出山，却按兵不动，“各省不费一兵一炮，失陷相缮，而朝廷置之不问，求诸中国四千年历史，真绝无仅有者”。

无奈之下，恽毓鼎又起了神课，为大清朝命运占卜。得出的判词是：“手持利剑剸犀兕，迎刃而解差可喜。自郐以下无讥焉，其余不足观也已。”他认为这说明“大河以北犹可保全，其余各省皆无救矣”。

其实这正是恽毓鼎自己的政治观点。几乎每日都是某地失陷或独立的消息传来，再乐观的人也不会相信清廷能够不伤筋动骨就渡过此劫。按照恽毓鼎的想法，清室应当放弃边省，全力经营直隶、山西、山东、河南、陕西、新疆这些革命党势力不强的省份，划江而治，虽不易为，却未尝没有万一的转机。

但朝廷的事他一时说不上话，只好照旧大发忧愤之情。11月21日，资政院建议“剪发改历”，摆明是向南方示好，表明改良的决心。恽毓鼎却大不以为然，认为“当此分崩离析之秋，救亡不暇，忽为此大变革，惑民观听，愚氓误以为国家已亡，必生变动，是无故而搅之也”，接着便在日记中大骂“亡国三妖”：一东洋留学生，一新军，一资政院谘议局。

他又听宫里太监回忆，西太后临终之时，忽然叹了口气：“不该让他们立宪。”过一会儿，又说：“错了！还是不该立宪！”想起来忍不住埋怨摄政王载沣，如果不是他在两宫殁后，大力支持立宪，何至于沦落至斯？

他忆及当年咸丰朝天下糜烂，无省不乱，且洋师进京，但因为人心未失，终能挽回。现时则“无一事非因贿而成，无一官非因贿而进”，报载庆亲王奕劻金银、珠宝、衣饰详单，价值在一亿两白银以上，这已经超过史上最大贪官和珅所积。真是天良丧尽!

满城讹言，风雨欲来，恽毓鼎自己的处境也颇尴尬。26日，他与朋友去春仙戏园看夜戏，不料碰上三百余名禁卫军也来看戏，一拥而入，喧哗骄噪，无人敢管。这些兵士见到没有辫子像留学生的人，立即怒目而视，破口大骂。恽毓鼎目睹此状，心情十分矛盾，在日记里一面批评禁卫军“骄纵不守纪律如此”，另一面又恨恨地指责留学生“此次乱事皆成于留学生，背负国家，荼毒生灵，天道犹存，此辈断难幸免”。可是如果真应了流言，北京城里满汉互杀，秀才与兵对战，恽毓鼎又该何去何从呢?

袁世凯入京，恽毓鼎因为自己已经辞官，没有去拜谒。11月30日，袁世凯命长子袁克定来府致意，请恽毓鼎相见，恽去了，袁世凯阁议未归，没见着。不过，这似乎让恽毓鼎见到了一点儿期望，日记里的称呼也从“袁世凯”改为“袁总理”。

从此恽毓鼎便逐日奔走于袁世凯、冯国璋官邸，贡献己见。按照他的意见，对付南方，必须采用强硬手段，不可姑息。12月28日，恽毓鼎赴冯国璋举办的同乡会（他们都是直隶人），席间冯国璋询问保卫京师之策，恽毓鼎答以“非镇以兵力不可”“非解散谘议局，封禁报馆不可”。

有些话在外场不太好说，依恽毓鼎内心的意见，最好能逼朝中诸亲贵毁家纾难，估计可以得银二千万两，以充军饷，然后责成袁世凯主战，诏告天下，召回在上海议和的唐绍仪、杨士琦，斩首于菜市口，“如此而士心不感，乱党不平，吾不信也”。

但时局不会依着这位退职翰林学士的想象发展。他只能愤懑特甚，饮食锐减，看看戏，翻翻史书，再在日记里发发牢骚。

他也曾代拟一电，以北京总商会名义，让资政院代发给唐绍仪、伍廷芳“二贼”，声明不承认南北和约；也曾会齐满汉老臣，往内阁面见袁世凯递交陈情书，力陈和议不可行，宜急筹战备。然而前者也没有什么回音，袁总理又一副垂头丧气的样子，恽毓鼎只能徒唤奈何。

民间传说也很不利于大清，有朋友说京西潭柘寺有棵古樟树，每有新皇帝即位，必定生出一根新枝，而旧枝枯萎，人称帝王树。同治末年，光绪末年，都是旁生小枝，因为光绪与宣统都是自宫外迎立。最近老根旁突然生出一枝新树，与象征宣统的三年新枝全然无干，“闻者骇异”。

也有令人振奋的流言，据说孙中山当选临时大总统后，人心不服，就在南京英国领事馆门外，被其党羽章太炎连开三枪，第三枪打中肋骨。反正的江苏都督程德全被人下毒，口不能言，据说心中极为悔恨，甚至写信给黎元洪，劝他一起归降清廷。

天意虽渺，人心尚存。眼见腊月将至，又是画“九九消寒图”的时候，这图共九字，双钩空心，每字九笔，一日一笔，字写完而寒消。以前大家都是用道光帝所拟的“亭前垂柳珍重待春風”，今年有了新花样，有人拟了九个字，是“春風柔南京幽革軍俘”（“京”字中间的“口”可写为“日”），忠臣们纷纷效法。

这些还是挡不住局势江河日下。日子艰难地来到辛亥年阴历腊月廿五日，即 1912 年 2 月 12 日，民政部大臣赵秉钧告知恽毓鼎，隆裕太后已下懿旨，宣布辞位。

恽毓鼎那天的日记写得很长。他想起武昌乱起，至今不过一百二十日，好好的一统江山，就此完结，“自来亡国，无如是之速也”。而这亡国的根苗，实起于十年前，庚子之后，西太后畏首畏尾，只求己身无事，不做长远打算。到了摄政王手里，继承老醇王的习性，重满轻汉，排斥汉人。而这一帮满洲亲贵，哪个是能办事的？即使没有革命军，也长久不了啦。“呜呼！二百余年培之而不足，三年余覆之而有余”，恽毓鼎立誓“嗣此不复论朝局矣”。

然而心中其实念念。腊月廿八祭灶，又是大雪飘飞，地上积了四五分厚。给友人写了一副对联，不管退位诏书已下，特意还是署着宣统年号。翻看古书，偏偏又是太康失国，为后羿所灭，后来少康借遗臣之力复国的那一段。

辛亥年就这样过去了。国家不幸，家宅倒还有喜事。次儿媳难产，只好请了妇婴医院美国女医生来接生，用机器把婴儿取出来，是个男孩，取名清宝。降生之时，正好是壬子年正月初一子时，为了他，还误了一会儿祭祖的时辰。

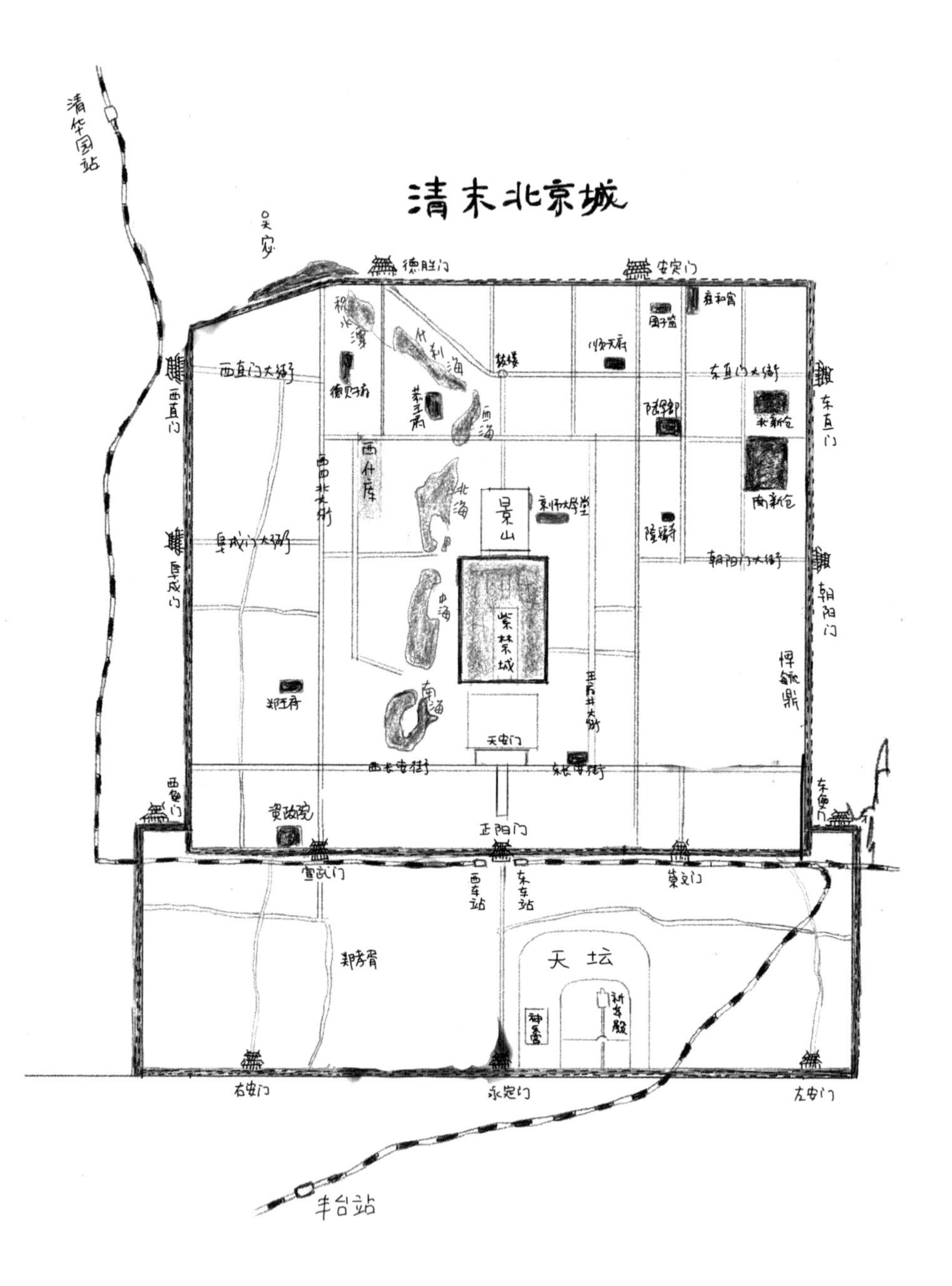

清末北京城
清华园站
德胜门
安定门
积水潭
什刹海
鼓楼
顺天府
国子监
雍和宫
西直门大街
西直门
恭王府
西海
陆军部
东直门大街
北新仓
东直门
西什库
西四北大街
北海
景山
京师大学堂
南新仓
隆福寺
阜成门大街
阜成门
朝阳门大街
朝阳门
中海
紫禁城
王府井大街
郑王府
南海
天安门
西长安街
东长安街
西便门
东便门
资政院
正阳门
宣武门
崇文门
西车站
东车站
天坛
神乐署
祈年殿
右安门
永定门
左安门
丰台站

让子弹飞

入 会

辛亥年三月初二，也就是1911年3月31日，武昌黄土坡二十号，新开了一家酒馆，叫“同兴”。

开张那天，十分热闹。这里靠着湖北新军的营房，主顾大半是穿着洋军服的新军弟兄。店主姓邓，听说半月前刚从扬州回武昌。

这家酒馆卖的酒菜，也不十分出色，但来往的人很多。酒馆开了三四个月，生意一天比一天好。

如果你留心观察，会发现他们互相行的礼有些古怪——普通人总是互相拱手，旗人见面是半跪请安。许多来酒馆的人，见面总是互相一鞠躬，接着右手握拳，左手抚胸，接着整一整领扣（因为都是士兵的缘故），再对答几句，何处来，何处去，于是亲热地坐一道喝酒，或由跑堂的让进里屋雅间去。

这一定是个什么帮会的联络点。

如果你本身就是新军的弟兄，早早晚晚，就会有同乡或同袍，借着操间休息或点烟的机缘，凑到你跟前问：“要不要加入共进会？”

“共进会？只听说过有天地会、哥老会。”

于是问的人神神秘秘地，悄悄塞给你一张印得很粗劣的纸。“值岗时，背着人看。”又补一句：“我的身家性命在你手上。”

你就有些明白了。深夜避开人，凑着光仔细看那张纸：

> 共字就是共同，就会内而言，人人都要同心合力，共做事业，就会外而言，凡属相同团体，都要联合起来；进就是长进，长进我们的智识，长进我们的身子。明朝末年，满人乘虚侵入，做了中国皇帝，杀不完的汉族作了他的奴隶……

底下讲了许多抗满兴汉的历史，末了道：

> 如今朝政紊乱，奉承洋人，经常割地赔款，老百姓跟洋人闹起事来，不但不给百姓讲一句公道话，倒替洋人杀老百姓出气。满人只顾请洋人保他做皇帝，不管汉人的死活。中国本来不是满人的，他拿去送给洋人也好留条生路。所以我们革命，一来要替祖宗报仇，二来要早点准备，把全国的会党合起来，不分门别户，取这共进二字，就是要拼死力，有进无退。
>
> 我们革命切记不可打教堂，杀外国人，免得惹起洋人干涉。

这宣言写得很清楚，其实你之前已经在某处所在见过他们的宣传标语，如“忍令上国衣冠，沦于夷狄；相率中原豪杰，还我河山”——这本是太平天国的讨满檄文，今时今日读来，别是一番感受。

还有一些小册子，《革命军》《猛回头》《警世钟》什么的。还有重印的《扬州十日记》《嘉定屠城记略》。

湖北新军跟以前的绿营差别极大。光绪三十一年（1905）朝廷废科举之后，底层的读书人，从童生到秀才，甚至部分举人都没了出路。有钱的，出洋留学，当“洋进士”，或到上海进洋学堂，留在省城读书的也有，可是穷文富武，家境贫寒举家食粥的亦自不少，但是科举一停，不单无法再应考上进，连担任馆塾师的资格都没有了。实在体弱的、家累重的，只得入了不要钱的师范学校，学些声光化电的粗浅知识，冀望毕业后到新式小学堂混口饭吃。

许多有些膂力，又抛得下家口的读书人，便应招入了新军。单是光绪三十一年在湖北黄陂招兵，九十六人入伍，倒有十二个廪生、二十四个秀才。各标各营，大抵如是。这些饱读诗书的人投到军前，倒也不全为了养家糊口，总想做出一番事业。

自宋以来，朝廷一直重文轻武，文人统军屡见不鲜，行伍出身而登高位的屈指可数，故民间有“好铁不打钉，好男不当兵”之谚，意谓一入军旅，便无出头之日。但是道咸以来，国家孱弱，民生凋零，富国强兵成了人人心头的好梦，投笔从戎便不再是丢脸羞家的勾当。那位炙手可热的梁任公不是有诗么：“诗界千年靡靡风，兵魂销尽国魂空。集中什九从军乐，亘古男儿一放翁！”他赞的是陆放翁，激励的却是当今无数热血男儿的心胸。

还有，光绪二十六年唐才常在两湖组织自立军“勤王”失败。吴禄贞等人痛定思痛，派遣自立军的剩余人员投入湖北新军，伺机而动。

据说，湖广总督张之洞生前已经觉得新军不稳，多次调动镇、标、营头目，尽可能在关键位置派旗人担当。不过，新军弟兄的心思，多半还是活动的。

这些事你心里都很清楚，所以拿到共进会的传单，也没有太吃惊，只是想了几夜。你当然知道一旦入会，那就是谋逆的大罪，居“十恶不赦”之首。只是，国事蜩螗如此，哪个中国人愿意总这么不死不活地耗下去？

至于传单的末句“切记不可打教堂，杀外国人，免得惹起洋人干涉”，也容易理解，武汉是九口通商之所，洋人众多，如果针对清廷起事，自然希望他们的炮舰水兵，不要插手，事情就容易得多。庚子年义和团的教训，还领受得不够么？至今大清的税银，还一年多似一年的充着赔款，流向遥远的外洋，把人家养得更肥。

奶奶的！这样的朝廷，干罢！

下定了决心，自然就有人接引，果然联络点便是黄土坡的同兴酒楼。跑堂的把接引人与你让进里屋，穿过厨房，到了后院槐树下坐定。有人送上一份“愿书”。

那是印刷好的格式，留着空白的名姓待填：

中华民国湖北省□□府□□县□□□，今蒙□□□介绍，得悉军政府以驱逐满虏，恢复汉族，建立民国，平均人权为目的，愿入鄂部总会效力，听从派遣。所有一切规则，永远遵守，不敢违背。倘有违犯，听众罚办。谨祈本会参谋长宋教仁保送，本会总理长刘公承认，本部特别员谭人凤申报，军政府大总统孙中山注册。介绍人□□□，入会人□□□。通信处由□□□转。黄帝纪元四千六百零九年□月□日具。

刘公你是听说过的，是本城有名的士绅。其余的人名便很陌生。不过看上去，是一个庞大而严密的组织。介绍人还神秘地告诉你，“孙中山”便是朝廷日日叫喊捕拿的“孙汶”，至于汉人不再用满洲人纪年，自是应份，所谓“黄帝纪元四千六百零九年”则是由会中一位大学问家章炳麟先生推算出来的。

填了“愿书”，捺下手印，你就成了一名共进会会员，介绍人再给你讲解仪规，分什么山、水、堂、香，山名中华山，水名兴汉水，堂名光复堂，香名报国香，与一般的会党也差不多，又有几首诗句，是出外闯山堂拜码头用的，口讲心诵，慢慢熟习不迟。

倒是平日礼仪要赶紧记熟，不然闯到聚会场所，却不谙礼仪，容易被人误会成暗探，轻则皮肉吃苦，重则性命不保。

这些礼仪你都见过，如右手握拳，意谓“紧守秘密”，左手抚胸，意谓“抱定宗旨”，整理领扣，意谓“恢复中华”。而且每日口令变化不定，如有需要参加会议，自然有人通知。

然后他们告诉你，共进会在新军实行“抬营主义”，意即一排一排、一营一营地发展新军弟兄。“那末，我们总共有多少会中弟兄？”你问。

“武汉三镇，一万五千余新军中，总有两千多人像你一般填了‘愿书’，还有四千多人，同情革命，答应帮忙。”

你吓了一跳。“那，在我们第八镇工程营中，又有多少人？”

“六百多，快七百。就数你们营里弟兄多。”

“乖乖！”你吐了吐舌头。“那，什么时候举事？”

“快了！”说话的人望望外面的天色，七月末八月头的武昌，还是热得让人泼烦。蝉声吱吱地叫，听着比盛夏时急促，仿佛知道余日无多。

弟兄们都在等上头的布置，一旦时机成熟，就干他娘的！

失 事

门吱呀一声响，刘同进来了。

没什么人支应他。大家管自做自己的事。孙武临窗而坐，把几日后要用的炸药放在脸盆里检验成分。丁立中、李作栋在屋子中间的小圆桌上给钞票加盖印章，起事后，可以散发给市民，建立革命军的信用；王伯雨在一旁整理文件，他还开了句玩笑：“这些将来都是革命文献哩。”

邓玉麟出去购买怀表未回。起事在即，时间统一是很重要的。

宝善里这儿，刘同是常来常往的。大家并不讨厌他，但也没什么好欢迎的。因为他做不了什么大事。打个杂，跑个腿什么的，又不太好支使他。

因为他是刘公的弟弟。

革命党人的经费一向紧张。从前文学社成员多是士兵，于是收“月捐”，每月征收会员的饷银的十分之一。共进会因为各种行业都有，不便征收月捐，只能靠会员自愿捐输，没有什么固定经费。

1911年年初，谭人凤奉黄兴之命来湖北视察，曾交给共进会一千大洋。但还不上三四个月，这笔钱就花尽了。眼见十月的起事日期愈迫愈近，经费问题就变得更尖锐起来。

会中主事者只好各寻各路，有人将家中田地卖掉，以充会费，有人去劝说过路行商，将所带货物捐献入会。总之五花八门，法宝出尽。焦达峰听居正谈起他家乡广济县达城庙有一尊“金菩萨”，便约了几个人去盗佛。在六月的一个风雨交加的夜晚，六个革命党人潜入庙里，取走了金佛。

可惜，路上遇见了州里的捕快，怕事情败露，只好将金佛扔进水田里。也不知便宜了哪个农人。

众人正叹惋之间，湖南同志邹永成来武汉，他一听说此事，立即献计，说他姑母住在武昌八卦井，家里很多金银首饰，何妨想法取来充革命经费。众人初时担心影响他们姑侄关系，但邹永成自己拍了胸膛，又想不妨革命成功后补报，便都允了。

计策是找个人配制迷药，这事交给了第三十一标军医江芷兰。邹永成自己去买了瓶好酒，带着药酒去找姑母辞行。当日，孙武、邓玉麟守在邹永成姑母家外，只等里面叫声“倒也倒也”，便冲进去搜取革命经费。

哪知一顿饭由午时吃到未时，仍听到里面笑语喧哗，还有人叫“添酒，再炒个鸡蛋”。好不容易等到邹永成红头涨脸地出来，只管摆手，说“药不灵，碍事”。三人一同走回宝善里，路上大骂江芷兰医术太差，连副迷药都配不好。

邹永成后来又生一计，将姑母幼子骗到汉口，再留信冒充匪人，勒索财物。这次终于到手了八百元。

但革命是无底事业，八百元济得甚事？转手便空。那一段几个主事者日子艰难，孙武、邓玉麟、焦达峰将家中衣物典当一空，每人只剩得一套内衫裤，每晚睡觉时脱下，便要孙武太太浆洗，第二天又好穿着。外衫更是只有一件公共的，谁要上街谁便穿出去。好在武昌天热，在家穿着内衫裤也能过。

这种困境，直到刘公从襄阳来武昌，才得解决。

刘公家是襄阳巨富，他本人早年在日本留学时，加入了同盟会，还在《民报》帮过忙。他的表兄陶德琨，新自美国留学归来，也是同盟会员。共进会一商议，决定举刘公为会长，经费也着落在他身上解决。

刘公也有心捐助革命。无奈中国传统家庭，子女未析户别居，用度无碍，手里却没有大笔银钱。正好陶表兄从美国回来，两人便商定一计，由陶表兄出面去劝刘公的父亲刘子敬，给刘公捐个官，说“表弟是日本留学生，朝廷现正在重用留学人才，如能捐个资格，将来定做大官，总督大学士都是有望的，比不得那些只有银钱全无本事的捐班”。

刘子敬觉得有道理，便答应给刘公捐个道台，再加捐“遇缺即补”“指省任用”的花样，算算大概也得一万多银子，陶表兄又添了许多油醋，终于说得老头子开出了二万两的银票。

这二万两银子，给了共进会一万两充革命经费，这才能派人去上海、广州，买枪买炸弹。会中众人对刘公甚是感激，对他胞弟刘同，也就礼让三分。

不料刘同大大咧咧，全不留心。孙武在脸盆里检验配制好的炸药，他倒好，吸着烟卷站在旁边看。顺手一掸烟灰，有火星落在了炸药上，呼哧一声，轰，整间屋子都溢满了浓烟！

孙武离得最近，登时面部受伤，两眼不能视物，右手鲜血长流，清理文件的王伯雨隔得不远，被炸药灼伤右眼。李作栋、丁立中吓了一大跳，幸未受伤。刘同自己倒也没有伤着什么，只是熏了一脸黑。

此时飞溅的炸药已将室中桌椅点燃，浓烟更是自窗户滚滚涌出，已经听见外面有人喊“救火”的声音。众人心知救火队与租界巡捕转眼便到，李作栋赶紧从衣架上扯下一件长衫，将孙武的头面蒙住，王伯雨也如法炮制，一伙人从后门冲出，去法租界同仁医院诊治。

旁边的几间屋里还有共进会的人，这时一齐冲了进来，看看火势甚旺，只好先逃出去再说。会长刘公也在隔壁，他倒还未乱方寸，叫人务必将文件、名册带走，不要落在巡捕手里。

谁知越忙越乱，文件柜的钥匙被上街买表的邓玉麟带走了！手边又没有斧头橇杠，此时亦顾不得许多，先撤吧！

也是险过剃头，刚走到院子门口，一群俄国巡捕已经扑到。当头的一个用俄语大声喝问，看样子是想知道发生了什么事。

刘公用长衫下摆遮住面庞，嚷了一声“煤油爆燃”，向院里一指，也不管俄国巡捕听得懂听不懂，向外就走，众人随之冲出，巡捕倒也拦不住他们。只有落在最后面的几个人被捕。

这一来，宝善里的炸药、旗帜、袖章、名册、文告、盖印纸钞，全落入俄国巡捕之手。共进会谋划经年，打算在数日后举事的大部分秘密准备工作，尽数暴露于清朝武昌政府面前。

一个小时后，刘同在返回寓所取文件时被捕。刘公、邓玉麟、孙武都认为他保不住秘密，加之名册已经泄露，如今已是生死关头。“如果马上动手，还可死里求生。”孙武说。

邓玉麟立即奔赴武昌小朝街八十五号，那里是拟议中的军事指挥部。命令迅速拟出：起义，就在今晚！

这是宣统三年，辛亥八月十八日，公历是1911年10月9日。

但还是晚了一步，起义命令刚发出，小朝街已被大批巡防兵、督院卫兵包围，第八镇统制张彪亲自带队。刘复基、彭楚藩、杨洪胜等主要干部被捕。一同被捕的还有四十多人。

这是最恐怖的夜晚。军警四出，遍布武昌城中，同时通信骑兵反复往返督署与兵营之间，起义计划既已全盘暴露，一旦缓过手来，督署必将在新军里按名搜捕。

刘、彭、杨被捕后，即行审讯。湖广总督瑞澂已经认识到事情的重要程度。凌晨五时，一声炮响，三颗人头已经挂在督署东辕门外的旗杆上。

天色渐亮。侦骑四出，被捕的士兵、商贾、报人、市民，一批批地送来督署。这两天，又不知多少颗人头会挂上这高高的旗杆。

他们完了！张彪冷冷地想。

起　义

杨洪胜第二次来，是来送子弹的。

自从新军时时有内部骚动的传闻，加上派遣的新军在资州起事，杀了四川总督端方，武昌督署日前下令，各营一律收缴子弹，训练射击时方按数发给。这样一来，新军弟兄，人人手里都没了子弹。

10月9日，下午五点，邓玉麟与杨洪胜赶到工程营，召见总代表熊秉坤。会中弟兄都知道有大事发生，三三两两聚在营房外，听消息。

果然，邓、杨一走，熊秉坤立即召集各棚棚目，告：汉口试验炸弹失慎，孙武受伤住院，名册落入督署手中，现正大肆搜捕党人。军事指挥部决定今夜起义。具体到工程营，熊传达了方才三人密商的四点：一、肩章反扣，右臂缠白绷带以资识别；二、全副武装，不带背囊以轻装；三、工程营关键任务是占领楚望台军械所，再派兵迎南湖炮队进城；四、今夜口号是“同心协力”。

熊秉坤说，他已经派支队长郑挺军前往楚望台军械所通知那里的同志。

“我们没有子弹，怎么举事？”

“杨洪胜大哥等一阵会送子弹来。你们先准备着。”

一个钟点后，杨洪胜又出现了，又走了。大家再度聚集到熊秉坤的营房内。

“子弹只有两盒。”熊秉坤一面说一面将盒里的子弹倒在床上，“我留六粒，余下你们拿去，会中同志每人三粒，有多的，挑那平日胆子大，跟长官时常争执不服的弟兄，各发两粒。”

出门的时候，熊总代表追了一句：“倘若官长不反对起义，我们决不故意残杀。”

按交代，10月9日当夜城外炮队一响，工程营便立即举事，向楚望台进发。

九点半，营房按例熄灯就寝。但是谁都没敢睡，穿着衣服靠在铺上，也不敢说话，单等着炮声。

可是，一点，两点，三点……一夜过去了。也没听见炮声。

天蒙蒙亮，拉开门往外一偷瞅，营门口，操场上，全是人影，再仔细看，大都是排长以上军官，个个荷枪实弹，来回巡查。

看样子，也是一夜没睡。

营里弟兄，不管参没参与起事的，心里都在犯嘀咕。吃早饭的时候，很多人拿眼看熊秉坤。

熊秉坤也是眉头紧锁。他同样一夜未睡，也没等来炮声。更糟的是，今早才听说，左队的任振纲被抓起来了。

任振纲是支队长，平日很受排长信任，也没怀疑过他是革命党。昨夜督署密令戒严，人手不够，排长去找他参加巡查，谁知进门一看，他军服整齐，右臂还缠着白布，排长大吃一惊，立即上前夺下任手里的枪，发现枪里有子弹两粒。这是预备起事无疑。于是营长下令，立即拘禁任振纲，并且各营排查。风声一出，领到子弹的兄弟都把子弹丢掉了。

对着面前的馒头稀饭，谁也没有胃口。但早饭是讨论的最后机会，众人一边装着咀嚼，一边催熊秉坤赶紧想办法。

有什么办法可想？城内外消息完全断绝。杨洪胜本来说再送炸弹来，一去也没了消息。昨夜炮声未响，起义已是凶多吉少。

熊秉坤咬了咬牙："昨天我和邓、杨两位大哥计议过了，不动手是死，动手可能还能拼一下！军械所藏着弹药，是起义成功的关键。我决定：下午动手！"

一桌子人都说不出什么话来。也无人反对。

"这样，现在早饭时间，官长都在外面巡查。你们分头告诉各队代表，就说我们接到总机关命令，要求工程营首先发难，夺取军械所，才能向全军发放弹药。就这样，定在下午三点晚操时发动！"

"可是，还是没有子弹……"

"唔，是个问题……先布置下去……实在不行，只能徒手夺枪了！”

等到上午十点，城里倒是传来了消息，杨洪胜的首级，和刘复基、彭楚藩的一起，挂在了督署辕门旗杆上。

不动手，真的就是等死了。但子弹仍然是个问题。

第二棚的吕功超突然站了出来：“子弹我家有！”

“你家哪来的子弹？”

“我哥子是吴元恺营长的马弁，他们营从北通州回来解散了，我哥子把一些子弹交给我嫂嫂保管，他去了四川……”

这种时候哪管你哥子嫂嫂的，有子弹就成！

熊总代表心思细密，派了三个人，分头往吕功超家盗取子弹，叮嘱他们不要一起走。回营时间要有先后。

十二点，子弹取到，共有六盒。这样每人都分得九粒以上，士气大振。

下午接到命令，晚操取消。发难时间只能后延到头道点名后，七点钟左右。

七点钟，工程营那边枪声大作。起义终于开始了！

军械库罗炳顺、马荣等人正要往外冲。门开了，军械库监视官李克果出现在门口。

他一眼就能看出众人想干什么。“到院里集合！”

大家走到院子里，看他有什么话说。

李克果人不错，平日也和气。此时他脸上倒不见得有多紧张，仍是慢慢地说：“咱们在工程营共事也有五六年了，大家能听我说句话吗？”

嗡嗡声渐渐小下去。众人攥着手里的枪，听他说。

“外面这么喧哗，你们都听见了吧？”“听见了。”有稀稀落落的回答。

“本监视官替你们考虑：外面来的要是不法匪盗，你们守库责任重大，当然要奋力抵抗；如果来的是正规军队，你们人少，不如回避吧。”

罗炳顺灵机一动：“我们一粒子弹未见，咋能抵抗？”

李克果挥了挥手，管库工人将库门打开，搬出子弹两箱。“你们分吧！”

军械库的大门打开了，一群人在火把的照耀下出现。都是工程第八营的同志弟兄。

军械库守卫士兵立即举枪，扣扳机，子弹如成群的夜枭嗖嗖地飞。

不过，子弹都射进了夜空。

涌入门口的火把越来越多，有人开始喊口号：“同心！”

这边就有人答：“协力！”

军械库是我们的了。武昌也将是我们的。

楚望台的火光映红了夜空。

很多年后，起义者才知道，十里开外的长江之中，一艘即将启碇的招商轮上，乘客都在看着楚望台的大火，窃窃私语。人群里，站着一个影响日后大局的关键人物。

他叫张謇，甲午恩科状元，钦赐进士及第，翰林院修撰，江宁文正书院山长，商部总顾问。大清朝最后一根救命稻草。

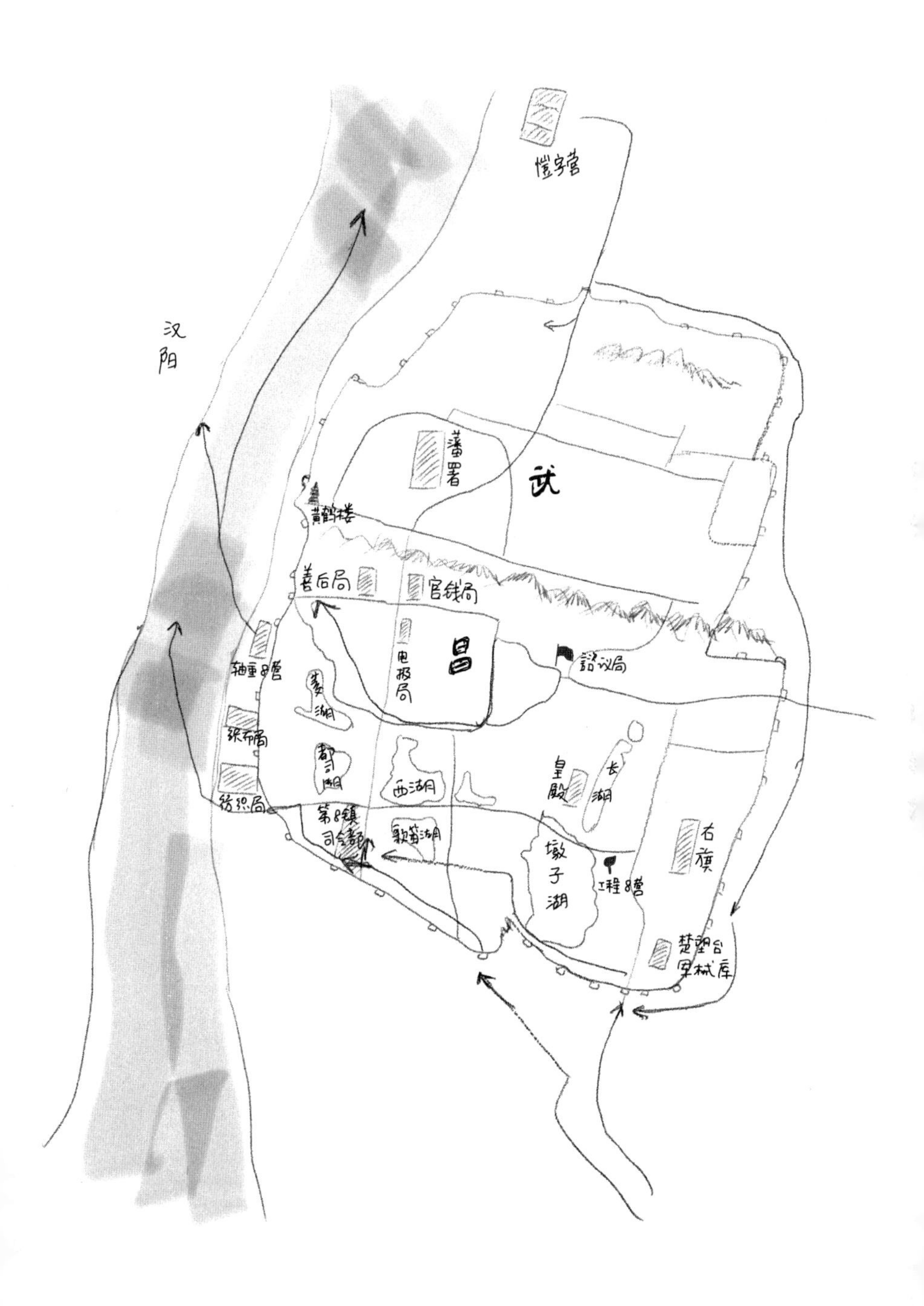

愷字营
汉阳
藩署
武
黄鹤楼
善后局
官钱局
昌
电报局
谘议局
辎重8营
菱湖
纺布局
都司湖
西湖
皇殿
长湖
纺织局
第8镇司令部
歌笛湖
墩子湖
工程8营
右旗
楚望台军械库

天下未乱蜀先乱

上午八点钟，铃声哗唧当摇过，川汉铁路股东会又将召开了。

不料代表股东罗纶登台报告："现在有个好消息，督署派了一位军官来说，顷接阁部电报，持督部堂名帖请我们即到督署去商量办法。赓即回来报告情形，希望大家不要散会。"大家都说好，于是几名股东代表离席而去。

刚吃过的早饭还没消化，大家乐得喝茶，吐痰，冲壳子。一位川汉铁路公司职员溜了进来，对着几位相熟的股东低声说："会场门口都是军队，进来出去都不准，可能要搞事。"

"搞事？啥子事？赵尔丰那个老杂皮，未必敢把哥子们抓起来？"

但是代表们久出不归，会场里交头接耳的议论声嗡嗡地多了起来。洪雅县有个代表叫王小舟，表示他愿意打电话去四川总督府问问情况。

王小舟打完电话回来，说，叫通了督署，要给刚才去的几位代表讲话，对方说请不来，又说随便请一位官长来。他们请了周善培周臬台来，我跟他是熟人，就问几位代表哪时候回来，满会场都在等他们报告。周臬台说，代表们正在谈话，一时回不来，请代表股东们多等一下子。

这一等，就等到了下午。七月天，热得很，会场内又没有吃的，茶水倒有，越喝越饿。代表们饥热交迫，忍耐不得。有些人就想先走，哪知一出门就被人堵了回来。一位军官上台报告：“今天外面突发生暴动捣乱情事，已宣布戒严，街上交通断绝，这个时候出去很危险，请代表们解严后再出去。”

代表们大哗。但是秀才遇到兵，有理说不清——兵根本不跟你说理，他只负责扛把枪守住门口。一时间说什么的都有，沸反盈天。当然也有人想再打电话去问督署，这番却打不通了。

窗外的天色渐渐暗下来。饿了一天的代表们连吵架的力气都没了。有人拿出钱，要看守的士兵帮忙出去买几个牛肉锅盔充饥，回答是：你们搞罢市，通街店铺都关门了，而且全城戒严，哪里还有啥子锅盔卖？

终于可以走了。封堵会场的军队荷枪而退，走出公司大门，街上站岗的军警也撤走了。但是街上没有行人，只有若有似无的月色隐现。代表们搭帮结伙地回宿处，听得更鼓已经敲了三更。

“先人板板，累死球了。赶快回去烫个脚睡你妈的，有事情明天再说。”

他们不知道，已经出大事了。

死 事

去督署的代表一共是九人，七人是总督指名（一人请病假），三人是自愿旁听。包括谘议局议长蒲殿俊、副议长罗纶、股东会会长颜楷、副会长张澜、《蜀报》主笔邓孝可。

听说，刚走出川汉铁路公司的大门，带队持帖来请人的军官就翻了脸，将九个人分别关押，像提拿犯人一样往督署送。这帮兵弁作威作福惯了，想来这有违赵尔丰设计密拿的本意。

从公司到督署，要经过暑袜街、东大街、走马街。这几个人谁不认识？尤其是保路同志会各街道分会的同志，一见此状，马上就反应过来：赵尔丰要动手了！

传言像热风一样在蓉城的街道上疯跑。尘埃与口水不断加入，传言又像气球一样膨胀。罢市中的成都本来就郁积着躁动不安的空气，传言更像一颗火星溅进了将沸的油锅。

当王小舟致电督署问讯时，皇城内外的传言已经变成了：九位代表被当街拿捕，赵尔丰亲自审讯，危言恫吓，诬指造反，罗纶盛气抗辩，立被枪杀，余人皆锤镣丢监。

成都沸腾了。先是附近几条街的民众，捧着光绪皇帝的灵牌，拥往督院衙门请愿。更远处的民众听说，也捧着灵牌往督署赶奔。短短时间都凑合了千把人，把总府街堵得水泄不通，一堆一堆往督院辕门里挤。

自有保路运动以来，这是成都第一次完全自发的民众聚集：主要领导人都被抓了，各地代表又被困在会场里，谁来策动？谁来领导？人人都是热血冲动，只想着请愿救人。

卫兵根本挡不住那么多人，督院辕门都差点被挤垮！这些人拥进督院前的院坝，高声喊叫：

“先皇帝准许四川人自办铁路，为什么要把争路的人捉去？”

“先皇帝有灵，保佑放出九个代表啊！”

“制台马上放人哪！”

就有人跪地叩头，痛哭流涕，把光绪皇帝的牌位顿在地上，嘡嘡响。

“人众拼着气力向前涌，一面挥着先皇牌位，一面齐声大喊：‘把蒲先生、罗先生放出来！……把蒲先生、罗先生放出来！……’”（李劼人《大波》）

一片哭喊声中，突然几声枪响，子弹飞向空中。

民众的哭声骤停了一下，但马上又响成了一片。龟儿子，那么多人，老子信你娃敢开枪？

真的开枪了，据说是营务处总办田徵葵下的命令。子弹不长眼睛，这下子搞到事了哇？院坝内秩序大乱，中弹死的倒卧遍地，受伤的则匍匐着往外爬，还没有尝到花生米滋味的赶快往辕门涌，先皇的牌位到处乱抛，有些还被子弹打成了几片。

事后掩埋登记，入册的三十二人，多是有家属认领及慈善总会出掩埋费的，未登记入册的据说有三百余人。死者有机匠、小菜贩、裁缝、放马、学徒和管戏班子行头的、装水烟的、开诊所的以及街正等。

民众四散。辕门内又冲出马队，追赶射击路人。正在此时，更远处的居民与城外农民闻听捕人，裹着白巾顶着牌位来请愿，正碰上马队开枪，当场又死了数十人。

赵尔丰下令关闭成都各城门。这时蒲、罗等人被捕的消息已送往周边各州县，同志会员正在大举赶来，至则不得入，便屯聚在城门外。巴蜀首府，登时成了一座围困中的孤城。

这是宣统三年七月十五日（1911年9月7日）的事。五日后，赵尔丰声称搜出一张“十路统领”的名单，还有几颗木刻的统领印，同时，督署计议在成都四门各用一百桶洋油放火，同时在督署举火，趁势烧死九代表，谋反之事即成坐实。清兵还将铁路公司与铁道学堂股东招待所一并查封。

保路

决定罢市、罢课、罢工，是在闰六月二十九（8 月 23 日）的股东会、同志会联合紧急会议上。这次紧急会议召开的原因是:那日督署转来李稷勋为宜昌分公司总理的电文。

1903年四川总督锡良与湖广总督张之洞商定建筑川汉铁路，宜昌以下由湖北担负，宜昌以上由四川担负。朝廷也下了旨意，允许川汉、粤汉铁路向民间资本开放。川汉铁路全长三千余里，预计需银七千万两。

以四川当时的社会资本状况，要说能仅靠招股集齐三千五百万两的半数资金，难于蜀道。所以四川的集股办法，与湖南一样，分为购股、商股、租股三种，五两一小股，五十两为一整股。前面两种好理解，无非是各县知县召集地方绅粮，连劝带派，而且宣扬民办铁路是“与洋人争路权”，用商业利益与爱国主义两套说辞来吸引股款。“租股”则是按粮册摊认，于每年征粮时将股份摊入田亩征收。各县因此都专设了租股局，按期征收。

这样一来，从地主到佃户，都得为川汉铁路卖力捐资。四川当时人口约五千万，有两千来万人拥有川汉铁路股票，除去少数民族和极贫困人口，可以说，全川稍能温饱者，无不是川汉铁路股东。一旦铁路股份出了问题，跟每一个四川人都切身攸关。

川汉铁路从建筑计划公布之日起就争端频现。四川负担修宜昌至成都的路段，最难修的就是三峡一带，而三峡一带大半属于湖北，四川只有巫山一个县。建筑计划是先修宜昌至夔门段，很多人认为用四川人的股款，却先造福湖北人，想不过，希望先修成渝段。这个提议催生出了一个组织叫川汉铁路改进会，主事者是一帮留日川籍学生。虽然川汉铁路督办拒绝了他们的要求，但这些人后来都成了保路同志会的骨干。

川汉铁路争端，说来话长。要言之，铁路修建因为工料、款项、人事、投资等诸般原因，迁延日久，其根子，恐怕还是“官督商办”这个体制下，官与商的矛盾难以解决。盛宣怀主打提出的铁路国有政策，实在也是考虑到铁路越拖越久，材料积压情况严重，资金缺口越来越大，本身已经影响到筑路各省的社会稳定。如1911年5月5日给事中石长信正式提出“收路”的奏折中所言：“四川、湖南现因兴造铁路，创为租股名目，每亩带征，以充路款。闻两省农民，正深訾怨，偶遇荒年，迫收尤觉难堪……深恐民穷财尽，欲图富强而转滋贫弱。”

正是这个理由，让清廷认为收路有益民生，“必无阻挠之虞”，才草草下了这个决断。

四川人也并不想年年把钱往这个无底洞里扔。不过这路已经修了八年，钱扔得不少，总要对股东有个交代吧？股东会的决议是：要求政府将历年用款和上海倒账（橡皮风潮中钱庄倒闭造成的损失），一概承认，用六成现金加四成股票的形式还给股东，尚存的资金七百多万两也由股东会处理。

盛宣怀如何肯认这个账？如果承认这些条款，四国银行的借款连还债都未必够，还谈什么继续修路。朝廷的政策，是将以前的股票全部换成国家股票，等路修成了再慢慢还。

这下把四川股东惹毛了哇，大家说，既夺路权，又不认倒款，更提现金，形同抢劫。最坏的是，盛宣怀仗倒他龟儿是邮传部尚书，不准各地电报局译发关于铁路文电，也就是说，川汉铁路公司总部要跟各地分公司、租股局联系，只能恢复以前的快马急递，这不是束缚人民与团体的通信自由么？谘议局的议员们拍桌大骂。

三天之内，保路同志大会便轰轰烈烈地在成都岳府街铁路公司的大厅内宣布成立了。五月廿一日（6月17日）的到会人数，足足在五千人以上，人流一直排到岳府街两头和三倒拐口子。

“罗纶，他是一位很白皙的胖子，人并不甚高。他一登台向满场的人行了一礼，开口便是‘各位股东’，很洪亮的声音，‘我们四川的父老伯叔！我们四川人的生命财产——给盛宣怀给我们卖了！卖给外国人去了。’就这样差不多一字一吐的，简单的说了这几句。他接着便号啕大哭起来。满场便都号啕大哭起来了——真真是在号啕，满场的老年人、中年人、少年人都放出了声音在汪汪汪汪大哭。

“‘是可忍，孰不可忍呀！汪汪汪汪……’‘我们要反对，我们要誓死反对呀！汪汪汪……’‘反对卖国奴盛宣怀！反对卖国机关邮传部！’连哭带叫的声音把满场都轰动起来了。罗纶在坛上哭，一切的股东在坛下哭，连司里跑动着的杂役都在哭，不消说我们在旁边参观的人也在哭的。”（郭沫若《反正前后》）

这种悲情场面每天都在上演。

声势虽大，但主张“保款”的人还是多于主张“保路”的人，用谘议局副议长肖湘的话说，是“以索还用款为归宿，以反对国有为手段”。但在向朝廷上奏、请愿将近两月之后，政府不仅一点儿没有松口，反而因为李稷勋之事，矛盾空前激化。

李稷勋是四川秀山人，1909 年以邮传部左丞参议的身份被派往川汉铁路公司宜昌分公司任总理。他本来是反对铁路国有的，但不知是受到了顶头上司盛宣怀的压力，还是放弃了本土立场转而为政府谋利益，他在 1911 年 8 月上旬表示同意将川路余款转为国有路款。如此一来立遭千夫所指，股东大会有人宣称“盛宣怀卖路于前，李稷勋卖路于后，是害吾川之生命财产，皆二贼所为，吾川人必誓杀此二贼”。

然而盛宣怀决意强硬到底，联合端方、瑞澂等人联名上奏，派李稷勋继续主持收归国有后的川汉铁路宜昌段建设。消息传来，全川沸腾，罢市罢工，势所必然。

罢 市

罢市、罢课、罢工这些名堂，从前中国也有，但大抵是个别诉求，非关国运。庚子之后举国狂学西方宪政，才发现有这样几种手段有大效用。1905 年日俄战争中，彼得堡工人大罢工，东京日比谷公园集会，居然影响到两国的战争决策，而拒俄运动、反美华工禁约运动，也让人认识到中国民众集体的力量。

不过全城“三罢”，在四川肯定是头一遭。尤其是罢市，毕竟大部分手工业者小商贩是一日不做一日不得食，如果罢市通告发出影响不大，或因为生活压力不能久罢，或因军警胁迫不能贯彻，做不到全城关门，就会变成全天下的笑柄。

“列位！盛宣怀奏准钦派川人所公请撤换的李稷勋为宜昌

总理，系为执行他的丧权辱国之借债合同！盛宣怀是一个卖国媚外的汉奸，李稷勋是一个卖省求荣的败类，应该约集全省同志一致起来反对，先从省城做个典型。要求全城各界同志实行罢市、罢课，来抵抗邮传部违法丧权的专横政策。大家如赞同这个方式，请从今天实行！”

主席罗纶的话音未落，全场的狂呼声、鼓掌声已经响成一片。几百人高呼：“政府要硬抢铁路了，要打四川了，大家快要死了，还做什么生意！”

会一散，立即按照昨晚商定的部署，同志一齐往办事处领取传单，然而分成两队，直奔商业场。

商业场是成都商业的中心区，这里如能全面罢市，则全城关门可望实现。分成两队的用意，是第一队先进去挨户发传单，只简单地说“请即关门赞助”。第二队再跟进，发现有怀疑观望者，再加说明劝导，务使每户关门。

上午十点，第一队人马进入商业场后门。

进程意外的顺利。从第一户开始，商铺户主才看完，立即去搬铺板关铺门。散传单的走到哪里，铺门就关到哪里，渐渐第一队的话都不必说，只要将传单递过去，第二队更是无所事事。偌大的商业场，便只听见脚步声和铺板声，混在一起根本分不出先后。

于是领头者当即将两队分成若干小队，加快进度。说来吓人，成都府大街小巷，上千上万家店铺，几乎都没有二话，有些店铺只有小孩看门，搬不动铺板，宣传队就帮他搬一搬。才大半天工夫，成都的时钟就停了。

当时的宣传队成员石体元回忆说：“成都本是一个肩摩踵接、

繁荣热闹的大都市，至此立刻变成静悄悄冷清的现象。百业停闭，交易全无。悦来戏园、可园的锣鼓声，各茶馆的清唱声，鼓楼街估衣铺的叫卖声，各饭店的喊堂声，一概没有了。连半边街、走马街织丝绸的机声，打金街手饰店的钉锤声，向来是整天不停的，至是也看不见了。还有些棚户摊子，都把东西拣起来了。东大街的夜市也没人去赶了。”

各大街的中心都搭起了临时牌楼，高及屋檐，宽与街齐，上设香案，中间立“德宗景皇帝”，就是光绪的牌位。两边的对联是从光绪的上谕中摘出来的：铁路准归商办，庶政公诸舆论。保路同志会街道分会天天在此开会，痛骂盛宣怀、端方、李稷勋。

最狼狈的是各级官员，他们上下衙门，原本就是张伞喝道皂隶净街，现在见了光绪的牌位，格于规制，只好下来叩头行礼，步行通过，再行上轿。可是每条街都有牌楼，这……这也太不便了吧？那末，绕行小街？可是这些刁民发现了，再小的巷巷他们也扎个牌楼……很多官爷最后不得不撤轿，跟班拿着衣包，微服步行偷偷溜过去。

罢市从七月初一开始，半个月不见停息，反有愈演愈烈之势。内外交迫之下，赵尔丰才搞出了七月十五捕人开枪的大动作。

独 立

同志军搞七月围城，成都变了孤城一座。沿途交通被截断，各县向首府的解款全停。这时出现了所谓“水电报”。

一般记载，“水电报”由同盟会员龙鸣剑于城南农事试验场发明，他们将几百片涂了桐油的木片投入锦江，顺水漂向川南各地。木片上写着“赵尔丰先捕蒲、罗，后剿四川，各地同志速起自救自保”。

这里要插一句，为什么木片只往川南传递？因为川南素来是四川的乱源。辛亥之前，同盟会依照孙中山“夺取长江上游”的方针，在四川发动五次武装起义，除第四次在川北广安举事，另外四次：江安泸州之役、成都之役、叙府之役、嘉定之役，全在川南发生。连清廷组建新军，也规定只招川北人，不招川南人。

但也有人说，“水电报”是赵尔丰为了坐实蒲、罗等代表的造反罪名，吩咐田徵葵、路子善等人伪造了“油粉兵符”，上写“调兵进省救援”等字样，投入江中，再自行捞起以为证据。没想到弄巧成拙，投入水的多而捞起的少，木牌顺流而下，反而帮助保路同志会传播了信息。

最大的可能是两者皆有。据犍为人宁芷村说，他当时正好搭船从嘉定（乐山）回犍为，沿江看见许多木片，捞起来看，上面有不同的写法，大都是报告消息，主张抗粮抗捐，组织同志军，坚持力争，等等。而且他看见很多人在岸边守候“水电报”，这时只不过是成都闭城后的第三天。

当时正在资阳模范小学念书的罗任一也回忆说，这种“水电报”被老师比作“檄”，“见方约七寸上下，厚约四分，有的两面写字，有的写一面。木牌上写的全是口号式的文字，反对铁路国有，争回川路自办以及铲除卖国贼，等等”。模范小学的蔡老师带着学生去江边拾“水电报”，“捡回后照制木牌，刨光，写字，加油漆，再放到江里让它顺流漂去”。在这样的复制与传递中，“水电报”的信息才能数日之内，传遍川南。

七月廿八日（9 月 20 日），传来消息，朝廷命岑春煊来川“助理剿抚”，而且朝廷对川汉铁路的意见也很不统一。盛宣怀仍是秉持此前不准邮电互通保路消息的政策，认为隔绝舆论，有助于平息风潮。不过邮传部管不着报馆，他求助朝廷，希望民政部能出面，“严禁各报登路事”。然而民政部大臣桂春持反对意见，认为只要保证报纸报道“不得故作危词”“不得附和乱党语气”，亦不必“过分束缚”。

这一来明显看出，朝廷也在剿抚之间因循，而且“抚”的意见颇有后来居上之势。又过两天，岑春煊《告蜀中父老子弟书》的电文也传到了四川。这位前任四川总督的文告写得很动感情：

“春煊与吾蜀中父老子弟一别九年矣，未知父老子弟尚念及春煊否？春煊则固未曾一日忘吾父老子弟也。乃者于此不幸之事，使春煊再与父老子弟相见，频年契阔之情，竟不胜其握手唏嘘之苦，引领西望，不知涕之何从……父老子弟苟有不能自白于朝廷之苦衷，但属事理可行，无论若何艰巨皆当委曲上陈，必得当面后已……父老子弟果幸听吾言，春煊必当为民请命，决不妄戮一人。”

而且他还向外界表示，平息四川乱事，有三条对策：一、发还商股；二、释放蒲殿俊等；三、请朝廷下诏罪己以收人心。

这些对策完全与赵尔丰的举措相反，赵当然深感不安，作为因应，他一面致电朝廷，力阻岑春煊来川，并有“岑不来犹可若，岑前来恐终无宁日”之语，另一面，也向川内表示和解的意向。

9 月 23 日，同志军自动解成都之围，四乡的米炭蔬菜得以进城，成都人的便溺垃圾也可以运出去，这座古城忍受了一个月的罢市，半个月的围困，终于恢复了生活的正常。

武昌起义爆发，赵尔丰再也打不起精神来“平乱”了。眼瞅着全川有数十州县已经声称独立，川边平藏的部队被同志军挡着回不了省城，重庆听说革命党活动频繁，还有那个端方端老四，待在资州，似乎随时来取己而代之，赵尔丰无复往日威风，也默许手下跟谘议局那帮立宪派你来我往地商量，尤其是听得传言说“宣统爷从北京跑了”，吓得赵总督一身冷汗：大清朝……怕是要完。

磨来磨去，总督衙门提出了一个“官定独立条件”，主要强调“不排满人”“安置旗民生计”“不论本省人与外省人视同一样”“不准有仇官言动”，这些是赵尔丰为自己与下属、旗人提出来的条件，其余如保护外国人、保护商界、不准仇杀抢劫、维持藏边防务，倒是跟绅方提出的独立条件一致。

条件谈定，11 月 26 日上午，赵尔丰将关防大印移交给新成立的军政府。11 月 27 日，“大汉四川军政府”宣告成立，赵尔丰发表《宣布四川自治文》，蒲殿俊发布《大汉四川军政府宣告独立书》。

像是为了呼应这个日子，就在这一天凌晨，湖北来的新军冲进资州行辕端方的卧室，杀掉了这个清末最出色的旗人大员。四川人从保路到反清的斗争，到此有了一个转折点，但“天下未乱蜀先乱，天下已治蜀未治”，巴蜀的乱局，这才刚开了个头。

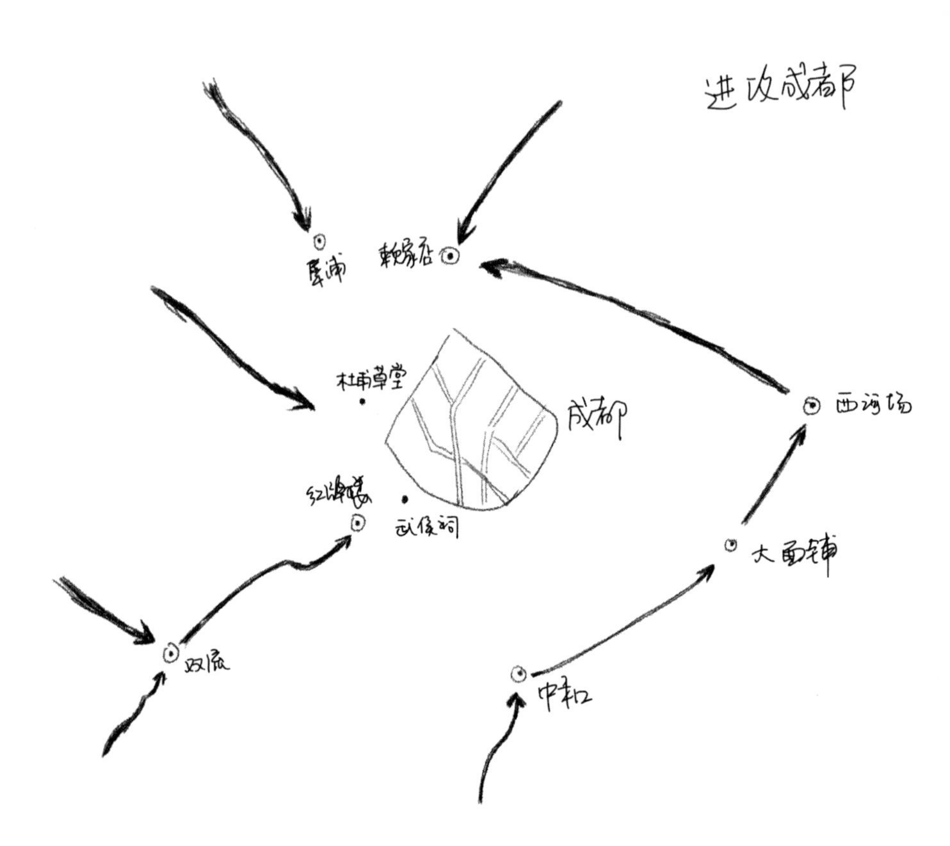
进攻成都
犀浦
赖家店
杜甫草堂
成都
西河场
红牌楼
武侯祠
大面铺
双流
中和

袍哥革命

舵把子们

四川保路运动的领导者，主要是谘议局的立宪党人，但保路运动能够自上而下、快速推行至全川，靠的是袍哥的力量。

1911 年 8 月，保路运动久无结果。川西、川南的袍哥领袖在资州聚会，改“保路同志会”为“保路同志军”，一字之易，与朝廷对抗之意明显了太多。成都的议员们未必喜欢这种做法，不过他们也莫得办法。

保路同志军的发起者叫张达三，是个武秀才，他的另一个身份是郫县新场总舵把子。他最要好的朋友叫张捷先，是个小学校长，同时也是灌县崇义镇的舵把子。

同盟会派去的王蕴滋是在鸦片烟铺里找到张达三的，他就这样站在烟榻前公开说明来意，并称将“驱逐鞑虏，恢复中华”，张达三当即慷慨表态：“郫（县）、崇（义）、灌（县）一带算我的！”——书中暗表，带张达三出道的大哥贺均山，本身就是反清老手，参加过义和团，或许就是石达开的余部。

张达三如此，张捷先自不必说。他们又联手找了灌县舵把子姚宝珊，这个人在松潘、理番、茂县、汶川一带甚有威望，万一造反不成，还可以退守川西北。

9月7日蒲殿俊、罗纶等被捕。早有准备的川西南同志军立即行动，9月9日，温江舵把子孙泽沛率领的同志军便已抵达成都南门外红牌楼，另一支同志军则由张达三带领，在犀浦一带与赵尔丰的巡防军主力对峙。这才有了成都的孤城之围。

同志军气势很盛，口号是："打倒满清，打倒赵尔丰，打倒周驼子（劝业道周孝怀），打上成都！"他们人数很多，火力太差，几乎没有他们称为"硬火"的后膛枪，大都是土抬炮、鸟枪、大刀、矛子、梭镖。

之所以能一路势如破竹，兵临城下，一是新军根本不奉赵尔丰号令，不肯跟同志军作战；二是同志军不扰民，如有违反军令者，必须按照袍哥规矩，当众自裁，自杀前还要在大腿上自穿三刀，所谓"三刀六个眼，自己找点点"。

也不需要扰民，同志军甚至不用自带粮草。每到一处，自有当地的码头酒饭招待，还会放钱到各军首领房中。兄弟伙需要用钱，只要说一声，就可以到房中自取，拿多少也有规矩等级，从二百个铜钱到二千个不等。这就叫"望屋吃饭"，全川袍哥一家，有人的地方就有供应。

成都独立之后，各方势力交错，赵尔丰兵权未释，新军各怀心事，立宪党争权夺利。川籍军官代表、军政部长尹昌衡则一手拉拢本地军人，一手加紧联络袍哥。

各方矛盾激化，12月8日，四川军政府都督蒲殿俊在东校场阅兵，部队借名索饷，发动哗变。成都全城枪声四起，火光烛天，新军、巡防军散往各街，大肆抢劫，成都人称为"打起发"，不同队伍的士兵碰面，就大喊"不照不照"，意思是各干各的。

整整闹了一天一夜，第二天各乡同志军赶进城来，才平息骚乱。藩库八百万两生银被洗劫一空，商民损失不计其数。

这场兵变，帮助了尹昌衡上台，当了军政府都督。参与兵变的各营，只是回营了事。转过年，发了洋财的兵丁纷纷拿出钱来娶妻成家，人称“起发太太”，赶上成都旗人生计无着，抛售房地，有钱的丘八更是乘机购房置地，面团团当起富家翁来。成都人无可奈何，只能唱民谣道：“不照不照两不照，明年生个大老少”，以纪念这场让部分人先富起来的革命。

尹昌衡当了都督，身兼军政职务，但他更在意的明显是另一个身份。他挂出了“大汉公”的香堂招牌，自封为大汉公的舵把子。都督要操袍哥，哪个敢不帮到扎起？尹都督前往成都各街的公口码头拜访，各公口码头都为他“挂红进酒”。尹都督一天进出都督府十几次，每一次出去都是长袍马褂，回来披一身的红绸红布，堆在床上，立刻又出去。都督府公事堆积如山，但显然尹都督认为酬酢袍哥更重要。

上行下效，继任的军政部长周骏也挂出了“大陆公”的招牌，其他部处也纷纷效仿，一座都督府几乎成了袍哥集中营。而哥老会提出“恢复汉族衣冠”，这帮哥子弟娃儿又不晓得啥子是汉族衣冠，个个头扎英雄结，身穿英雄靠或者蟒袍，腰佩宝剑，脚蹬花靴，满街招摇。成都几乎又成了一个大戏台。

而尹都督操袍哥亦不是全无用处。前清川督赵尔丰在独立之后，依然保有卫队，而且听说宣统未死，北京未陷，便有复辟之心，不断唆使亲信傅华封从川边率军反扑成都，并派人挑拨巡防军哗变。重庆蜀军政府听闻赵尔丰尚在，已派兵西来讨伐。尹昌衡于是决定杀赵。赵尔丰一死，傅华封投降，重庆军也回师了。杀赵不难，不起战端而杀赵，尹昌衡靠的就是袍哥内部的关系，先行诱降赵尔丰的卫队，再没收了少城旗人的武器。成都恢复了暂时的平静。

这就是四川特色的袍哥革命。辛亥革命成功，各地均借助会党之力，但是在四川，立宪派不过充当旗号，同盟会更是敲敲边鼓。如何革命，其实是由袍哥社会的法则决定的。

端方之死

民初社会传闻：端方花了四十万两白银买得川粤汉铁路督办大臣一职。这未免太小看端方的智商了。端方因两宫葬礼时派人摄影被罢斥后，急谋起复是事实，但他难道不知道，各地保路风潮如火如荼，此时督办路事，是一块烫手山芋？

端方在京未发时，自1911年5月起，就一再上奏，希望朝廷收回“铁路国有”成命，又恳电沿线各督抚，请“务须和平，勿专制强硬，以致激变”。

6月29日，拖延已久的端大臣队伍终于离开北京。因为怀着极大的疑惧之情，端方走走停停，还跑去彰德洹上跟袁世凯“商榷要政”，而且他还对记者说，此去“如无妥善办法，即拟辞职”——跟四川袍哥一样，端方也在铺后路。

本来自北京到武汉火车只需一日，端方生生拖到7月4日才到武汉。据《申报》报道，湖北各官员从端方上月中旬放风说要出京，就屡屡相约往大智门车站迎接，结果屡屡扑空，大概一共白跑了十来次，人人把端方恨得要死。

在武汉的两个月，端方确实竭尽所能，希望在“朝廷国有”

的定策与“铁路商办”的民意之间寻找一条折中之路。比如他曾派夏寿田返京与邮传部商议，是否将川汉铁路四川段宜昌经万县、重庆至成都的原有路线，改为由潼关经川北保宁府达成都，宁愿从陕西境内绕一下，这样可以朝廷、绅民分别筑路，既满足民意，又不失政府尊严。

但是内阁与邮传部拒绝了他的建议，路线已经与四国银行团签订协议，改路？那不知又要多花多少口舌工夫。

好吧，端方于是守在汉阳，只是修修督办大臣公所，找人来绘制路线图，招聘铁路人才。比起其势汹汹的四川绅民，湖北各界对他的态度要好得多，而武汉三镇比起已全面罢市的成都，也要平靖很多。

而且，他的儿女亲家袁世凯早有信来，要端方在路潮平息之前“宜先驻汉阳，分投委员勘查，步步为营”。后世史家说，如果端方按此行事，纵然在武汉碰上了辛亥首义，多半也不会身首异处。毕竟，瑞澂、张彪，诸多湖北大员一个都没有死。

然而赵尔丰搞出了“成都血案”，朝廷严令端方入川查办，端方回奏力辞，朝廷再严令，怕川人武力暴动？给你兵队，而且派“楚同”号军舰护送入川。看你还有什么借口？

端方几乎每停一处地方，都要向内阁或盛宣怀发电，叹苦经，找后路，巴不得停在宜昌，停在夔州，停在万县，停在重庆，等路潮出个结果再说。

然而朝廷并没有放过他，不仅连番催促，甚至在武昌事变之后，于 11 月 6 日谕令端方署理四川总督，将整个四川的重担都压在了他身上。不过，由于武昌事变后电报不通，端方至死也不知道自己又当了一回制台大人。

有史料显示，在知道武昌事变、湖北独立的消息，又有流言传说北京失陷、宣统逃亡之后，端方确曾认真考虑过自己在大变动的四川中的位置。他认为赵尔丰已经失去民心，朝廷又无力控制西陲，按照武昌推举黎元洪的前例，他是否也可以被推举为四川都督，甚至四川独立后的军政府首脑？

他曾派刘师培等人潜入成都探听消息，但回音很不乐观，据说赵尔丰已经做好准备，端方一到成都，就会被软禁起来，连住的地方都预备好了。

端方更不肯往前走了。而且，入川以来，沿路补给相当困难。端方家丁日后回忆说：“沿途饮食，并无菜蔬可食，每饭只有白饭咸菜。沿途所住之房即系养猪堆粪之屋，即钦差亦系此等之房。行至两三月均如是。”于是，命运将端方送到了资州，也留在了资州。

资州离重庆六百多里，距成都四百里，可进可退，而且地面安靖，似乎没有同志军活动，比一路上的滋扰不宁好得多。端方就此住了下来。

他一路走来，每到一处即鸣锣集众，寻一处宽敞庙所，派六弟端锦前往演说，表示对所有“匪徒”均不带兵剿赶，愿自行解散者，发与盘费，优给奖励。尔等川人，也莫以为川地坚固，有蜀道之难，现时有机关枪炮，一旦天兵到来，四川如何抵挡？……

端方家丁说：“每到一处，绅商学界以及匪徒皆悬灯结彩鸣鞭，各户换粘新对，欢迎数十里外，各界感情殷殷。”这不免有点儿往端大臣脸上贴金，地方绅粮自然对钦差大臣还是尽量敷衍，端方在资州，便“天天饮酒宴会”。但群情激昂的四川，如何会因端方片言便解难去纷？端方在重庆通衢遍贴六言安民告示（方便不识字者听人诵读），就被人在每句后面都加了注解：

蒲罗九人释放（未必） 田周王饶参办（应该）
尔等迫切请求（何曾） 天恩果如尔愿（放屁）
良民各自归家（做梦） 匪徒从速解散（不能）
倘有持械抗拒（一定） 官兵痛剿莫怨（请来）

不管怎么说，端方绝非满人中的顽固派，川人中也颇有对这位“主抚不主剿”的钦差大臣有好感者，成都方面甚至传来“虽经宣布独立，仍复预备欢迎”的消息。这里的吊诡之处在于：如果端方身处大城市，无论武汉、重庆还是成都，他都很可能不死，唯独在资州，没有外敌的压迫，但本地也没有弹压支援的力量，端方的命运完全掌握在他从武昌带来的新军第八镇步队一营手中。

事兆从头上开始。突然有新军去街上的剃头铺剪去发辫，而且一传十，十传百，突然地满街行走的都是已剪辫或未剪辫的武昌新军士兵。不到三个钟头，几乎全标人都剪了辫子。而且这股风潮开始向资州城内与四乡弥漫。

端方不可能没有感受到这种危险的气氛。下面这段话，有人说是端方召集新军的表白，有人说是新军士兵将端方兄弟抓到朝天宫后的对话，但内容大致如此：

端方：我本汉人，姓陶（据说端方有一方印章，上刻“陶方”），投旗才四代，今愿还汉姓如何？

众兵：晚了！

端方：我治军湖北，待兄弟们不薄，此次入川，优待加厚。请各位周全……

众兵：那是私恩，今日之事乃国仇。

至此众士兵大呼：武昌起义，天下响应，汉族健儿，理应还鄂，效命疆场。是何端方，巧言蒙蔽，使我辈处于附逆地位。今天公仇为重，不杀你端方绝不是炎黄子孙！

其实，端方提出的两项理由，都很有道理。宽以待下，正是黎元洪等旧官僚被拥戴的重要原因，而脱旗返汉，更是辛亥年洗脱种族原罪的重要手段。成都满官签署的《四川满人投降文》中即明确表白："然清皇摄政二百余秋，我汉人生逢斯时，而胁迫投旗者甚多……今知天命将终，而国祚改易，江山仍还旧主，睹此大局情形，我汉军不得不返旗还汉，原业归宗，何敢爱清室一官，而不念祖宗乎？"明白事理的革命党人也大抵只要求满人投降，而不是大肆屠戮，以安民心。

但是端方所处的情境不同，他倒霉就倒霉在他面对的是一帮无统属无归依的新军下层官兵。国仇云云，多一半只算借口。从最后士兵的大呼可以看出，这支军队，立志要返回武汉参加起义，但当此乱世，如何能稳固新军们起义的决心？如何能保证本标千余人的团结？如何能取得武昌方面的信任？领头的同盟会、共进会成员，必然要借端方这个钦差大臣的人头，当一颗定心丹，也做一张投名状。要说这，也是江湖政治的规则。

是以这位被《申报》称为"满人翘楚"的候补侍郎、督办川粤汉铁路大臣、署理四川总督，就被士兵们用指挥刀砍下了头颅。

他的尸体装进木棺，棺盖上用粉笔写上“端儿之尸”（四川人蔑称某人即为“某儿”），可能是就地埋葬了。端方兄弟的首级，则被装进两个盛煤油的铁皮桶里，还浸上煤油以防腐烂。

新军次晨即开拔回武昌，沿途每经一地，都将端方兄弟的首级示众。那些绅商民众，看见半个多月前还路过这里并向他们宣讲清廷德音的两位端大人，而今身首异处，浸透煤油的头颅在空中摇晃，不知会做何感想？

人物｜端方说相声

湖北老革命党刘成禺，在《世载堂杂忆》中记述1905年端方、戴鸿慈等辈访问美国加州大学，他亲见的一幕：端、戴一齐上台，并立演讲席中，戴左端右。端谓戴曰：“请老前辈发言。”戴曰：“兄常与西人往来，识规矩，请发言。”于是端方发一言，翻译完，向戴鸿慈曰：“老前辈，对不对？”戴曰：“对。”端又发一言，又向戴曰：“对不对？”戴曰：“对对。”一篇演说约数百言，端问戴数百次，戴亦答数百次。

这简直像是在说相声嘛，搞得西人大惑不解，在场留学生也面上无光。

这则逸闻常被引来说明清朝官员之昏庸可笑。我看见的却是三类言论形式的冲突与并存。很显然，端方有能力独自演讲，而且他未必不知道西方式演讲是个体化的，但是他必须处处表现对戴鸿慈这个“老前辈”的敬重。这里的关键是，满官重身份（是“奴才”还是“臣”），汉官才重科辈。满官大可不必对汉官讲这一套科辈规矩。端方是满官，与汉官相处，能遵从汉官的礼仪，这当然能迅速赢得汉族同事与上司的好感，故而《申报》在众多满洲权贵中，独独推许端方为“能吏”。

大清开国的老祖宗们，最近的殷鉴便是元明两朝。元朝式的排斥汉文化肯定是行不通的，但是明朝的文恬武嬉也让人心生警惕。有清一朝，皇帝或许会表现出对汉文化的好感，八旗体制却有形无形地将满汉置于不同的生活空间与职业场域。纳兰性德与曹雪芹当然是满族文人的骄傲,但总的来说满族的文化水平偏低，人人皆兵的八旗也没有贡献出太多的政治干才。

像端方那样，在文化、政治两方面都能跻身于全国一流的满人，清代几乎找不出第二个。据说端方少时也是纨绔一名，当京官时，因为不懂碑帖，受到了汉族同事王懿荣的文化羞辱，才发愿苦研金石。三年之后，端方已经俨然金石名家。

端方后来外放地方，有贪墨之名。考虑到他的收藏嗜好，巨大的金钱需要也很正常。当时有副嵌名对联说:“卖差卖缺卖厘金，端人不若是也；买书买画买古董，方子何其多乎？”但即使辛亥时期的丑化描写，也承认端方“贪而狡”，比如他在武汉的时候，虽然不拒绝贿赂，但是“卖差不卖缺”，这就巧妙地利用了晚清差缺分离的官制，规避朝廷的监管。又有说他“凡与外人酬酢，时时演出一种献媚之态”，晚清较懂洋务较有弹性的官员，如郭嵩焘、曾纪泽，往往都会膺此恶名。而且端方在南京，率先改变督抚到任先拜各国领事的成规，逼得各国领事率先来拜，在当时中国官场，已算得上深谙国际政治规则。

辛亥年端方在资州被杀，被许多人视为汉人向满人报“国仇”的标志性事件（也是因为辛亥革命中身死的满族大员极少）。因此时评对端方不太客气，尤其是清末民初的笔记，对端方诋毁之语甚多，对于端方任两江总督期间的种种功业，不大好一笔抹杀，却可以做诛心之论：“端方知江苏人多文弱，又矜言新学。彼惟于学堂中拨款若干，以为辅助资。则趋之者，已如蚁慕膻。或则略与周旋，以施其牢笼之法。而江苏已争诵之。实则所拨者，皆取于汉族之财，而托名为国家也。”（《奴才小传》）这也未免太罗织罪名，以此概之，则天下尚有能吏乎？再往前走一步，就会出来“清官有害论”。

革命党人恨端方，其实也与他的能干有关。端方在两江总督任上，招降革命党人甚夥，其中包括学问大家刘师培，这成为后来革命本位论者心中永远的痛，如刘的弟子黄侃解读刘师培《与端方书》，一面将端方称为“狡黠之虏酋”，一面又开脱老师“不谙世务，好交佞人”。端方这个骂名背得实在冤枉，他是革命党口中之奸佞，当然就是清廷眼中之能臣，各为其主，何可厚非？关键是端方能让刘师培这样的大名士归心输诚，数年后还跟着他一路入川，并代端方潜入成都打探，可谓死心塌地追随，你当是个个封疆大吏都可以做到的么？

反而是他效忠的朝廷给了他当头一棒。1908 年两宫葬礼，端方因为指使人沿途照相，被李鸿章之孙李国杰劾“大不敬”去职。以端方之世故圆滑，过去还曾因光绪大婚办事得力而受赏识提拔，为何会犯此低级错误？有论者认为是“主少国疑”，不得不去权臣以立威，罢斥端方与袁世凯的理由都是借口。而这个借口之所以会出现，也是据说端方考察欧美，十分羡慕欧美立宪的“君臣一体，毫无隔阂”，无论君主、大总统，报馆记者皆可随时照相，一见大老板换了新人，不免想搞搞新意思。这样说来，端方又是因为第一个吃螃蟹而被人抓了把柄。

端方吃第一只螃蟹的事例很多，后人亟亟于满汉之分、革命保守之别，就未必了解关注这些了：

中国历史上最早的现代幼儿园是他在湖北创办的，他在湖北、湖南、江苏，首创电话、无线电、图书馆、运动会。

他在南京、苏州、上海大力提倡全民种树，并用军功与刑罚诱使官员、军队普遍种树。

他把电影放映机带进了中国，也第一次向中国人介绍了西方牲畜屠宰与肉类检验的制度，希望中国仿效。

他创设了市民公园和现代监狱，又在中国官员中头一个实行了公费女子留学。

江苏的第一次公开民意代表选举是他主持的，中国历史上第一次工商博览会也是他筹划的……

应当记住，这个曾经的浪荡旗人，中国当时最好的收藏家之一，曾被万众唾骂的狡诈的“满洲狗”，同时也是一位中国现代之门的开启者。

死水微澜

石体元是四川省川东道绥定府东乡县人，东乡就是今天的宣汉县。1910年，他在成都高等巡警学堂肄业，熟识的同学里，有参加同盟会的，在他们手里看过《民报》《浙江潮》等杂志。1911年他参加了保路运动。“成都血案”后，石体元和许多同学一样，觉得省城运动已是瓶颈，打算回家乡看看，能否相机而行。

但是这几年一直在外读书，家乡的情形也颇隔膜，难道拿《民报》上的道理去跟乡里人说说，他们就能起来革命？

石体元想到一个人：冉崇根。

这个人具备了石体元在成都看到的运动领袖的一切特质：出身本土世家，少年时即加入袍哥帮会，职位还不低，又被选为县谘议局议员，兼川路公司董事。

说曹操曹操到，冉大爷也不在乡下，他到宜昌去看铁路情况，现在跑回成都来探听风声。一听要回县闹独立，很感兴趣。恰好这时武昌事变的消息传来，两个小伙子更没了顾虑，约起几个同乡就往东乡赶。

沿途打听情况，发现下东各县，只有万县有巡防军一标——这就意味着在东乡独立基本不会有官方干涉。但是各县的帮会很发达，除了江湖会（就是袍哥）之外，有个叫孝义会的组织也搞得热闹，尤其保路风潮起后，各县舵把子来往频繁。

到了县里，自然是一班同志筹备独立。第一大问题，倒不是号召力不足——冉崇根交游很广，又是袍哥大爷，怕只怕树起义旗，投效的人太多。全都收纳，未免良莠不齐，影响声誉；予以选择，又恐引起反感，招人闲话。最后觉得全部欢迎，但不定职务，等到独立成功，再依据表现分派职位。

县里虽然没有军队，但“堂勇”还是有的，没有枪杆子何来政权？于是大伙儿议定，由冉崇根下令，以离城八十里范围内的乡镇为限，每个“场”（以集市为中心的村社范围）调二十至六十人，队伍总额三百人，有枪带枪，无枪带刀矛。进城的队伍必须严守纪律，绝对禁止自由行动。当然这些军队操典跟进城农民军说不通，由冉崇根“拿出帮会的条规来约束各公口的兄弟”就行了。起义时间定在阴历十月十二日（12月2日）。

谁知起义日期与调集团队办法刚刚确定，正要派人出去传述各乡，消息不知怎地就泄露了，通城皆知。由此可见参与核心的人也很复杂。知县吴巽赶忙跑来拜会冉大爷，进门一看：几个裁缝正在缝制白布旗帜和袖章标记。这是摆明要造反。但是吴知县根本没有力量捉拿这帮反贼，他回署的措施，无非是将堂勇全部调来县衙，层层守卫，又将巡街警察的枪都收走。

起义者们也吓了一大跳。虽说县里防卫力量不强，但也不能亮明牌来打吧？就算亮明牌来打，也不能连什么时间出牌都让对手一清二楚吧？马上决定：提前两天起义，飞速传达各场。

石体元在省城，是见识过赵制台的手段的，很怕吴知县有样学样，建议立即去找警佐李树滋，要县城四门的钥匙。这事本来之前就已经沟通得差不多了，不过李警佐胆子小，交出钥匙就溜回家中闭门不出，管你牛打死马马打死牛。

大家都认为吴知县不敢抵抗，所以消息走漏也不甚畏惧，后来才知道，吴知县是有想法的，他也想学赵制台，搞个诱捕，擒贼先擒王。但是堂勇班头也很胆小，一边是朝廷命官，一边是袍哥大爷，得罪哪方都不合适，只肯守县衙，不肯抓人。就这样，专政力量失效了。

11月30日清晨，起义者派人把文昌宫打扫干净，布置整齐。冉崇根冉大爷派人去接收警察，警佐不在，警察们就跟倒来人跑来维持秩序。十点，起义大会开始，警察站岗巡逻，还帮着四处张贴告示，挨门挨户通知居民悬挂白旗。晓得的明白是在起义，不晓得的还以为知县大人搞“国服”——听说宣统皇帝被革了命，翘辫子了得嘛。

开了会，宣布独立。冉大爷再派两位有身份的绅士，一位是在大邑当教谕的本家冉人瑞，一位是当过县视学的景昌运，当代表，去县衙劝告吴知县交出印信档卷，全部堂勇缴上枪械，保证吴知县全家安全。吴知县也说不出啥子来，同意了，只是要求冉大爷雇船送他一家到绥定府。冉大爷说“要得”，于是定盘。

问题出在送吴家人上船时，正好碰到各场团队开进城。吴巽是个贪官，平日农民对他恨之入骨，一听说要打县城捉贪官，个个都很踊跃。哪晓得跑来看到贪官上船要走，而且还是大箱小笼的，当时哗然。他们不晓得是冉大爷吩咐同意的，以为是吴知县私逃，立刻排成一排，持枪，瞄准。后来的团队一看这阵仗，更加兴奋，一声令下，夹岸都是后膛枪、大刀、红缨枪，指着那艘还没装完货的大船。

整到这步田地，冉大爷也不好意思再让吴知县顺利离开，马上派人把吴巽带回文昌宫审讯。他自己不便出尔反尔，就找了个绅士代审，并让各场团队领队观审。

审讯一开，就成了批斗大会，不断有人跳出来历数吴巽贪污公款、欺压良善的劣迹，搞得最后，连主持审讯的罗绅粮都觉得这个贪官放不得，于是当即宣布收监。各场团队欢声雷动。

另一桩意外，是征收局吴局长的儿子，以为进城的普光寺团队要危害他家，拿着手枪就射，惹动团丁怒火，反而冲进吴家，把东西抢了个七七八八。冉大爷闻讯，连忙阻止，并让吴局长一家住进了文昌宫，过几日局势稳定，与县议会一致决定宽大处理的吴知县一家，一同礼送出境了。

除这些小事故外，整场起义清风雅静，各场团丁进城，更像是过节赶集。石体元在《东乡光复记》中写道：“起义那天，城内居民没有一人搬家或关门；大小商店没有停业，饮食茶酒店营业更好；县衙十房文册无损，监所人犯毫无异状，仓廒无恙，粮册完好；只有学堂停了两天课，警察停了一天岗；市面现象丝毫未变，就连距城较远的场市和农村也都秩序如常。风鹤不惊，不特没有聚众抢劫情事，即小小的偷盗事件亦罕有闻见。”这么良好的治安程度，几个从省城归来的学生哥也万万想不到。他们封缴了县印，派人送往重庆的蜀军政府，东乡的独立就这么完成了。

有意思的是，这场起义中的领导人，一个同盟会员都没有。“关于光复的意义，只在刊物上看到过一些，关于施政纲领和组织机构，脑筋中纯是一片白纸。”好在前县视学景昌运订有《申报》，那上面详细记载着武汉军政府的组织结构，他们才知道东乡光复后，领导机构该叫“军政分府”，首领称参督。冉大爷就当了参督兼民军司令。再往下的组织架构，《申报》上也没有了，只好仿着武汉军政府的模样，设什么部什么部，也不设部长，也没有官阶，参加光复的人，分到哪个部，就叫某某部员。杂事谁碰上谁做，大事呢，冉大爷跟几名核心成员讨论决定。石体元是巡警学堂毕业的，就负责审批案件；有个姓王的，是从前冉大爷开的盐号伙计，很得冉大爷信任，就掌管财政；提供《申报》的景昌运自然分管交际、参谋。

职责派定，就在独立后两天，又开了个全县代表大会，新的政府便运作起来。东乡出产烟土，在川东各县中还算富裕。但冉大爷很讲义气，表示要廉洁奉公，提倡不请客，不送礼，不应酬，政府人员革除烟赌恶习。冉大爷自己只拿五十元一月的薪水，其他办事人员少则十元，多也只有三十元。

这种运作方式一直延续到蜀军政府派人颁下《地方组织条例》，军事部分为军谋、军政、军需、军书四处，政治部分为行政、财政、司法、学务四科，参督改成县知事。政府部门整齐多了，人员增衍，花费也就上去了，一个政法科长，每月也不止五十元薪水。

1912 年 8 月，冉崇根奉令调城口县知事，石体元也早在 2 月便往重庆地方议会联合会当代表去了。回想起这“从本县宣布光复日起，至崇根赴城口止”的十个月，石体元不禁感慨：“机构组织已经三度改变，人事的变动尤大，从前树立的优良风气，更是昙花一现，仍归腐化。”

东乡县的光复，搞的是袍哥革命，社会秩序变动极小，这对于东乡来说，究竟是好事还是坏事？冉大爷治下，“优良风气”维持了十个月之久，换个人会不会急速腐化？要是外来的同盟会员领导起义，新造一批功臣官僚，又将如何？东乡虽小，或许可以喻大。

断了皇帝的后路

潼关以西

1900 年庚子事变，西太后、光绪帝“两宫西狩”，跑到西安猫了一年多，后来成功地通过谈判回到北京，搞起了新政。

自清兵入关以来，一直有个巨人的恐惧时时盘踞在满人心头：汉人那么多，有一天造起反来，我们怎么办？为此清廷在各个大的省会都筑了满城，八旗兵丁分驻。又不准关内的汉人随意向关外迁徙，要保留那一片“龙兴之地”。

那时当然不会有人想到连郑成功都打不过的西洋人，会闹出这么大的阵仗。

第二次鸦片战争，咸丰帝“北狩”到了承德木兰围场。这应该就是满洲人设计的往关外退却的线路，先到承德，如果情况不妙，就由此回关外根据地去。

八国联军围困北京，东、北、南三面都几乎被封死，只有往西走。况且此时的东北，正在日俄的觊覦之中，谁敢往那方去？

于是一路向西，从太原到西安。曾有消息说八国联军还打算进攻山西，流亡清廷也动过再往西走去兰州的念头。

现在是辛亥年，南方的革命党人举事，而且成燎原之势。

这倒跟老祖宗当年的设想差不多。

但东北依然回不去，京师的达官贵人，多是奔天津租界，或者再转船去上海租界。可是，朝廷在江山未全失之前，就流亡租界，未免说不过去。

向西是一个选择。

按照良弼为首的宗社党意见，一旦京师告危，隆裕太后与宣统皇帝大可以效法庚子故智，西去长安甚至兰州，保住潼关以西，至少可以成一种苟安局面。

宗社党这样想是有道理的。潼关以西，主要是陕甘两省，而前陕甘总督，正是铁杆保守派升允。此人于举国滔滔高唱立宪新政之际，竟然上书朝廷，阻挠立宪，被视为国内封疆大吏中保守第一人，摄政王载沣为了表示皇室的立宪决心，于1911年6月23日将升允“开缺”，这也是清廷立宪以来处分大员职位最高者。

不对吧？武昌事变后仅十二天，10月22日，陕西新军便在西安起义，陕西与湖南同日，并列成为第一个响应湖北、宣告独立的省份，清廷咋还敢打潼关以西的主意呢？

你这个娃娃不懂事，那陕西虽然光复咧，但不能算真的独立咧。

为啥？

西安事变

陕西新军起义，跟武昌一样，都是匆忙成事。本来计划在九月初八（10月29日）举事，驻西安旗兵将军文瑞听说武昌变乱，立即向护理陕西巡抚钱能训（这人后来当过民国总理）提出“发枪、修满城、外县巡防队回防、在陆军中抓革命党”四项要求。10月21日，第二标新军果然就接到了开拔命令。走呢，肯定被分割成几部分，大肆抓捕之下，起义肯定流产；起义？有枪没子弹，要跟弹药充足的旗兵和巡防队对抗。

10月22日的起义过程非常忙乱，21日午夜了，一帮新军弟兄还在讨论：要不要今天举事？谁来当我们的领导人？

不举义就会死，还是举吧。至于领袖，很多人推举钱鼎。因为他很有革命热情，兼有哥老会、同盟会双重身份，平时努力联合帮会，在军中颇有威信。

但是钱鼎本人推举张凤翙，除了说这个人“气度恢廓”外，理由也是三点：协司令部参军官，军中地位比起义诸人都高；兼二标一营管带，这个营哥老会头目最多；留日士官出身，学历好——这又是一个“拱手让出领导权”的例子，事关张凤翙张参军官，这个时候，还根本不知道起义这档子事，答不答允参加还在未定之天。

完全是个小黎元洪嘛。

不过张参军官比黎协统干脆。他刚从临潼实习归来，正在床上睡觉，突然哗啦一下涌进一伙人，说要拥戴他当首领搞独立。“什么时候？”“就是今天！”“好吧。”

这时已经是10月22日凌晨一点多了。

有人说张凤翙因为面临着新军内部整顿，将被撤职，索性拼了。也有人说他在日本留学时秘密加入了同盟会，所以答得干脆。这个无所谓，当时同盟会员的认定本身就很混乱。比如后来的陕西督军陈树藩，彼时在混成协当军械官，据说他在举事前，一向不赞成革命，只是22日凌晨听说要起义的消息，赶紧找到军中的同盟会员，填了一张同盟会会员证，这就算“火线入会”，以革命者身份出现在起义现场。

跟武昌一样，没有子弹的新军士兵，第一目标就是军装局。炮兵营全营集合，以“星期日到灞桥洗马”为名，全体挺进军装局。到了军装局一看，东一堆，西一堆，各营足足有几百名徒手的士兵在游逛，见不到一个军官，连哥老会头目也找不到一个。

要说10月22日这天，真是上好的造反日子。护理巡抚钱能训与各司道、新军高层，都在谘议局开会。而住在军装局内的巡防队一个哨（连），因为是星期天，大部分人都上街游逛去了。突然发一声喊，几百名士兵冲了进来，虽说都是徒手，毕竟声势惊人，驻守的少数士兵一吓，就从后门溜走了。

“那些冲进去的士兵，争先恐后地爬上楼梯，用石块砸库门上的铁锁，七手八脚把成捆成箱的枪械子弹从楼上往院子里乱扔，没上楼去的人，就争着捡枪配子弹。这些枪械子弹不是一种，口径大小不一，配不合膛的打不出去，配合膛的又平射试放，竟有打伤自己人的，闹得人声鼎沸，混乱不堪。”（朱叙五、党自新《陕西辛亥革命回忆》）

闹了半天，才有人出来整队，张凤翙也来了，就在军装局建立总司令部，分派兵力，攻打各处。

巡防队因为有哥老会的关系，很快就瓦解了。钱能训在甜水井民宅被捕获，自杀未遂。起义军几乎没遇到什么抵抗，就占领了西安全城，除了满城。

西安的满城，是各地旗人抵抗最厉害的一处。将军文瑞，从谘议局逃回满城，当即紧闭六个城门。满城内旗兵号称五千，连家属超过一万，但旗人是生一个男孩就算一个兵额领一份钱粮，实际兵数远没有那么多，枪支也是前口装火药扳机上扣火帽的来复枪——所以前一段文瑞才要求钱能训发给一千支新式枪。

西安满人抵抗得如此厉害，上层如文瑞平日督训较严是一个原因，西安起义本身状态也有很大关系。与别省不同，除了一个早就参加同盟会的副议长郭忠清，陕西谘议局的立宪党人几乎与起义无干。参与举事的同盟会员，满打满算，也就是十来个。如果说四川的光复是“袍哥革命”，西安独立，大概只能算袍哥造反，指挥既混乱，舆论宣传工作也跟不上。

故而西安的满人，认为抵抗是死，不抵抗也是死，与其不抵抗而死，毋宁抵抗而死，所以死命抵抗。结果，从22日一直打到23日下午三点，起义军才通过一段倒塌未补的城墙杀入满城，并且引爆了旗兵火药库，造成极大伤亡。24日，起义军分为若干小队，逐巷逐院进行搜索战，也有泄愤之意，被杀旗兵及家属甚多。将军文瑞跳井自杀。

西安起义太过仓促，仗都打起来了，义军的名称还没想好，安民告示也未准备，只好一边打仗一边搞，终于在光复第二天，以“秦陇复汉军大统领张凤翙”的名义，贴出了一张布告，那文末的图章还是木头刻的：

> 各省起义，驱逐满人，上应天命，下顺人心，宗旨正大，第一保民，第二保商，第三保外人，汉回人等，一视同仁，特此晓谕，其各放心。

这张布告，不仅简陋，连一般认为最重要的劝谕满人投降都没提到，难怪满城打得那么火爆。而且起义军全力攻打满城，西安市内的治安简直顾不上。那些巡防队，不敢抵抗起义军，他还不敢抢商户吗？所以保民保商，都是空话。

打下满城，稳定秩序，还是要靠哥老会。哥老会也不是白干活的，除了要饷要粮，官位也要。先是哥老会大头目万炳南要当大统领，想逼张凤翙让位，又有人要当都督，有人要当兵马元帅，吵得不可开交。说是同盟会和哥老会的矛盾，其实主要还是哥老会内部争交椅。

直到出来一个愣的：陈殿卿。此人是湖北人，本身是哥老会的头目，同时又当过张凤翙的护兵。他跳脚拍桌子："谁敢再闹？再闹，我姓陈的就把军装局烧了，大家散伙！"好，不闹就不闹，但是各据山头难道不会吗？一时间，张云山的高等审判厅，万炳南的督练公所，跟张凤翙设在军装局的总司令部，鼎足而三，各练各的。局势更加混乱。

10月29日，就是本来计划的起义日，各方势力在迁至高等学堂的总司令部开大会，终于定了盘子：张凤翙为大统领，万炳南为副大统领；张云山为兵马都督，吴世昌为副都督；马玉贵为粮饷都督，马福祥为副都督；刘世杰为军令都督，郭胜清为副都督。这就是著名的"一省六都督"。

这还没完，力挺张凤翙的陈殿卿站起来要官。他的名目更新鲜，他要当"钦差大臣"，见官大一级。哄笑声中，张凤翙居然点头应允，会后还颁给了他一颗"秦陇复汉军钦差大臣亲卫队统带之关防"的大印。

其实张凤翙与陈殿卿心里都明白，要这个官，就为了不受兵马都督节制，保留独立势力，也防止被人暗算。转年到了

1912年3月，局势平定，陈殿卿自动要求取消钦差大臣头衔，呈文里说："况钦差惟帝国始有此职，按之民国，于名为不合，于义无所取，若仍稍事迁就，实与政体有违，且贻外人之诮。"他有什么不明白的？可见都督啊钦差啊，都是妥协安抚的手段。这种手段确实也保住了独立的陕西不内乱。

一片忙乱之中，却不料放掉了一个大患。前陕甘总督升允，正在距西安城北三十多里的草滩别墅里。升允家在西安满城，他是去草滩军田管理屯垦的。一听到事变消息，升允连夜渡过渭河，逃往甘肃平凉。

陕西遭受两面夹击的日子开始了。

陕甘大交兵

东面来的兵，是袁世凯派来的河南赵倜五营毅军。孤军深入，运输线过长，一开始打不过陕军。后来增派第二镇王占元部分军队合攻，这才互有胜负，张钫率领的东路陕军，潼关三得三失，搞成相持状态，战火随着南北和谈的起伏打打停停，虽然艰苦，并不危险。和谈一旦成功，双方立即言和。

西面不同。陕甘总督长庚奏请起复升允为陕西巡抚，再奏请起用停职的回族骁将马安良，招募回兵十四营。又将甘肃省陆军混成协改编成巡防营，凡军官可疑者，一律清除。攻陕之战，以升允统北路，军廿三营，由泾川东进；以陕甘提督张行志统南路，由陇南东进。

甘肃的风气闭塞，在辛亥各省中相当突出。清末立宪运动三次国会大请愿中，根本没有甘肃的代表。甘肃谘议局局长张林焱、副议长刘尔炘，都是翰林出身，谘议局虽然是立宪运动的产物，他们却与前陕甘总督升允同调，对立宪不感兴趣。武昌事变之后，他们倒很热衷于“迎銮”，一面不断通电反对共和，一面竭力东进，希望为皇上皇太后打出一条偏安之路。

甘肃省内，农民牧民造反倒是绵延不绝，但都不成规模。以辛亥年六月初的李旺起义为例。李旺到过汉中，与当地革命党人有联系，还带回了所谓孙文的《讨满檄文》。但他认为西北民智未开，要发动民众，只能走神佛迷信的路子。因此他发起的“黄龙会”与义和团更相似，会员穿号衣，红边黄堂，中间绣上“虎吃羊”三个黑字。黄龙会在民间散发的传单，有《讨满檄文》中“四万万同胞，共同起来，推倒满清，争取平等自由”这样的话，但更多的是天运气数、神兵鬼将，传统农民造反的腔调。如署名为“敕封天下兵马大元帅李布告”的“皇告”：

> 中华地，千万里，圣王天下；尧舜禹，大汉朝，治平邦家。
> 谁意起，老洋人，辱侮华夏；任魔鬼，盗男精，取女血花。
> 恨满清，给洋人，作奴为下；又赔款，又割地，又叫爸爸。
> 是汉人，不怕你，本事多大；是满种，做高官，享尽荣华。
> 我起兵，杀洋人，杀学洋话；灭满清，杀赃官，全不留他。
> 要恢复，我中国，圣王天下；又自由，又平等，四海一家。

熟悉义和团揭帖的人，能一眼看出两者的相似度有多高，事实上，黄龙会的口号也是“反清灭洋”。是否强调对洋人的保护，重视对满人的招抚，其实是判别辛亥不同地域革命性质的重要标志。

李旺尚且如此，像土生土长的李占云之流，自称“活佛转生灵童”，“其母感神梦而孕育的真龙天子”，人称“尕皇帝”，就更与辛亥革命的目标南辕北辙。因之甘肃农民造反虽多，却不成气候。甘军东征陕西，无须担心后院起火。

陕甘两军，在长武、邠州、三水、乾州等地大打攻防战。说实话，两边的军纪都不好，这些地区被陕甘两军反复劫掠，苦不堪言。

辛亥年十二月二十五日（1912 年 2 月 12 日），清帝宣告退位。三天后，东路陕军与清军协议停火。

一转眼就是除夕。守在醴泉的陕军听闻东路停战的消息，大为放松，全体官兵喜迎新年，吃酒，赌钱，通宵无备。不料正月初一拂晓，升允的甘军从西南城角攀缘而上，陕军官兵还不曾相互拜年发个红包，醴泉便已易手。

南路甘军张行志，主攻凤翔，费时三月仍无法得手。相对平静的岐山，倒是不太见到战火。而且岐山守军，也与醴泉一样，以为清帝退位，和约已成，和平可期。

年刚刚过完，这日正好是县令李谦吉结婚，守城官兵全都聚集在县衙吃喜酒，城头上只留了一二十名守军。喝了一天的酒，唱了一天的戏，正琢磨着过门三天无大小，要不要去闹闹县太爷的洞房，却突然枪声大作，岐山城中已遍布甘军。新郎县令立被诛杀，甘军盘踞八天，小小的岐山县城，死伤过千，被搜掠一空。

把时钟拨回到新年之前，清帝退位的那天，旧历十二月二十五日。驻在乾州的西路陕军统领张云山接到了黎元洪黎副总统来电，南北议和已成，即日停战。但是探报甘军升允方面，调兵频繁，全无停战的迹象。

旁边有参谋说：“会不会他们还不知道停战的消息？”

“啊？那得派个使者去告知他们。”

“我去吧。”

这位叫雷恒炎，就是醴泉本地人，任行营执事官。张云山看他胆气甚豪，就委他为奉命全权代表，出使清营。为他在乾州南门外置酒送行，各标营发炮三响，以壮行色。

雷恒炎次日到了升允营中，刚准备开读黎元洪来电，就听升允下了令：

斩！

雷恒炎全明白了：这老小子知道议和停战的消息，却秘不向甘军宣布。他还想打！

他一边被行刑士兵往外推，一边大声喊：“南北议和，天下一家，陕甘两省，本为兄弟，为何还要厮杀……”话没说完，嘴已被堵上。

升允下令将雷恒炎割耳、削鼻、挖心，尸首弃于枯井。

纸终归包不住火。恶战持续到了元宵节，大家都知道了南北议和的消息。张行志是打下岐山之后才得知：攻城之日，已是停火之时。早知道，谁还卖这个命啊？马安良对升允隐瞒情报的做法也极为不满，而且身为回民，他还收到不少在京回族名人的来电，劝说陕甘两地息兵解纷。

袁世凯方面也有了通电，袁大头当上民国总统，脸色一变，本来是攻陕的赵倜毅军，一声口令，就地变成了援陕的民国部队，摆出一副要来攻打甘肃的架势。马安良决定自行与陕军停战，就在乾州签了和约，回师甘肃。

只剩了升允这个“陕西巡抚”了。壬子年的正月里，陕西方面不断地跟升允联络，希望陕甘全面停火。宣统都退位了，你还在打什么打？这个满洲人真是不可理喻。

升允则一直不愿和谈，似乎退位议和这些事与他无关，只要打通北京—山西—陕西的通道，把小皇上接到甘肃来，大清就没有亡。

1912 年 3 月 7 日，陕西军政府派了两位“理学名儒”来劝升允休战。此时马安良已经回甘，张行志也准备开拔，升允疯狂的东征计划失败了。

升允当着两位名儒的面，放声大哭，痛骂袁世凯误国，并说：“现今皇上退位，我已无君可事，惟有一死以报圣恩。”

3 月 10 日，升允撤回甘肃，但他仍然念念于迎驾西北，重建朝廷，3 月 20 日到平凉后，升允致电袁世凯，要求由他取代张凤翙任陕西都督，以便两宫将来安置。这等要求迹近笑话，北京自然不予理睬。

升允只好带着家眷逃往西宁，以后辗转经西伯利亚、中国东北等地流亡日本，成为宗社党的干将。自此一直参与各种复辟的活动，至死方休。他死后，宣统赐谥“文忠”，与经营西北的左宗棠同。

而甘肃，一直到 1912 年 3 月 15 日，袁世凯登上中华民国大总统位已经五天，才与新疆一道，宣布承认共和政体。清廷的西去之路，算是彻底断绝。

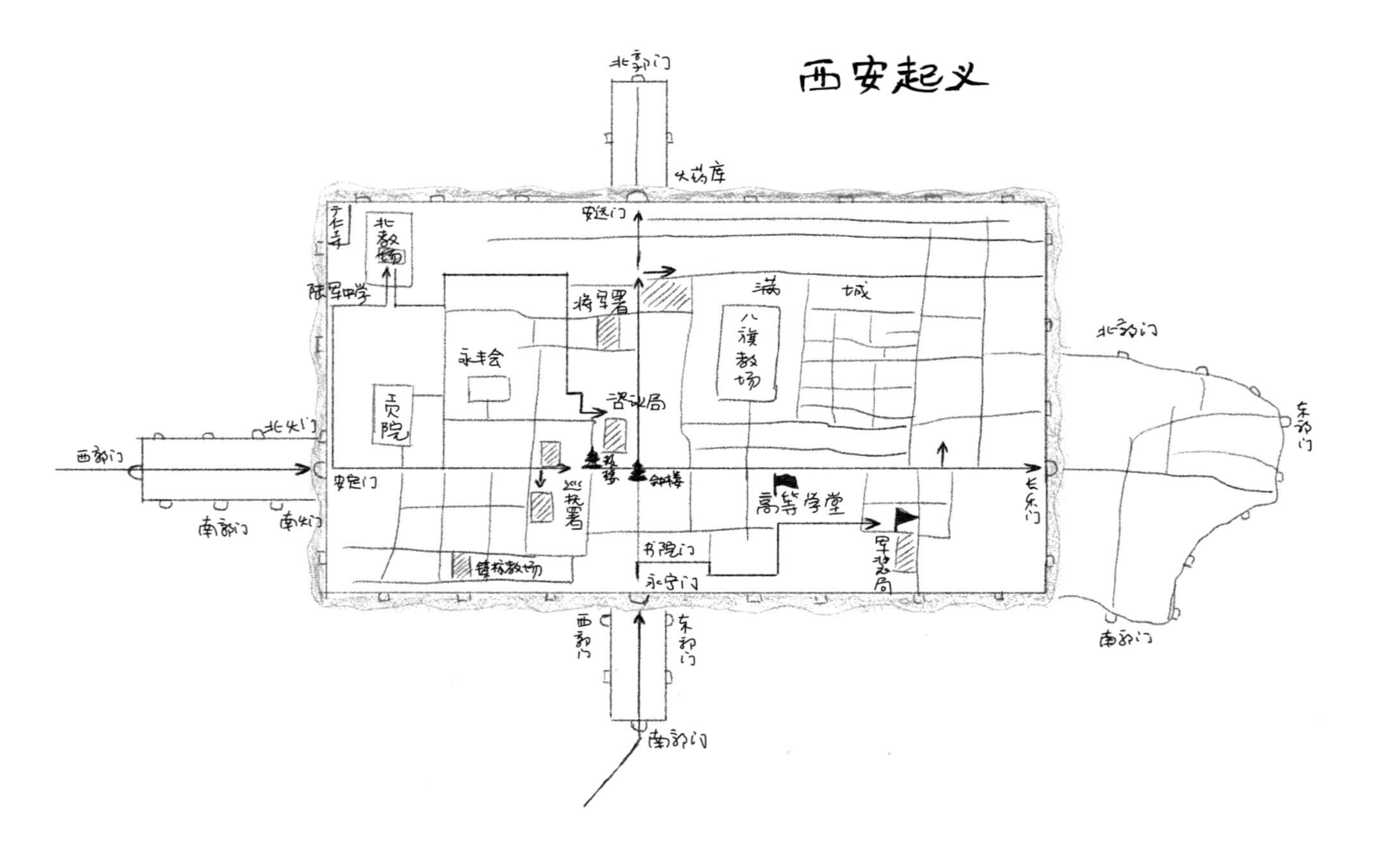
西安起义
北郭门
火药库
安远门
北教场
陆军中学
将军署
满
城
八旗教场
永丰会
谘议局
贡院
北火门
西郭门
安定门
鼓楼
钟楼
巡抚署
高等学堂
军装局
长乐门
南郭门
南火门
书院门
永宁门
北郭门
东郭门
南郭门
西郭门
东郭门
南郭门

绅士与会党

“辛亥革命的一课”

在九岁的小学生沈岳焕眼中，这些天明显跟往日不同：叔父红着脸在灯光下磨刀的情形，真十分有趣。这孩子一时走过仓库边看叔父磨刀，一时又走到书房去看爸爸擦枪。他不明白将发生什么事情，但却知道有一件很重要的新事快要发生。

第二天醒来，似乎什么也没有发生，只是家里人的脸色都白白的。一数，家中似乎少了人，几个叔叔全不见了。只有父亲一个人坐在太师椅上。沈岳焕上前问：

“爸爸，爸爸，你究竟杀过仗了没有？”

“小东西，莫乱说，夜来我们杀败了！全军人马覆灭，死了几千人！”

1911 年 10 月 22 日，长沙新军发动起义，迎来了长沙的光复日。革命在长沙取得成功之后，湖南境内各地相继宣告独立，只有湘西辰沅永靖等地，由于地处一隅，顽抗到 12 月底到次年 1 月初才宣告革命成功。从 1911 年 10 月 27 日起，湘西凤凰厅的城防军与光复军展开了旷日持久的攻防战。光复军由会党、新军、苗人组成，号称有一万多人。城防军主要是“道标”，即道台朱益濬率领的军队，额定是一千零六名，武装精锐。而近四千人的“镇标”，即镇台周瑞龙所辖军队，本来是由绅士（其中即有沈岳焕的父亲沈宗嗣）出面，与光复军联络共同起义。但队中有一千六百余名精兵被湖南巡抚余诚格抽调去长沙与革命党作战，其余兵士也被扣留了武器。

凤凰厅苗变频仍，有清以来即为军事重镇，防御极严。光复军人数虽多，但以弱攻强，自然也讨不了好。尤其当他们被打败后，各乡苗土备，即苗人中的土官，又从后面袭击，拿下人头解城请赏，故而景况十分惨烈。

好在沈岳焕自小就看衙门杀人，不怕死人，于是由一位长身四叔带他去看人头，一幅颜色鲜明的图画展现在九岁小孩眼前：

> 于是我就在道尹衙门口平地上看到了一大堆肮脏血污人头，还有衙门口鹿角上，辕门上，也无处不是人头。从城边取回的几驾云梯，全用新竹子作成（就是把这新从山中砍来的竹子，横横的贯了许多木棍）。云梯木棍上也悬挂许多人头，看到这些东西我实在希奇，我不明白为什么要杀那么多人。我不明白这些人因什么事就把头割下。
>
> （《从文自传》）

听说人头共有四百一十个。沈岳焕听大人们低声闲谈，也不太懂，大约是城中绅士与城外攻城部队早就约好了，主要攻打道台、镇台两个衙门，当时却因城里军队方面谈的条件不妥，没有接应，误了大事。

沈岳焕当然不知道，没有谈妥的条件，主要为“是否保护商人”，光复军不敢保证纪律，城里的官兵不敢放他们进来，再加上光复军分为三支，相互之间联系失灵，终于溃败。史载此战光复军折损一百七十余人，那么其他的人头，显然是杀民充匪请赏的惯伎。

造反已经失败了，而杀戮刚刚开始。城防军将城内布置妥当之后，就派兵分头下乡捉人，捉来的人只问一两句话，就牵出城外去砍掉。捉来的人太多，有的既没剥衣服，也没用绳子绑上，赶到城外，居然就混进看热闹的人群中走掉了。但大多数人从乡下被捉来，糊里糊涂还不知道究竟，直到了河滩，被人吼着跪下，方觉得不妙，大声哭喊惊惶乱跑，刽子手赶上去一阵乱刀砍翻。

这样的画面每天都在上演，每天大约杀掉一百个。延续了一个月，方才渐渐减少。天气寒冷，不怕尸首腐烂生疫，再说也来不及埋，又或许可以用以示众，河滩上总是躺着四五百的尸首。

沈岳焕日日上城头去看对河杀头，与其他小孩比赛眼力，看谁能数清河滩上死尸的数目。后来又增添了一种新花样，就是去天王庙看犯人掷筊。因为抓来的人太多，杀得本城绅士都开始心寒，不得不创了一种摇号制度，将犯人牵到天王庙神像前，掷竹筊，只有全阴双覆，才杀，一阴一阳或全阳，都开释。沈岳焕混在小孩中，“看那些乡下人，如何闭了眼睛把手中一付竹筊用力抛去，有些人到已应当开释时还不敢睁开眼睛。又看着些虽应死去还想念到家中小孩与小牛猪羊的，那颓丧那对神埋怨的神情，真使我永远也忘不了”。

这些画面就这样留在沈岳焕脑海里。他对革命的印象，就是杀人，杀戮那几千个无辜的农民。

到第二年年初，凤凰终于光复。虽然省城长沙早已宣布独立，却要等到凤凰光复电报来到，“大街小巷鸣锣宣传，人心大定”。

革命引发了如许的杀戮，但革命本身却算平和。镇守使、道尹、知县，只要肯离境就可保无事。除了沈岳焕的一个表哥，从苗乡回来，在全城开会时，打了县知事一个嘴巴，引得全场笑闹，弄得大会几乎开不下去，凤凰这座兵多于民的小城几乎没什么变化，“革命后地方不同了一点，绿营制度没有改变多少，屯田制度也没有改变多少。地方有军役的，依然各因等级不同，按月由本人或家中人到营上去领取食粮与碎银，守兵当值的，到时照常上衙门听候差遣。衙门枪钟鼓楼每到晚上仍有三五个吹鼓手奏乐。但防军组织分配稍微不同了，军队所用器械不同了，地方官长不同了。县知事换了本地人，镇守使也换了本地人。当兵的每个家中大门边钉了一小牌，载明一切，且各因兵役不同，木牌种类也完全不同”。

然而沈岳焕的心中却死死地记住了那几幅颜色鲜明的画面，血淋淋，红艳艳。后来他说，这是“辛亥革命的一课”。1923年8月，沈岳焕来到北京，他向一位亲戚解释他为何要远离故乡：

“六年中我眼看在脚边杀了上万无辜平民，除对被杀的和杀人的留下个愚蠢残忍印象，什么都学不到。……被杀的临死时的沉默，恰像是一种抗议：‘你杀了我肉体，我就腐烂你灵魂。’”

这个从小看惯杀人、从军六年的年轻人，带着脑海中无数颗人头的记忆，离开了人命如草芥的边城故乡。他改了名字，叫作从文，打算用手里的笔，为那上万具被杀的肉体，存留他们的灵魂，抗击这世间枉杀的愚蠢与残忍。

小曾国藩被杀了头

国民党大佬吴稚晖1920年在长沙做“市民演讲”时，这样归纳湖南的特产：“你们湖南，只有两大出产：第一，是兵；第二，是革命党。”不管是兵，还是革命党，都需要一往无前的精神，用梁启超的话说，则是“湖南人的特色，遂是在这个‘蛮’字头上”，“为主义所在，什么都可以牺牲的特点”，这种性格在中国传统文化性格背景之中，显得格外突出：“中国人素来以中庸调和为美德，而湖南蛮子却不然。”（《奋斗的湖南人》，1922）

具体到清末民初这一段，则1925年长沙《大公报》一篇文章说得最透实：“猛进是其长，而躁进则其短；倔强是其长，而偏激则其短。敢为天下先而自己复立脚不定。譬如清末迄今，倡革命者湖南人最猛（黄兴），而反革命者湖南人亦不弱（黄忠浩以身殉）；倡帝制者湖南人为首（杨度），而推翻帝制者亦湖南人为首（蔡锷）。”

这篇文章发表时，民国已经开张了十四年。黄兴、蔡锷，都变了伟人铜像，杨度搞了筹安会，学禅学佛了一大圈，此时已加入中国国民党，尚未加入中国共产党。只有黄忠浩这个辛亥年就被杀了头的“反革命者”，居然还能被湖南人记得，倒也算一个异数。

黄忠浩是湖南黔阳人，出身是“优贡生”，秀才里的尖子，后来捐了个内阁中书的小官，便“主沅州讲席”，说明学问不坏。他以书生起家，却转而带兵，因此自许为曾国藩第二。历任湘抚如赵尔巽、陈宝箴，都很赏识他。甲午中日战争前，黄忠浩调入湖北，张之洞对他也相当赞许，虽然没有打过洋人，但扫荡各地“乱民”，屡建功劳，治军讲究“不扰民、不怕死、勤操练、戒轻浮”，人称其军为“忠字旗”，确实有几分曾国藩时代湘军的风采。

黄忠浩一直做到广西右江镇总兵，又署四川提督。告老还乡后，以绅士身份，办湖南省教育会，有听过他演说的人称，黄忠浩主张“图富强以抗敌，兴教育以新民”，以及修治洞庭、振兴农业，在湖南讲新学的人群中，颇有名望。

而且，黄忠浩还是湖南矿业界的领袖，他在沅州开金矿，“是为湘有矿务之始”，办教育的同时，又兼任湖南矿务总局中路总办。保路运动兴起，他也是反对铁路国有政策的一员。学术、军事、教育、实业，晚清诸重要领域，黄忠浩样样皆能，这样的人，放眼湖南，大概也没有几个吧。

如果没有武昌事变，黄忠浩也许会就在长沙一直讲新政，办教育，兴实业。即使大清覆灭，他也许会当遗老，也许不会，但多半不会被当作湖南的头号反革命写进史册。

武昌之变，起于新军。以两湖地理之近，唇齿相依，当然唇亡齿寒。而且大把的湖南人在武汉闹着革命，不用脑子都知道他们一定会派人潜回湖南，鼓噪新军，制造第二个武昌，再反过来支援湖北。

巡抚余诚格一收到武昌的消息，立即谋划如何防范新军。然而湖南新军镇统萧良臣是北方人，部下不太服从他。既然余巡抚的几位前任都相信黄忠浩，那么，让他来当巡防队统领吧！

余诚格让黄忠浩统军，并非只是看中他谙熟军事，更重要的原因，是黄忠浩为长沙知名的绅衿。湖南绅权之重，天下知名，宣统二年（1910）的抢米风潮，便是由于绅衿集体囤粮禁运起端。起用黄忠浩，便于与长沙士绅沟通，只要这些绅衿们不插手革命，单凭新军和会党，余诚格有信心弹压得住。

黄忠浩本来已经计划当年去日本游历，如今被余诚格强留下来统领巡防队。他确实很能帮余诚格的忙，打算把新军打散，分配到湘西等地，让地方武装牵制他们，再调以精悍著称的“镇筸兵”来守长沙。长沙绅衿也很买黄忠浩的账。湖南也有保路运动，绅衿们也想改变官民对立的现状，不过他们期待的自然是和平的改良式革命。湖南谘议局议长，与谭嗣同、陈三立并称“湖湘三公子”的谭延闿公开发表谈话称：“文明革命与草窃互异，当与巨家世族，军政长官同心协力而后可！”巨家世族，他自己就是，军政长官是谁？黄忠浩也。绅衿们请黄“宣布革命，自任都督，以维桑梓”。新军中也有劝进者，声称可以推举黄为援鄂总司令。

据说黄忠浩对于众绅衿革命的提议，也并非全不动心。他派出一名亲信往汉口前线打听战事消息，有人说，如果民军能占领武胜关，扼住南北交会要道，说明清廷大势已去，那他也不妨采纳“众绅推挽之意”，实行革命。

然后武昌事变四天过去了，黄忠浩得到汉口电报，称清军大举南下，武胜关安然无恙。于是他改变了暧昧的姿态，忽然以“曾文正公”自居，他的幕僚也自称“左文襄公”，这是要替大清守住湖南这片要冲，预备当中兴名将了，即使不成功，也要为清廷尽忠。

但也有人说，黄忠浩从来没有动摇过，连谭延闿亲自去暗示他，他的回答也是“军事无可为，固早知之，业受任矣，固不能惜死，以负夙心”。后来有人作传，说黄“服膺旧说，甘效愚忠”，就是指的这一点。

至于黄忠浩为什么被杀，又有另外一种说法。据称谘议局已经内定推举黄忠浩为湖南光复后的新都督。可是，当谘议局、巡防军、新军、会党几方代表开会时，巡防军一名代表徐鸿斌突然提出“杀统领黄忠浩为交换条件，否则巡防队即不加入”，谘议局方面只好勉强答应。

谭延闿相信这个说法。他后来回忆说，黄忠浩治军甚严，而且非常自信。有一次谭延闿到黄府拜访，黄忠浩大谈治军严整，士卒绝不敢有二心。说着话，指着阶下一名随从：

“这个人的哥哥就是被我杀的，大人看他还不老老实实跟着我么？”谭延闿劝他多加小心，黄忠浩反而笑谭“书生哉”。

被黄忠浩指着的这名随从，就是巡防军代表徐鸿斌。

10月22日，长沙新军攻破抚台衙门，发现余诚格换了便服，正准备逃跑。谘议局推举出的两位绅士黄翼球、常治当即上前劝说：“今日之事，宪台还不知道吗？我们特来恭请宪台到军政府去办事。”余诚格惊问：“军政府在哪里？”黄翼球说：“在谘议局。”余诚格很犹疑，道：“这又怎么对得起皇上呢？”常治冷笑一声：“什么皇上！是一个这样长的小孩子，他晓得什么！”说着用手比了比一尺左右的长度。

接着黄翼球与常治力劝余诚格出来主持大局，还以黎元洪为例说服他。余诚格总是推三阻四，末了说：“此事太重大了，各位请坐，休息休息，等我到里面和家父商量商量。”两位绅士及随同新军居然也就放余巡抚进去内堂。当然，余诚格立即从抚台衙门左侧的一个缺口逃了出去，逃到了湘江中的日本军舰上。（《湖南反正追记》）

当同盟会的焦达峰等人进入抚台衙门时，巡防队的士兵不仅不阻拦，反而举枪行礼。他们走到后门，发现有人穿着补服，骑马仓皇而出，这时有巡防队士兵故意高喊：“我们统领来了！”顿时一群新军、会党一拥而上，将之刺于马下。那人大叫：“我不是黄忠浩！我不是黄忠浩！”哪里有人听他，一径推到天心阁的城楼上斩首。

在绑缚推搡的过程中，就有人用拳击黄，有人打黄的耳光，还有人用刺刀在黄身上乱刺。这些根本不认识黄忠浩的士兵，何来那么大的仇恨？是公仇还是私怨？不得而知。黄忠浩被绑送到城楼上，已经只剩了半条命，再被砍下头颅，悬在城门上示众。

后来为黄忠浩作过传的湘潭人罗飞钧，听说黄被杀的消息，特意赶到城墙下去看。不想碰见了一个老头子，在那里望着城楼上的首级哭哩。问他是谁，答说是黄忠浩当年在广西带兵的部下。罗飞钧听老头子讲，黄总兵在广西，从不贪一文军饷，不收一文贿赂，打仗冲锋在前，万死不辞，是一名典范的军人。

湖南军政府当天的布告里，有“兵不血刃，商民交欢”之语。这可以算是事实，光复当日，整个长沙才死了四个人，都是清廷不肯投降的官吏。黄忠浩是其中位置最高者，其实他与余诚格一样，本可以不死而走。造化如此，从可能的湖南都督到悬于城楼的头颅，黄忠浩证明了湖南人的倔强。

绅士靠边站

湖南绅权特重，这是清末的常识。这种士绅的特权，跟湘军因太平天国之变而崛起有关。敉平洪杨之后，朝廷担心湘军尾大不掉，动手遣送。那些起于行伍的湘军官兵，带着天大的平逆之功，以及从各地搜罗的珍宝金银，回到湖南，变成硕大无朋的士绅集团，外有奥援，内结同党，有几个地方官敢拿顶子去跟他们拼？

不过单就辛亥年说，湖南的绅权大有衰落之势。地方上还算好，如沈从文的父亲沈宗嗣，当过军官，在凤凰素有名望，湘西光复，他是主事者之一，联合镇台周瑞龙，发动苗汉民众起事，自己在凤凰城里做内应。湘西光复后，“地方一切皆由绅士出面来维持，我爸爸便即刻成为当地要人了”。

省城的景况却不大妙。试想谘议局内部推举的都督（一说统制）黄忠浩，居然会被会党或巡防队的代表轻易否决，还直接送上了断头台，则士绅的势力对长沙革命的控制力之弱，可想而知。

这一层，可以归结为1910年抢米风潮的余波。

抢米风潮，表面上看是官民冲突。湖南大荒，米价腾贵，官吏又无所作为，导致长沙市民黄贵荪一家四口跳老龙潭自尽，引发市民骚动，而巡警道赖承裕面对民众时说的“一百文的茶有人喝，八十文一升的米就嫌贵”，成为长沙抢米风潮的直接导火索。

赖承裕后来说，这句话不是他说的，而是湖南巡抚岑春蓂在德律风（电话）里对他的训话，赖不过转述而已。无论如何，官吏处理不当，激成民变，是可以肯定的。民间竹枝词对此讽刺道：“遇籴频遭大吏嗔，一腔官话说交邻，湖湘自是膏腴壤，升米何妨八十文！”

然而事后湖广总督瑞澂、新任湖南巡抚杨文鼎会奏的折子，对巡抚岑春蓂、藩台庄赓良等地方文武多有维护，对当地士绅则大加打压。他们向朝廷表示：湖南米价调涨，正是由于王先谦、叶德辉等士绅垄断粮市，囤积居奇，而且在官府下令禁运粮食出省后，还联合洋人大量运粮出省，导致湖南遭遇空前粮荒，全省公私存米，不足两月之食。米价往日不过二三千文，1906年水灾时，也不过四千余文，此时却高达七千文以上。长沙饿殍遍地，饥民盈巷，风吹雨淋冻饿以死每日数十人，“妇女无处行乞，母子相抱而泣，或将三五岁小孩忍心抛弃，幼孩饿极，便取街道粪渣食之”（《汇报·湖南荒象志》）。官方调查认为，正是士绅的囤积，加上长沙市民与洋人的日常冲突，才导致抢米风潮演变成反洋人、反新政的暴动。

湖南官员的报告里要求，将长沙士绅王先谦、叶德辉、杨巩、孔宪，即行革职，“从重治罪”。折子还说，“现值朝野筹备宪政之际，正官绅协合进行之时，如任听此等劣绅，把持阻挠，则地方自治，恐无实行之望。”

这种要求被朝廷采纳了，湖南绅权遭到了空前的打击。余波所及，即使开明士绅一派，也不免于难。湖南谘议局议长谭延闿带头上奏，认为“湘乱由官酿成，久在洞鉴，事前湘绅屡请阻禁、备赈，有案可查”。但上谕批复是“谘议局职司立法，不宜干预地方政事”，等于是驳回了。

街头的风评也很不利于士绅。有一首竹枝词责骂他们：“事变发生，议员满堂，噤若寒蝉，无一仗义执言之人。”更重要的是，抢米风潮中，民众不仅焚烧了衙署、教堂，还焚烧了不少学堂。这反映了民风保守的湖南对“新政”的不满。连驻长沙的日本领事都观察到了这一点。他向本国政府报告说：“焚烧学堂的意义在于：近年来，为了解决教育经费的巨量开支，地方百姓的负担大为加重。新政引起通货膨胀，使米价激剧升腾，但是，穷人子弟并未在新学堂里得到任何好处。”

由此，可以理解为什么绅权特重的湖南，辛亥举事的主力却是会党与新军，谘议局在其间的作用，甚至远远比不上武汉与成都，而光复后选出的都督副都督，居然与士绅界毫无关联——当然，这种状况并没有维持多久，绅权的力量并未消失。

湖南的人头

国民党元老居正，武昌事变后，在湖北军政府里负责对外联络，重要的是促动各省响应，而重中之重，自然是湖北的后方湖南。每天晚上，他都去电报局问讯。1911 年 10 月 22 日晚，居正刚走进电报局，电报生告诉他：湖南有事！居正的心一下提到嗓子眼上，立即命令仔细探听，并与长沙电报局通话。

没多久，长沙电告：革命军已进城。居正狂喜，奔告都督府。黎元洪听说也大为动容，都督府上下一片喜气。

又过不久，长沙报告光复的正式电文到了，署名是焦达峰。黎元洪一看电文，里面提及杀了黄忠浩，顿时黎都督的脸就阴下来了——黄忠浩曾在湖北带兵，与黎元洪有过同袍之谊。

停了停，黎又问："焦达峰是谁？"居正说："是革命党。"于是黎菩萨沉默了，过了良久，才吩咐居正，复电祝贺长沙光复。（《梅川日记》）

远在武昌的黎元洪，心情尚且如此复杂，长沙城内的士绅们，其失望难过可想而知。

廿四岁的无名小卒

焦达峰是从湖北返回湖南发动革命的。陈作新则一直在本土号召新军起义，1910 年抢米风潮时，陈作新正在新军二十五混成协当一名排长，他当时就力劝新军管带陈强乘机起义，不被采纳，反被革职逐出新军。由焦、陈二人为首的中部同盟会湖南分部，在湖南新军中影响颇大。

辛亥年的各地光复，无不采用“军－绅联合”的模式进行。湖南士绅一面试图劝说黄忠浩反正，一面派出代表，通过焦达峰联络新军。

10 月 14 日之后，起义筹备有了眉目，士绅代表黄鍈等要求与焦达峰及新军代表见面开会，地点选在紫荆街福寿茶楼。黄鍈等先到了茶楼的二楼，凭窗等候，“见有着天青团花马褂，落落大方，肩舆而来者，则焦达峰也；次陈作新来；又次各代表陆续来，长袍短套，不伦不类，多至四十余人”。

这种观感很有代表性。虽然焦达峰在湖南士绅眼里，也是名不见经传的小人物，但毕竟他出身富户，读过长沙普通高等学堂预备科，后又到东京铁道学校游学，见过不少世面，还博得“落落大方”四字评语。自陈作新以下，就只能算“不伦不类”了。

但在接下来的会晤中，焦达峰让湖南士绅代表大为失望。之前，他们一直听说焦达峰在家乡浏阳有很大的会党势力，可以直取长沙，因此颇欲当面了解虚实。

他们问：“浏阳可到多少兵马？”焦答：“至少两万人。”

又问：“带来多少炮火？”焦答：“没有炮火。”

没有炮火？！

焦达峰对绅士们的忧虑毫不在意："是的，没有炮火。今日局势，只须十个洋油桶，十挂万子鞭（爆竹），即可将巡抚衙门攻下。"浏阳花炮的确远近闻名，但焦达峰的话听上去太像笑话了。这个才二十四岁、以前从未有乡邦名望的伢子，真的靠得住么？

焦达峰霸气外露，当着一帮士绅的面，大谈排满兴汉的道理、同盟会的宗旨，"俨然以首领自居"，这当然也引起了士绅代表的不满。

10 月 18 日半夜，由陈作新出面，在小吴门外树林里召开了第二次各方会议。就是在这次会上，士绅们表示希望拥戴黄忠浩任湖南都督，而巡防队代表却针锋相对地提出，不杀黄忠浩，新军及巡防队都不会参加起义。

10 月 20 日，是原定的举事之日，可是巡抚衙门也知道了内情，控制极严，新军所有马草干粮，迁移一空，搞得城外的炮兵营同志，想放火为讯，却找不到可燃烧物，反被巡哨发现。各处人马只好罢手。

这一天长沙到处都是谣言，街上岗警林立，来往行人，均须接受检查。最大的一个谣言是：巡抚衙门已经架起了大炮，将对新军营房实行轰击。

士绅中许多人，此时信心全失。其中有位教育界代表，是湖南体育会会长吴作霖。他一想到革命党人赤手空拳，新军又没有子弹，一旦巡抚衙门发起炮来，长沙岂非要被打得粉碎？急得他通宵失眠，左思右想，觉得还是该请谘议局议长谭延闿出来主持大局。

10 月 21 日清早，吴作霖冒冒失失地跑到谘议局，要求面见谭延闿。此时谘议局的号房才刚起床，哪有人来办公？吴作霖不禁大怒，认为都什么时候了，这帮议员老爷们还在家睡觉，难道不知道长沙城就要毁灭了么？他越想越气，就在谘议局门口骂起了大街：

“我是革命党，一向不怕死的。我姓吴名叫作霖，谁个不知，哪个不晓？我手下已有二千多人，分驻满城旅馆商栈。除各有小刀外，还能制造炸弹，只要人备火柴一盒，将来革命，各把火柴括燃，就可将长沙烧成平地！你们这班议长、议员，号称人民代表，现已死到眉毛尖上，这时还不到局办公，要你们做甚么的！”

直骂得号房不知所措，又无法通知议长、议员，附近居民纷纷上前围观，以为是个疯子。吴作霖骂了一歇，无人理会，只好自行回家。

这件事，在后来的革命叙事中，被解读为立宪党人有意破坏革命，充分反映了资产阶级的软弱与妥协。

不管如何，这场骂街加剧了谣言的传播。当日上午，传闻更烈，有说长沙的满人官员已经逃跑了，也有说巡抚衙门的大炮今天就会打响。长沙官钱局立即发生挤兑风潮，巡防营稽查队派出了更多的人手，在街上穿梭巡逻。

焦达峰认为事机已经泄露（其实早就泄露了），既然原定计划未能执行，他约好的大批浏阳洪江会头目，又要到23日才能抵达长沙城，那就推迟到10月25日吧。

出乎所有人的意料，10月22日清晨，湖南新军与武昌的新军兄弟一样，觉得等下去反正也是死，不如搏一搏。他们每人只分得两颗子弹，一鼓作气地冲进城去，居然就将长沙光复了。

听说新军进城的消息，焦达峰带着陈作新等同盟会人马，冲进了谘议局。在立宪党人的叙述中，因为时间太早，又没有预先通知，本来预定光复后召开的军商学绅各界大会，根本无人到场。偌大的谘议局，只有同盟会湖南分会的会员二十余人。焦达峰开口便说："我是孙文派来的，孙文把湖南的事情交给了我。"

于是同盟会员们讨论，认为焦达峰在湖南搞革命，最先也最久，宜当都督；这次举义，全凭新军奋勇，巡防营不抵抗，陈作新居间联络，功劳最大，宜为副都督。计议已定，拿红纸写好贴在谘议局墙上，焦达峰就穿上清军协统的制服，开始处决公事了。

革命党人推选都督的理由，也可以说得过去。但是莫要忘了湖南绅权之重，久在人心。焦达峰署名的文告一贴上街，长沙市民个个都像黎元洪那样，惊诧莫名。随后赶到的绅士们更是怒火中烧，绅士代表常治当着革命党人的面高喊："这个都督是临时的！"陆军小学校校长夏国桢，更是直接带领全校学生前往谘议局抗议质问，甚至刚刚反正的新军中，也传出了哗变的流言。

谭延闿平息了这场争议。他说，眼下只有一二省举义，民军才刚刚萌芽，"此非争都督之时"。有此一说，立宪党人才不再闹了。不过，祸苗已经种下，总是会发出来的。

乱象与密谋

10月28日，长沙光复后第七天，新军第九镇马标队官戴凤翔接到刚从益阳调来长沙接防的五十标营长梅馨、统带余钦翼的请帖，请他次日下午五时到徐长兴饭馆吃饭。

戴凤翔次日下午到地方一看，在座的有八九人，除了戴凤翔自己是保定陆军军官学校毕业的之外，余人都是留学日本的士官生——当时的风气，留学生趾高气扬，自成群体，看不起内地学生，戴凤翔在座，估计跟他在马标任职有关——在座的人都是营长以上的职务，但没有马标的军官。

席间，自然就说起光复后的长沙局势，有人便大骂焦达峰、陈作新两位都督乱用人，乱用钱，说亲眼得见，一个青年人跑去找焦达峰要官，焦达峰问他："你会做什么？"他说："我会写字。"焦达峰就说："你去当书记吧！"青年人走出去，看见桌子上放着一大捆空白带子，他就拿了一条，自己写上"三等书记官"，挂在身上，招摇过市，不过很快他便发现，其他人的带子上都写着"一等书记官""二等书记官"，不禁后悔自己胆子太小了。

又有人说，湘乡人吴连宾，曾在家乡发动会党，此时跑到都督府对焦、陈说："我这回是有大功的呀！我要招一标人。"焦达峰也没敢跟他还价，给了他一条白带子，上面写了"某标标统"，又批了两万元给他。谁知道吴连宾第二日又跑去领钱。军需官只好说："标统，你昨天刚领几万块钱去，今天又来了，你也要有个细账才行。"吴就拍着桌子大喊："我大人做大事，有个什么细账嘞！"

其他笑话就更多啦。任何一名士兵，不管你是新军、巡防营还是会党，只要你参加了长沙光复，跑去都督府一说，立刻就能得一条连长、排长的白带子。有了白带子，人人都自觉是军官了，跑到藩城堤荒货店去买指挥刀，把荒货店的库存抢购一空。而今满街都是指挥刀，铿锵作响。

三年后长沙《公言》杂志刊出一部小说叫《潭州梦》，即写衡阳人潘五到长沙考中学未被录取，适逢光复，于是冒充新党混入抚台衙门，交游日广，居然混成一稽查，然后借禁烟为名四处勒索。小说写到当时省城各色人等混杂，“他们到底是革命党还是匪呢，这个界说就很难说了”。1924年出版的《辛壬春秋》中也有记载：

> 时都督印信未刊，辄取草纸一方，上书都督焦令某为某官，下钤四正小印。四正者罡字，洪江会暗号也。日委署十数人，凡城内庙宇、公廨、旅邸，皆高悬旗帜招兵。流氓、乞丐、车轿担役均入伍。无军械戎装，胸前拖长带，高髻绒球，谓是汉官威仪。

这些江湖做派，正应了黄锳等绅士对焦达峰之流的第一印象——“不伦不类”。如此一来，长沙市民对革命党的印象，只有比谘议局那帮立宪党人更坏。（当然那时没人会想到，焦达峰下令大招兵，招来的列兵中有一位毛润之，拿着每月七块大洋的津贴，每天给其他士兵讲报上的新闻与道理，被同袍们称为“报癖”。）

绅士们对焦达峰最大的用人不满，在于他任命冯廉直为南路统领。冯是洪江会头目，1906年参加浏醴暴动被捕，在狱中待三年，出狱后，招三百人，任标统，驻湘潭。在同盟会方面看，冯廉直是矢志革命的功臣，但在士绅集团眼里，他只是一名“积盗”，而今得了势，在湘潭招兵买马，追杀宿仇，湘潭的县知事联合绅士向长沙求救。谭延闿拿着求救电报去指责焦达峰，焦达峰根本不承认这些指控。于是又有流言，说焦都督也是冯廉直一伙的，本名叫“姜旦宅”，冒充革命党人来长沙夺权。

众军官越说越激动，都说这样下去，湖南会糟蹋在焦、陈手里，要想个办法才好。梅馨脱口而出：“杀了这王八蛋不就得了！”据说梅馨到长沙后，去见过焦达峰，要求升为旅长，被拒。

戴凤翔不同意这么干，他说，焦、陈只是资望不太够，一个是会党，一个是排长（他认为如果焦、陈是留日士官生或军校出身，就不会遭到军官们反对），当时举他们为都督，就有人说是临时的，是个“烂斗笠”（下雨时临时戴戴的），现在干得不好，叫他们走就是，不必杀人。

话没说完，梅馨一个巴掌拍在桌上：“你真是妇人之仁，若叫他走，反倒留个后患，以后枝节横生！”旁边人也说：“杀了倒爽快。”

戴凤翔知道自己挽回不了这个决定，就暗自打算，想给焦、陈报个信，劝他们走路。陈作新被新军开除后，曾在罗汉庄体育学堂教过一年书，戴凤翔正好在那里念书，冲着师生之谊，也应该尽尽人事。

10月30日早饭后，戴凤翔跑去都督府，陈作新已经外出，问几时回来，答“不晓得”，又去找焦都督，只见大清早的，室内围绕着三四十人，要官的，要钱的，办事的，诉冤的，喧闹不堪。戴凤翔根本挤不进去，他只好叹一口气，知道事已无救。

梅馨等人敢策划杀焦、陈二都督，也是因为戴凤翔接到邀请的28日，湖南独立第一协第二、第四两营出发援鄂，新军同盟会系的士兵几乎全体在内。而接防的五十标中，正有不少人是头颅还悬在城楼上的黄忠浩的拥护者与同情者，公仇私恨，一齐来了。

一日杀二烈士

10月31日，焦达峰在谘议局召开军政商学各界大会，宣布了《都督府组织法》。谭延闿当席辞参议院、军政部各职，拂袖而去。

10月22日焦达峰就任都督，绅士们虽然没有明争，但10月23日，他们便在谘议局的基础上，成立参议院，以谭延闿为院长。参议院的宗旨是“模仿英国立宪精神，而防专制独裁之弊”，中心规则是军政府都督的命令，如募兵、给饷，任免官吏将校，要经参议院“许可盖印”方能生效。

这一举措当然令同盟会员大为不满。同盟会自孙文以下，都是主张首领集权的，怎么容得英国式的议院横插一杠子？刚从上海归来的谭人凤，本来就顾忌湖南绅权特重，见此情形，不免高呼：“参议院要夺都督的权，不行，不行！他们胡作乱为，应即先行取消参议院。”更有人主张，不仅要撤销参议院，还应当对参议院及在职人员“大兴杀戮”，他们提出了一个名单，上面有二三十人，要焦达峰即刻动手。

焦达峰这个人，江湖气很重，血性冲动，然而耳根子又颇软。辛亥之前，他曾因为力主在湖南用会党形式发动革命，与谭人凤大吵一架；长沙光复，他又提出过杀尽满人，没收满人资产以供革命之需，经人劝解始息；光复有人提议从藩库或银行中提取巨款以酬功臣，焦达峰初时坚决不同意，党人会议后，又从银行提出数万两，贻人乱用钱之讥。

而今有人提出杀尽参议院职员，焦达峰一开始也非常愤怒，有实行之意。后经人劝解，称“我辈革命，必须网罗人才，共策进行，今单上所列，皆为湖南知名之士，若被杀戮，何以收服人心？”焦达峰亦觉有理，放弃了该计划。

虽然不必杀人，但反击是必需的。军政府在谭人凤主持下通过了这部《都督府组织法》，要将军事、行政、理财、司法收归都督执掌总之。不言而喻，这道法案几乎是在逼立宪党人摊牌。

翻盘或引退，机会都已错失。死神正在向都督府逼近。

10月31日的上午，逼走了谭延闿，同盟会认为自己方面取得了胜利，簇拥着焦、陈回都督府商议第二批军队援鄂事宜。

突然有人来报，长沙北门外和丰火柴公司发生挤兑风潮，要求都督府前往弹压。陈作新闻讯，立刻单骑出府，往北门驰去。

陈作新离去未久，砰的一声，都督府大门被推开，一队兵士一拥而入，口里喊着：发饷！发饷！见都督！见都督！

他们一路冲了进来。都督府的防卫起初并非如此松懈，也是有人建议焦达峰：革命初成，宜多与各方同志保持密切接触，切不可警卫森严，阻断言路。焦达峰也听从了这一建议。

同盟会员曾杰突然冲进办公室：“都督！陈都督在北门中伏，已经殉难！您赶紧避一避吧！”

据《焦达峰传》说，焦都督表现得十分英勇，他大义凛然地说道：“往哪儿避？我为种族革命，凡我族类而附义者，不问其曾为官僚，抑为绅士，我皆能容之。现在谘议局这帮绅董，煽动黄忠浩的残部造反，已经杀了副都督，又要来杀我。悔不用谭石屏（谭人凤）之言，先除掉他们！今日之难，我一身受之，莫让他们残害湘民，革命终当成功！”说着昂然走向大堂，两旁签押房枪声齐响，焦达峰就倒在照墙的石狮子下，临死，还一直盯着大堂前的国旗（应该是铁血十八星旗）。

此刻，离长沙光复才刚刚十天。

陈作新的头被砍下来，悬街示众。当晚，有人看见谭延闿“身穿蓝布长衫，面色惨白，神志惊慌地被人用藤椅从后门抬进了督军府”。谭延闿反复申明他不愿当都督，但是梅馨等人派士兵在长沙城中各处，高举“焦陈正副都督伏诛，公举谭延闿为湖南都督”的高脚木牌，而且贴出布告，声明“所有都督重任，谭绅组安施为。居民毋得惊恐，照常公共图维”。

梅馨等人的行动，有没有得到谭延闿的授意？各方争论不已。谭人凤认为即使谭延闿事前不知，当上都督后却不惩处凶手，反而提升梅馨为第二协协统，即与杀人凶手无异。章太炎甚至在所撰《焦达峰传》里讲了个故事：十多年后，梅馨辞职居于上海，身患乳痈将死。一个朋友问他：“是不是焦公来索命？”梅馨恨恨地叹道：“当时直为人作猎狗耳！”

谭延闿事前是否知情已不可考，但他半推半就接任都督后，确实顺水推舟，在全省范围内清除同盟会势力。11 月 3 日，焦达峰的战友杨任在常德考棚举行焦、陈二都督追悼会。追悼会进行到下午，当地巡防营统领陈斌升突率军驰来，将杨任等人抓住杀害。这些官兵杀完人，立即在原址举行另一个追悼会，将杨任等人剖心致祭，紧接着处决了几十名同盟会员。

这次，灵堂上高悬的，是前巡防营统领黄忠浩的照片。

杀人的循环完成了。士绅集团没能保住黄忠浩的人头，同样，同盟会也保不住焦达峰、陈作新、杨任的人头。绅士与会党的冲突，在湖南以一种异常惨烈的形式呈现出来。

让人想起鲁迅那段绕口令式的杂感："革命，反革命，不革命。革命的被杀于反革命的。反革命的被杀于革命的。不革命的或当作革命的而被杀于反革命的，或当作反革命的而被杀于革命的，或并不当作什么而被杀于革命的或反革命的。革命，革革命，革革革命，革革……"（《而已集 · 小杂感》）

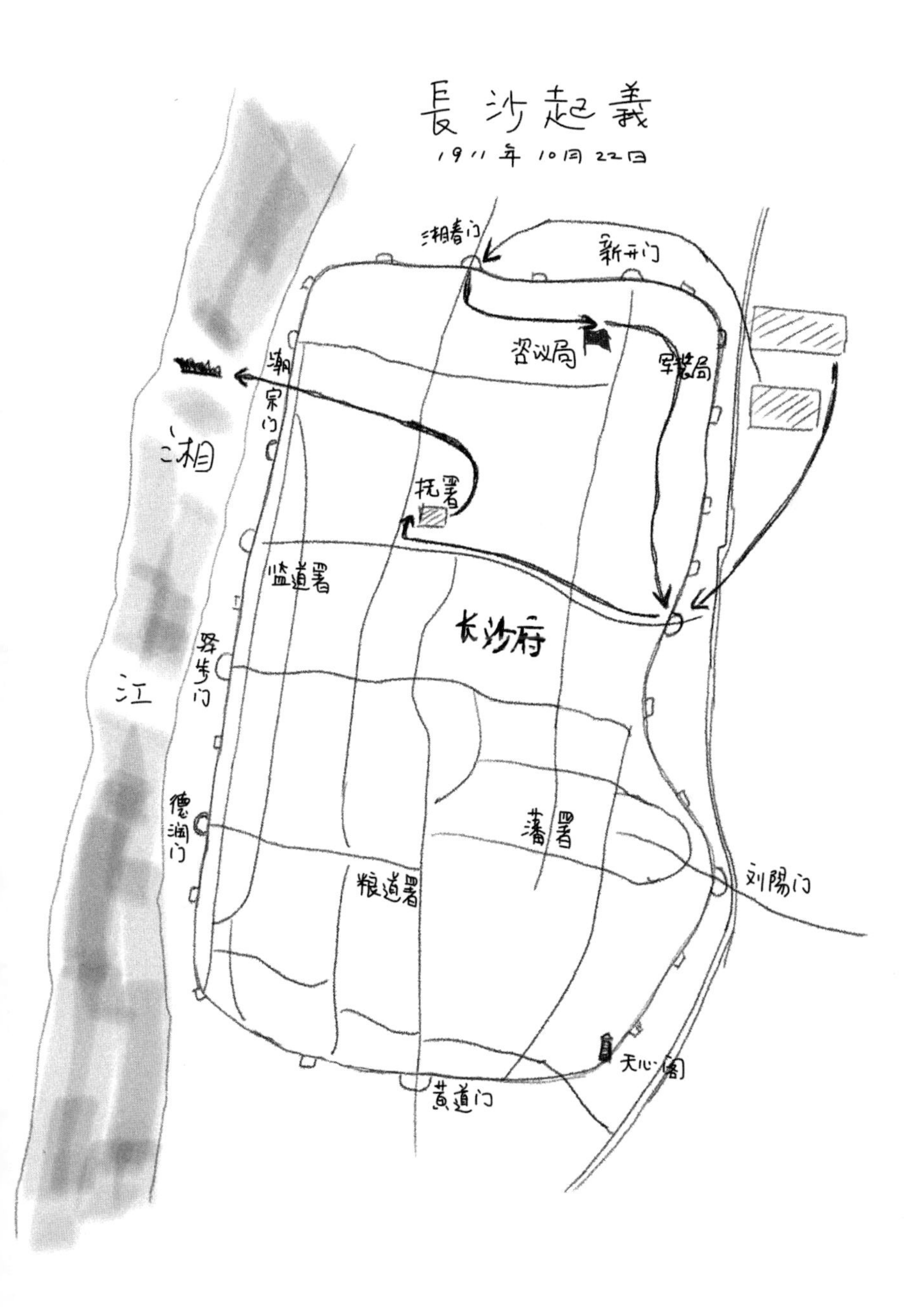

長沙起義
1911年10月22日
湘春门
新开门
咨议局
军装局
潮宗门
湘
江
抚署
监道署
长沙府
驿步门
德润门
藩署
粮道署
浏陽门
天心阁
黄道门

娘子关

光绪末年，两位朋友在北京重遇。他们相识于东京，都非常赞同革命，也都是同盟会会员。

当时东京留学生时兴以省籍为单位，办革命杂志，如《河南》《浙江潮》《洞庭波》，等等。两位朋友，一个姓井，叫勿幕，长得很好看，是革命党中的花样男，人送外号“周郎”。他是陕西人，主办了一份杂志叫《夏声》。另一个姓景，号梅九，山西人，也主持了一份杂志叫《晋乘》。

东京同盟会里，南方同志很多，北方人里，以陕西、山西两省比较活跃。北方老乡聚会时，不免聊起史事。景梅九提了个问题：“当年的太平天国，为什么会不成功呢？”

“曾、左、李这帮汉奸坏事呗。”

“不然，曾、左、李固然可恨，但以大势而论，太平天国虽然几乎占据了一半天下，然而北方诸省，没有一个响应的。清廷的根本未伤，所以可以缓缓地用北方的财力、兵力，去平灭他。所以我们的第一要务，要从‘南响北应’上下工夫，南方一旦起事，北方省份要能跟上。”

“搞不好，还能‘北响南应’呢！虽然中山先生最看重长江流域……”

“可是，长江离北京多远！我们山西，一出娘子关，就是直隶省境，杀奔北京，都不消一天！又或者从张家口进兵，切断满人的退路……”

越说越兴奋。当时在东京的河南、山西、陕西、甘肃四省的同盟会会员，成立“四省协会”，相约在北方同时发动起义。景梅九与井勿幕还私下约定，西北革命一起，共同成立“秦晋联军”，直捣京师。

而今在北京相遇，景梅九便约井勿幕，一起游历山西，为今后的秦晋联军做一计划。

他们从北京乘火车到石家庄，改乘正太路火车往太原。真是近哪，一会子工夫，就望见娘子关的隘口，过此便是山西境了。

娘子关原名苇泽关，据天下之险，人称“天下第九关”。相传为唐太宗李世民胞妹平阳公主，曾亲率娘子军驻此守关设防，因此得名。

井勿幕久久地望着娘子关。“此真天险！可惜已经通了火车，不那么容易拒敌，但如果有能人统军，也能守住！”

景梅九表示同意。“不错！庚子年，八国联军占领京师后，继续西犯，清军曾据此击退德军。关上书四个大字‘京畿藩屏’，可以想见它对京师的重要性！”

火车很快，娘子关一忽儿就看不见了。两位朋友良久无语，都在想着将来的某一天，秦晋联军开进这座“天下第九关”的情景。

《国风日报》

太原的光复，要从宣统三年（1911）的新年说起。

就在陕西少年吴宓初尝繁华、资深翰林恽毓鼎大骂新政、候补布政使郑孝胥交游权贵的同时，正月初六的香厂，聚集着一班年轻人，大碗喝酒，意兴遄飞。

这里面就有景梅九。他刚从日本归国，打算到北京搞“中央革命”。遇到了一班友好，尤其是化名吴友石的白逾桓，一见面就约景梅九同办一张叫《岁华旬记》的小报。

这《岁华旬记》实际上是打时间差，因为北京的报纸，总是跟衙门过年封印一样，年前五日停刊，年后初六才复刊。中间有十天的时间，北京市民没有报纸可看。白逾桓在宣统二年的新年办过一回，销路还可以，现在遇到景梅九，就拉着他再来一回。

这张小报，也没什么编辑费，编辑自己写论说，抄抄上海报纸的新闻，印刷费一共只需三十元。卖报也不要什么京报房、发行所，就是办报的人自己拿到香厂等繁华闹市售卖。

这日卖了不少报，一伙人就在香厂路边茶棚喝酒，席间说起小报毕竟销路不广，影响不大，如果办一张日报该多好！这个心思一动，就不可收拾，这些人天天一道喝酒，总把这事挂在口头。

先说经费。白逾桓有积蓄三百元，可以拿来当开办费。关键是新办报纸，到警厅立案，例须保押费二百元，那还搞什么搞？

好在有报界的熟朋友出主意。他说：“自从彭翼仲在北京办《京话日报》，这些年北京的白话报，出了很多。一来是因为白话报深入人心，易于销行；二来，也是因为清廷提倡通俗教育，白话报免押金。你们不妨以白话报的名义申报，到时候报纸出来，有文言有白话，再跟警厅通融不迟。”

次说报名。有人提议说：“梁启超办了份杂志叫《国风报》，很多人爱看，我们何不叫《国风日报》，一来可以借势，二来也不显革命报纸的形迹。”

此言一出，大家都转头看景梅九，因为他们留日的同盟会员在东京的时候，由张继带头，去锦辉楼踢政闻社梁启超演讲的场子，朝梁启超扔草鞋，拿文明棍到处乱打，吓得梁任公逃之夭夭。现在要借《国风报》的势，只怕第一个不肯的就是这位景同志。

谁知景梅九大声说：“国风是历史上的公名，不是一派人所能私有！何况他们提倡邪说，辱没了‘国风’二字，我们主持公义，才称得上真正的国风！”报名遂定。

《国风日报》开始发行，三百元转眼即空。景梅九跑回太原去，找相熟的新军标统阎锡山要了三百元。紧接着，《国风日报》发起了一场“拔丁运动”，所谓“丁”，即山西巡抚丁宝铨，此人在山西官声很差，抓捕革命党人倒是起劲。景梅九自己说，“拔丁”带有为友复仇的意味。

于是《国风日报》上天天登丁宝铨的丑闻，什么五姨太太卖缺呀，什么干女儿跟丁巡抚搞暧昧啊，捕风捉影也无妨，反正造谣也是革命的一种手段。

一来二去，风声居然传到了军机大臣领班庆亲王的耳朵里，估计他看丁宝铨也不太顺眼，遂在政务会议上提出要换山西巡抚。丁宝铨在朝中又没什么过硬的后台，这颗“钉子”居然就被轻易地拔掉了。

拔掉丁宝铨，换上的山西巡抚叫陆钟琦。这一点看上去跟革命无关，其实很重要，待到武昌事变时，陆钟琦到任才不过半年，称得上人生地不熟，又没有自己的势力，太原的光复才会水到渠成。

议论 | 革命与造谣

近来微博上总在讨论造谣与辟谣。我想“求真”是人类的本能之一，似乎谁都希望能接受准确无误的信息，所以总有人说“真实是新闻的生命”，然而谣言就像蚊虫，从来与人类社会如影随形，谣言也有谣言的社会功能。

美国心理学者奥尔波特将谣言定义为“一种通常以口头形式在人群中传播，目前没有可靠证明标准的特殊陈述”，注意，它只是“目前没有可靠证明标准”，并不见得最终不可实现——谣言的另一个特质是“在人群中传播”，能够传播，说明什么？传播之后，造成什么？另一位美国学者桑斯坦在《谣言》一书中指出：“谣言想要发生迅速的传播并产生破坏力，有一个前提，那就是听到谣言的人要生活在困境与不安中”，“人们是否会相信一则谣言，取决于他们在听到谣言前既有的想法”。

宣统二年，革命党人景梅九在西安教书。有一日党人聚会，半夜才散，他与一位叫杜仲伏的同志步行回家，在归途中遇到一个卖浆的，就停下来喝浆——“引车卖浆者流”，是不是很有古意？

一边喝着，杜仲伏抬头仰望星空，发现东西方都有彗星闪耀，灵机一动，随口诌了两句：“彗星东西现，宣统二年半！”景梅九配合得非常默契，赶紧接口："这句童谣传了好久，不知道什么意思？"

杜仲伏无非说出了革命党人内心的祈望，他们正筹划着各地的起义，当然希望一呼百应，清廷垮台。但这句押韵的话被景梅九说成"童谣"，立刻就有了一种神秘的谶纬色彩。

没想到那卖浆的居然接话："什么意思？就是说大清朝快完了！大明朝不过二百几十年，清朝也二百多年了，还不亡么？"说这话的时候，旁边还站着一名巡警，听到这种大逆不道的话，不但不禁止，居然也"说了两句赞叹的话"。

说完也就散了。谁知道过了两天，景、杜二人就不断听到有人提起："外边流传一种谣言，很利害！什么'彗星东西现，宣统二年半'，看来大清要完！"这句话居然传开了，从陕西传到山西、直隶，又传到京师。后来景梅九到北京，听到的版本，已经变成了"不用掐，不用算，宣统不过二年半"，这足以说明，这是一则与大清朝民众"既有心理"相吻合的谣言。

而这种无事实因素的谣言，在北方比在南方更盛行，跟所谓"开民智"的程度有关，也跟舆论的开放程度有关。

待得宣统三年八月十九日，武昌一声枪响，在有电报的时代，事变消息次日便传到了北京，具体内容肯定不清楚，只知道革命党占了武昌，再加上"宣统二年半"的心理暗示作用，遂引发北京市面大慌乱，八旗官民，九门军警，相互惊扰惶惧，听说有时半夜听见叫卖声，都吓得弃枪而逃，高喊："革命军进城了！"亲贵大吏，率先逃往津沪租界，银行爆发挤兑风潮，有人说亲眼看到邮传部准备了二十挂火车，皇上与皇太后马上就逃往密云，或者热河，再不就是奉天。全然没有外患的首都重地，居然自我扰攘，一片乱象。

这里面当然也有革命党的推手。景梅九当时正在北京办《国风日报》，上街到大栅栏，正好碰见许多人仰首在看天空，他也跟着抬头，似乎天上当真有一颗星，听得旁边人纷纷议论说：“是不是太白星？”景梅九想起彗星谣言，就叫了一声：“太白昼见，天下大乱！”哄的一声，这句话一天之内，传遍北京九城，有学问的官吏文士也纷纷以自己“夜观天象”的结果，来印证这句谣言，于是乱象纷起，风声鹤唳，一发不可收拾。

谣言本来就是革命的手段之一。这种时候革命党的报纸才不会管什么新闻真实不真实。武昌刚一事变，革命党报纸如《国风日报》马上声称得到武汉电报：“黄克强亲到湖北，运动革命，起义爆发后一点钟，已占据武昌城，清帅瑞澂败走！”不管《国风日报》是否真的得到了电报，消息本身也是张大其词。与其同时，从广东到甘肃，传的消息却是“北京陷落，宣统驾崩”。

而清政府的对付手段，可称相当拙劣，一是宣布戒严，二是干涉报馆，不准刊登任何有关武昌事变的消息。于是《国风日报》将报纸头版全部空白，只写了一行二号字：“本报从各方面得到消息甚多，因警察干涉，一律削去，阅者恕之！”这下传言更甚，纷纷说：一定是革命军大获全胜！各省都响应革命了！不然何须禁止报纸登载消息呢？如此一来政府更乱了手脚，只得朝令夕改，又允许各报登载武昌消息，但一来一往，政府威信已至坠地，谣言有了更大的空间。

谣言并不仅仅为革命党人服务。11月27日，冯国璋的清军攻占汉阳。消息传到北方，又一次引发流言遍地，有说黎元洪已经躲进大别山自杀的，也有说黄兴带着黎元洪坐上兵舰顺长江逃往上海的，一时之间，连北方的革命党人都莫衷一是。反过来，南方仍在传说着“宣统死了”“袁世凯死了”“禁卫军与新军交战，在京旗人大部分被杀，国库被焚抢一空”。

就这样，在纷攘不休的谣言战之中，一个旧王朝砉然倒塌，说到底，还是“既有的想法”占了上风。时光倒推到1911年5月12日，局势似乎还很平和，长沙海关税务司伟克非写信给总税务司安格联说：“有人预言秋天要发生骚乱，大家也都相信这种预言。”

关键，还在于“大家也都相信”。

燕晋联军

最妙的是，巡抚陆钟琦有个儿子叫陆光熙，正在日本留学，颇具革命思想。陆光熙听见武昌的消息，想到自家老子是山西巡抚，又一向顽固守旧，他自家儿子在日本留学，却跟底下人讲：在学校的人都是革命党。万一太原也发生革命，估计他老人家接受不了，岂不是一害革命，二害自身？陆光熙忙急急地从日本赶回太原，想要规劝他家大人顺从潮流。

陆公子抵达太原，已是九月初七（10月28日）的夜晚，匆匆放下行李，立即便与巡抚父亲开谈，纵论天下大势。陆巡抚心里正没好气，这小子突然自日本返国，已是让他大吃一惊，现在又来讲什么革命潮流不可逆，真是混账！当下将陆公子痛斥了一顿，说他去国后不好好读书，却去受邪说污染，有何面目回国见父兄？

话说陆钟琦上任之后，就很不放心山西的新军。他的策略跟其他省份的大吏相似，打算将省里的巡防军调进太原驻守，再招募二十一旗巡防军分驻全省，将新军打乱分调到晋南晋北，防止他们合议谋变。

这个措施还没来得及实行，武昌即已发生事变，又过了十二天，西安也树起了独立旗帜。那里是邻省，比不得湖北尚远，陆钟琦有些手忙脚乱，他平日觉得新军里八十六标标统阎锡山态度尚好，不甚激进，此刻病急乱投医，只得寻他商量。

阎锡山在整出辛亥大戏中，态度颇为暧昧。他跟景梅九等革命党人关系不错，甚至有传言说他也加入了同盟会。但同时他很能敷衍陆钟琦，与朝中几位大佬也有往来。此时西安举义，人心浮动不安，他却喜形于色，连呼：“好机会来了！”陆钟琦当然奇怪，难道这厮是在说眼下是山西起义的好机会吗？

却听阎锡山献策道：“太原新军中，只有八十五标姚维藩的第二营不稳，晋南靠近西安，也是姚的老家，莫如派遣他们去晋南防守，多给一点钱粮，姚必喜去，太原可保无事。”说得众人都称“妙”，于是由陆钟琦下令：姚维藩历充各营管带，教练有方，现所部为模范营，兹因时局不稳，派赴晋南沿河一带防守。

阎锡山这道计策，很难说是在为谁考虑。分新军驻守南北，保证太原安定，是陆钟琦的既定方略，此计固然正中下怀。然而一说到开拔，就给了新军一个“要子弹”的借口，抚台衙门说“随后补充”，姚维藩根本不答应，说“世界各国，尚未闻有队伍出征不带一颗子弹者”。僵持了两天，阎锡山又献一计，说子弹可以发一点，但子弹发下之日，即须出发。

结果初七晚十点，子弹才送出城去，要求姚部初八出发。

而姚维藩子弹一到手，立即切断兵营通城内的电话线，以免泄漏消息，各营官长秘密会议，决定拂晓进攻太原。

有人担心太原城内驻有阎锡山八十六标三个营，会阻止攻城，然而姚维藩说“三营皆我旧部，决不与我战”，于是凌晨进攻太原新南门。阎锡山部三个营果然加入助战，巡防队与满城尚在睡梦中，太原一鼓而下。

陆光熙本来盘算着慢慢劝服老头子，谁知一觉未完，突然被一阵来自前院的枪声吵醒，心知不妙，赶紧到前面去找寻父亲，一出大堂，正碰上乱枪射击，当场殒命。濒死之际，陆少爷也许看清了：父亲陆钟琦与协统谭振德的尸体，已经横在抚台衙门的大堂上。

到底阎锡山是卧底还是滑头？当时便说法不一。太原一朝光复，必然震动京畿，起义军料定直隶军队立时便会进军娘子关，于是新任山西全省总司令官姚维藩立即率部前往娘子关防御。谁知半路听说省城谘议局居然推举阎锡山做山西都督，不少将士“闻而大怒”，大骂“阎本猾头，心持两端，我们不杀他，亦云幸矣，何物谘议局，乃举他为都督？是可忍，孰不可忍也”？依照一些军官的意思，回师杀回太原，夺了鸟位再说。幸得姚维藩出来劝服众人，无非是大局为重，不可自相残杀云云。辛亥年不少省的都督，都是在这种吵吵嚷嚷的不服声中加冕的。

清军大兵压境，阎锡山倒不像焦达峰那么骄横，据姚维藩自述，阎锡山也知道军心不定，就任都督后立即赶往娘子关劳军。到得关上，阎锡山对各军官说，自己任都督只是维持秩序的权宜之计，山西全省要仰仗姚总司令庇护，要倚仗各位的奋力血战，守住娘子关……

说到动情处，哗啷一声，阎都督居然当众给姚总司令跪下了！

这一下给足面子，姚部众将士当然不便再跟阎都督翻脸。

不过，阎锡山在大清朝官职就比姚维藩要高，被谘议局举为山西都督后，也算姚的上级，如此当面受辱，这口气咽得下咽不下？我不知道，只是听说，阎锡山从娘子关返回后，随即派亲信入京向袁世凯输诚，声称只要除去姚维藩，他敢保证“山西全体服从宫保”。

从后来的历史来看，阎锡山确实是能屈能伸、利用各方矛盾从中取利的高手，他反对过几乎每一个当政者，却又随时可以与他们互通款曲，袁世凯、段祺瑞、曹锟、冯玉祥、蒋介石……他自己则成了山西的不倒翁，一直到中日战争爆发，太原失守，阎锡山都是“山西王”。

山西虽有内讧，清廷此时的局面更糟糕。袁世凯还未答应出山，他的北洋军精锐由冯国璋统领，正在攻打武昌，督军的荫昌驻在豫南。河南以北，十分空虚，整个直隶只有第六镇吴禄贞部驻保定，又急调关外第二十镇张绍曾部进驻滦州。

山西独立后，整个清廷的软腹部都暴露在了革命军的枪口之下。山西与清廷，此时是“麻秆打狼，两头害怕”，山西都督府赶着派姚维藩驻守娘子关，清廷也惊慌失措，派吴禄贞移兵石家庄声讨山西。秦晋二省对于清廷来说太重要了，以至于后来南北议和时，北方要求不承认山西、陕西为革命军，只算是“民变”，否则，北京就会时时处于被攻的威胁与恐惧之中。

现在所有的焦点都汇集在吴禄贞身上。这个湖北人，是会为清廷去征讨山西，还是会反戈一击，引领晋军直取北京？

箭在弦上之际，山西都督阎锡山突然在太原见到了两个人，一个姓周，一个姓何，自称是第六镇的参谋，吴统制派他们来，是要与阎都督共商大计，组成“燕晋联军”，“推翻清室，实现共和”。

有这等好事？阎锡山不敢相信，也不敢轻置可否，只打发两人去娘子关找前敌司令姚维藩商议。

商议的结果，是认为阎锡山有与吴禄贞见面的必要。双方互通电话，约定的见面地点，就在娘子关车站。

刺 吴

当李真冲进站长办公室时，凶手们已经不见了。只有一具无头的尸首伏在地上。凭着他对老上司的熟悉程度，李真仍然一眼认出了那是吴禄贞。

头颅不见了，胸前洞穿两个弹孔，胁下、腿部均有刀伤，腹部被拉了一个大口子，肠子都流出来了……李真再也不忍心细看，拉过一张毛毯将尸体盖住了。

一百五十里开外的娘子关，姚维藩正在与从太原赶来的景梅九等人谈论山西方面与吴禄贞商谈的计划：驱使旗兵攻打娘子关，晋兵迎于前，吴军乘其后，旗兵腹背受敌，可以一举而歼之。正谈得兴浓，突然电话铃大作，通信兵拿起话筒，顷刻报告：石家庄来电，称火车站上有枪声，旗军兵变！

这还不在大家意料之外，或许吴禄贞提前发动了？继续等消息。没多久，电话铃又响起了：紧急！吴统制被刺！吴统制被刺！旗兵已向保定方向退却！

景梅九望了望墙上的挂钟，是半夜一点多钟。不知不觉，已经是辛亥年九月十七（11 月 7 日）的凌晨了。

这太像一出戏剧了……就在三天前，九月十四日，那位个头矮小、性格豪迈的湖北将军，还站在这间会议室，对着阎锡山、姚维藩，对着一班山西革命首领大声发表演说：

“你们可能已经看到了今天的廷寄，清廷授我为山西巡抚，要我攻打娘子关，这分明是破坏我革命联盟……二十镇统制张绍曾率全部驻京奉线滦州，我军驻京汉线石家庄，两军若夹攻京畿，推翻清室，指顾间事耳……可惜张敬舆（绍曾字）勇气不足，就在你们太原光复的那天，上书清廷兵谏立宪，这是大错！……我极愿与晋军携手，共同推翻清室！”

也许是看到了阎锡山脸上的怀疑态度，吴禄贞豪爽地笑了：“我是老革命党，你可能不知道……你山西军队情形与革命发动情形，我一概尽知。你不要怀疑我真的想当山西巡抚，你太小瞧我了！我是当年同唐才常起义的失败者，我曾加入兴中会，我曾在安徽组织自立军……你们可以放胆与我合作，我不会骗你！”

吴禄贞说服了所有人。于是会后成立了燕晋联军，以吴禄贞为联军大都督兼总司令，阎锡山为副都督兼副总司令，同样的副手位置留给了未曾与会的滦州张绍曾。吴禄贞补充说：“我已去电张敬舆，让他取消立宪主张，那是与虎谋皮，不若定期会师，直捣北京，推翻清，建立民国。张已回电同意。清廷已经不成问题，但老袁不除，我党将与之有十年战争！现在老袁还在彰德，如果由他出山，北洋新军有了领头人，局面就完全不同了，所以我们必须赶快！在老袁出来前，会师都门，竟此全功！”

一番话说得在座的人都血脉偾张，高呼：“拥护总司令！进攻京师，以竟全功！”

未料想，这昂扬的士气还未消弱，吴禄贞竟已被刺！

景梅九素来胆大，见满室人的懊丧表情，仍然鼓励他们说：“吴统制是在石家庄等我们晋军去会合时遇刺的，现在我们仍然应该去看一看，说不定可以说服他的部属为他报仇，共同反清！”

大家觉得有理，于是收拾心情，几个人也不带兵，立即赶往石家庄。

一百多里地，火车很快就到了。这还只是清晨。山西来人看见六镇兵散落在车站周围，神情沮丧，不少士兵还将象征反正的白布缠在臂上。

他们走进站长办公室，吴禄贞的无头尸首已经用军毯包裹，放在椅子上。办公桌上还摆着一份电文稿，是昨夜吴禄贞吩咐拍给张绍曾的，上写“愿率燕赵八千子弟以从”。

吴禄贞的亲密部下，如那个还在痛哭流涕的参谋官何叙甫，愿意带领一部分队伍，加入晋军。还有直隶人李真，一直追随吴禄贞，凌晨他在粮台听到枪声，只身擎枪来援，却被伏兵击伤了后脚跟。他计划等伤好后，就在直隶动员一支力量为吴大人报仇。

但更多的第六镇士兵望着他们的标统吴鸿昌，等他的决定。景梅九等与吴谈了谈，发现他靠不住——事实上，吴禄贞正是因为统领第六镇未久，控制不住，才希望能够与晋军在石家庄会合，联袂北上。现在他死了，景梅九等人除了抓紧把他日前扣留下的整车清军军火运回娘子关，大概也无法做更多了。

后来传说，正是吴禄贞扣压了这批运往武昌的军火，并声言冯国璋部队在武汉烧杀劫掠，惨无人道，他身为湖北人要追究其责任，才让清廷意识到吴禄贞太危险了，这才派出了杀手。而流传最广的说法是，因为主持刺杀的周符麟是段祺瑞的老部下，因此刺吴是袁世凯的授意。但此时袁世凯尚未出山，手是否能伸得那么长，是一个疑问。

直接出面的杀手叫马蕙田，曾经是吴禄贞的卫队长，时任骑兵第三营管带。吴禄贞很信任他，当晚受邀去石家庄车站与之宴聚议事，李真曾劝吴带上手枪，吴禄贞笑着拒绝了，还嘲笑李真何时变得如此懦弱？李真跟景梅九说，吴统制枪法很精，而且武功不错，如果有所准备，不喝醉，不至于如此轻易为人所乘。“大人太相信他们了！”李真的眼泪又流了下来。

吴禄贞时方卅一岁，与张绍曾、蓝天蔚并称“士官三杰”，又因为人豪放，喜结交好汉，亦喜冶游，纳娼为妾，人将其与蔡锷并称为“南蔡北吴”。钱基博后来为他做《吴禄贞传》，忆及听友人说甲辰（1904）与吴禄贞同饮酒座，酣畅之时，吴突然大声喝道：“诸公还记得庚子夏天，安徽有大盗劫大通厘局的事吗？知道那大盗是谁吗？”举座无敢应者，“禄贞右手举酒满杯，左手自指鼻尖曰：‘不敢欺！我也！’扬杯饮，一吸而空”。当时在座的便有良弼。七年后，良弼掌管军谘府，据说马蕙田割了吴禄贞的头颅，便是上京从良弼那里领得了两万两赏银。

吴禄贞丧生在两万两赏银之下，而他的第六镇统制，也是两万两买来的。当时吴禄贞从延吉边防督办任上调回北京，补授副都统。好友李书城劝他："副都统与抚台职位相当，但无实权，最好你设法谋取湖南或山西的巡抚，一旦有机会，可以自己起事，比指望别人更有把握。"吴禄贞答："外放抚台不难，只要有两万两银子贿通庆亲王即可。"于是李书城找倾向革命的富有朋友筹集了银子交给吴禄贞，吴以此为贽敬，拜在庆亲王门下。不久庆亲王告诉吴："各省巡抚都未出缺，只有保定陆军第六镇统制需人，你先去那里，有机会再调一省给你。"

吴禄贞很高兴，在他想来，一镇统制手绾兵权，而且保定离北京很近，起事便易。可惜他履职之后，发现第六镇暮气沉沉，风气不开，不少将士还有烟瘾，不禁向李书城哀叹"无法整理"，他在给朝廷的奏折里也说全镇官长四百，而受军事教育、合军官资格者不足五十人，有行年六十仍充排长者，"官长如此，兵士可知，是曰新军，实为乌合"。他发现协统周符麟完全是旧式军人，无军事知识，且有烟瘾，于是奏请朝廷将其撤职。有庆亲王这样的老师，所请自无不准。不料到了最后，吴禄贞居然死在此人手里。

吴禄贞一死，"燕晋联军"便成泡影。革命军一举攻占北京的"最佳机会"稍纵即逝，待得袁世凯在吴禄贞被刺六天后自彰德入京，任内阁总理大臣，立即派曹锟进攻娘子关。晋军装备根本不是精锐的北洋军对手，接战即败，曹锟一直攻入山西，阎锡山弃太原而逃。

民国成立后，山西为吴禄贞开追悼会，参加者超过万人，挽联有数百副之多，挂满全场，备极哀荣。中间也有言辞很出色的，如景梅九送的长联，就有"伯仲之间见华拿，指挥若定失彭韩"，以华盛顿、拿破仑、彭越、韩信等名将为喻，评价很高。但众人公认，最贴切、最感人的还是刘越西送的一副挽联。其实，那只用了极常见的一联成句：

出师未捷身先死，长使英雄泪满襟。

人物 | 吴禄贞与良弼

吴禄贞在京师大宴时，自承大盗，抢劫官银，时人目为豪举，但为他作传的钱基博不太以为然，觉得“意气自豪，曾不稍顾以蹈于祸，可慨也夫”。庚子年劫大通厘局，何等大事？等于是自承曾有谋反的举动，而此人，日本留学归来，任练兵处军学司训练科监督，朝廷练新军方盛，正是渐膺大用的时候，吐此狂言，难道真不怕大祸临头吗？

这位不怕祸事的小个子湖北佬，名叫吴禄贞，他与张绍曾、蓝天蔚三人，留学日本，名声卓著，人称“士官三杰”。

三杰之中，吴禄贞在官场之中最为“扎眼”，但也最得某些满洲亲贵的看重。比如禁卫军统制良弼，在日本学军事即与吴同学，两人甚为交好，性格却刚好相反：吴禄贞倜傥不群，良弼则礼法自守。吴禄贞常常因为革命不革命的问题，跟良弼争得面红耳赤。

1900年，吴禄贞从日本潜回两湖，与唐才常等发动自立军起义，面对的正是送自己十八岁留日的湖广总督张之洞。起义失败后，吴禄贞带着手下一班人，无钱无粮，便索性劫了大通厘局，将劫来的几千两银子散给下属，自己又跑回日本去上课。良弼与吴禄贞相交莫逆，这个人失踪一个多月，又突然回来，绝口不提去了哪里，岂能无疑？等到四年之后吴禄贞在北京发酒狂，良弼也在座，别人不知道，他肯定明白当年之事。但是两人关系仍然很好。

吴禄贞这个人确实了得，1903年，他应黄兴之请，到长沙去发起华兴会，一同筹划起义。但又与长沙巡防军统领黄忠浩交好，黄忠浩还引见他去见湖南巡抚赵尔巽，赵尔巽与吴禄贞相见恨晚，吴禄贞几次站起来要告辞，都被赵尔巽挽留，一直谈了三四个小时。

陆军部尚书铁良，也很赏识吴禄贞的才具，但又知道他喜谈革命，担心不能为清廷所用。良弼便在中间斡旋，1906年陆军部派吴禄贞往新疆伊犁考察新军，吴禄贞在巡视途中放言高论，触怒了陕甘总督升允，奏请撤去吴的监督差使，而且以言论谋逆为由，要置吴禄贞于死地，又是良弼千方百计营救得免，又将吴荐到东三省总督徐世昌麾下当参议。

吴禄贞在东北两年多，逼得驻朝日军不敢进犯，威震延边。但他也把上司延吉督办得罪得够呛，徐世昌只好先将其调回奉天，再调回京师。然而吴禄贞之功之能，无法掩盖，陆军部授他为“镶红旗蒙古副都统”——一位矢志革命的党人，居然被授以如此尊荣的旗内官职，多少有些讽刺，但此中良弼的提携吹嘘，是少不得的。

然而副都统虽然尊荣，却没有兵权，无法完成吴禄贞的革命抱负。吴禄贞自己最想出任的，是湖南或山西的巡抚，因为他与这两处的新军会党，都有密切的联络，如能出掌方面，伺机举义便水到渠成。

后来不少人回忆说，武昌起义，倘若“士官三杰”中的吴禄贞、蓝天蔚这两个湖北人有一个在湖北，哪里还轮得到黎元洪？

为了能出任巡抚，吴禄贞不惜拜在军机领班大臣庆亲王奕劻门下，并且筹集了两万银圆行贿。但晋湘两地一时无法出缺，良弼便推荐吴禄贞出任刚刚出缺的第六镇统制。

明明知道这个朋友坚持革命主张，还将靠近京畿的兵权交给他，良弼大人是疯了吗？只能说良弼对吴禄贞一直不能死心，希望他能转为清廷所用。据说，吴禄贞任第六镇统制的诏令下达之后，良弼策马直奔吴府，对吴禄贞说："吾两人尔汝如兄弟，如携手练兵以御外侮，左提右挈，天下事大可为。尊主庇民，何必革命！"吴禄贞当面唯唯，良弼一去，吴即写信给友人称："识时务者为俊杰，以赉臣（良弼）之英雄，而不识时务，不过不忘己之为满人尔！"

吴禄贞能与良弼保持友好，并非虚与委蛇，他心里一直也认为良弼是"英雄"，而且吴禄贞的主张，是革命而不排满，他到过新疆、陕甘、蒙古、延吉，常常以己之体悟，驳斥"种族革命"之说，他认为，强调汉族革命，会逼得蒙古族、回族与满族站在一起对抗汉族，满人久不习兵，但蒙回却"善斗轻生"，"以汉人倒满，无不胜，以汉人角蒙回满，则无不败"，最终成果是"兵连祸结，邦分崩离析"。说到这里，吴禄贞总是摇摇头说：黄克强生长南方，未能游历河朔延吉一带，他不明白这个道理。

吴禄贞任第六镇统制未久，武昌事变，山西响应独立。清廷立授吴为山西巡抚，带兵平叛。吴禄贞只身往娘子关，与山西都督阎锡山共组燕晋联军，将回攻京师。这一回，铁良、良弼再爱才，再惜友，也无法坐视吴禄贞的铁拳砸碎大清的头颅。11月7日凌晨，吴禄贞的前卫队长马蕙田被收买，刺吴于石家庄车站站长办公室。清廷躲过了辛亥年最大的一次危机。

有人说，袁世凯在刺杀吴禄贞一事中也起了作用。可是，无论如何，给凶手马蕙田的两万元赏银，是军谘府参议良弼亲手发出，将反贼吴禄贞的人头转呈朝廷，也是良弼亲手而为。

两个半月之后，良弼死于革命党人彭家珍抛出的炸弹之下。两位好朋友，泉下相逢，还会为要否革命争得面红耳赤吗？

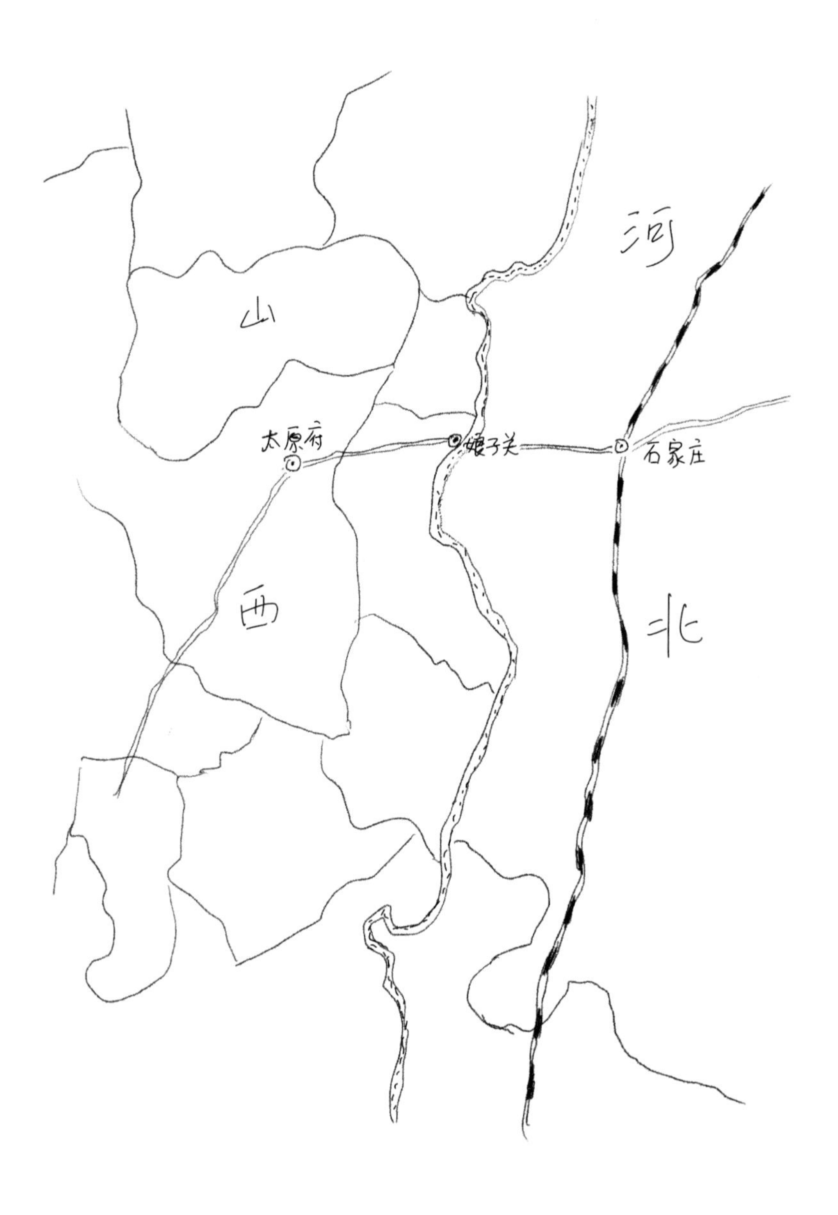

汪兆铭与袁世凯

北 上

1911 年 11 月 7 日凌晨，吴禄贞在石家庄火车站遇刺。就在北方革命党人最优秀的领导者身首异处前几个时辰，北京刑部诏狱大门缓缓开启，三名囚犯被释放，走在前面的那个人，叫汪兆铭。

定格。时间点往前推，武昌事变半月后，以《国风日报》为中心的北京同盟会以及北京、天津、保定等处的共和会、铁血会等革命团体，联合派出同志冷公剑前往武昌，请求派人北上主持革命——武昌战事正紧，为何北方的革命要请求湖北的支援？显然，北方同志等待的不仅仅是一个领袖，他们更需要的，是湖北军政府的经济支援。

冷公剑 10 月 25 日自北京启程，沿京汉线到了孝感，火车停开，他只能步行，一共走了十天，11 月 9 日才抵达武昌。

他这才知道，在这些天的辛苦跋涉中，北方的局势已经发生了怎样翻天覆地的变化。

山西独立，吴禄贞授山西巡抚，娘子关和谈，燕晋联军组成，吴禄贞被刺于石家庄。武昌的同志一面翻着报纸与来电，一面叹惜：如果阎锡山、吴禄贞、张绍曾能三路进兵，北取京师，南断汉口清军归路，诛袁世凯于彰德，革命已经成功了！

“其实之前的机会更好，”身在武昌的共和会创始人之一胡鄂公对冷公剑说，“武昌举义之初，清廷震恐，束手无策，京师谣言横行，八旗官民，九门军警，相互惊扰惶惧，听说有时半夜听见叫卖声，都吓得弃枪而逃，高喊革命军进城了！那时，若有数百人于正阳门、宣武门、天安门之间奋臂狂呼，兵不血刃，可取北京！”

冷公剑没有反驳，其时他在京师，非常清楚那时混乱之极的情形，胡鄂公说的可能性，不是没有。可是，哪儿来的“数百人”？北京革命势力本就薄弱，又没有新军，办报呐喊的人有，要得数百死士，除非经费充足，从北京周边会匪流民里招募。

“北方革命确实需要推动，”胡鄂公转头对黎元洪说，“如今吴禄贞被刺，北方军政大权一统于袁世凯之手，有消息说过几天他就会自彰德进京。这一来，北方革命形势将更趋暗淡……”更重要的是，袁世凯的特使蔡廷干、刘承恩二人已抵武昌，希望与鄂方谈判。胡鄂公主张拒绝接见，并通电各省揭露袁氏阴谋。但孙武等多数人赞成答复。

南北和谈势不可免，这个时候，清廷腹地直隶山东一带，革命形势越好，越能为湖北军政府在谈判中赢得更多主动。这一点黎元洪看得也很清楚。

北京同盟会又派了人来，仍是请求派人北上主持。于是黎元洪召开军事会议决定，胡鄂公此前久处北方，人地两熟，就派他为鄂军政府全权代表，前赴北京、天津一带，主持北方革命。“国库拨款一万元，作为办公之费，到北方后，如有急需，当陆续汇寄。”

当时北京同盟会的经费支绌，已达极致。《国风日报》全靠四处打秋风勉强维持，景梅九甚至干过写信敲诈的勾当：他写信给一位朋友，要求他出资若干，否则“将在报纸上登载君一件隐事”。哪知该朋友看穿了这些革命党色厉内荏，回信说：“好极了！请你编出来，奇文共欣赏，大家看！”逼得景梅九莫办法，只好在同志间搜求，连某人冬天的狐皮马褂都当掉了，也才当了三十元，可见有多困窘。而今胡鄂公携有万元，要算一笔巨款了。

胡鄂公是革命党中的激进派，坚决反对以大总统为饵，诱袁世凯反正，他更认同吴禄贞的判断：清室已败，革命党的对手就是袁世凯。路过上海时，他去会见宋教仁与陈其美，提出只有速取南京，早日北伐，北方同志从内部响应，方可“击败袁氏而消灭清室”。宋、陈二人也深以为然。

十月初四（11 月 24 日），胡鄂公抵天津，住在法租界紫竹林长发栈，召集北方同志开会。天津一带的同志，同盟会加上共和会、铁血会，大约也就一百来人。这一天，正好山东巡抚孙宝琦通电全国，宣布取消 11 月 13 日发起的山东独立。据滦州来的同志说，二十镇官兵颇有加入革命团体者，本来希望山东独立，与滦州互相呼应，可以择机起义，现在山东十一天即取消独立，对士气肯定打击很大。

但滦州仍是北方举事最大的希望，虽然张绍曾已被清廷免去统制职务，离开滦州，但各营士兵加入铁血会的人极多，尤其三位营长施从云、王金铭、张建功，都是铁血会成员。问题是这几位关系一般，互相猜忌，不能协同作战。因此现在的关键是派人去滦州，沟通上下，待机发动。

又有人提出：海阳镇驻军二十镇八十标第三营营长冯玉祥是否可以动员他响应革命？负责联络滦州方面的孙谏声摇头反对，他给了冯玉祥一句评语：“多谋而无学，多言而无信，非可以共死生者。”他既如此说，别人也就不再提。

正计议间，汪兆铭从北京派人来，请胡鄂公拨款两千八百元，说是十月初九，即五天后北京同志起事，进攻清室之用。汪兆铭此时名头极响，他刺杀摄政王载沣不成，被捕后在狱中写的绝命诗“引刀成一快，不负少年头。”大江南北，腾传人口，有人甚至预先给了他“烈士”的称号。现在汪兆铭被放出来十多天，又在筹划北京举事，胡鄂公当然不会对他有任何怀疑，当即指派人携款前往北京交付。

天津共和会负责人白雅雨冷哼一声：“不过是袁世凯用来威吓爱新觉罗家族罢咧！”

胡鄂公大是诧异，问他是怎么回事。

白雅雨就谈起他的见闻：汪兆铭等三人出狱，原是袁世凯会同两广总督张鸣岐保释，释放诏令中虽有“发往广东，交张鸣岐差委”等语，其实不过是一道幌子。汪兆铭等一出狱，袁世凯即从彰德电令其子袁克定往见诸人，称“请诸君勿他去，宫保来京时，尚欲一见汝等”。其余两人闻听大惊，催促汪兆铭一起出京躲避。汪不听。于是一人连夜赴上海，一人逃到天津租界匿居，只有汪兆铭留在北京等袁世凯。

等到袁世凯 11 月 13 日自彰德入京任内阁总理大臣，立即接见汪兆铭，并让他与杨度、汪大燮等人组织“国事共济会”，表面主张由国民会议解决国体，私下却帮助袁要求满族亲贵捐款镇压革命。

“我听说那个国事共济会很快就解散了？”

“是。后来汪兆铭在天津成立京津同盟会分会，自己当了会长。但他……他跟老袁一直有来往，不少同志都认为他是在给老袁办事……最近老袁要求清廷罢免载沣、奕劻、载洵、载涛等人的军政大权，满族亲贵大不高兴，很有反对之声，因此我瞧汪兆铭搞的这个事，多半是在帮老袁吓唬亲贵咧。”

“哦。虽然如此，现在不能因为这个怀疑同志。胡鄂公仍然打发人把两千八百元送去北京。”

事 败

胡鄂公万万没有想到，三天后，十月初七，他去天津老龙头火车站接自北京来的《国风日报》白逾桓等人时，竟然在一群来客中看见了汪兆铭那张俊美的面孔。

“兆铭，”他们是老熟人，“你这种时候来天津，后日北京的大事，谁来主持？”

此时已是在租来的小洋楼里。汪兆铭微微一笑：“九日进攻大内，自有人运筹指挥，我辈就不需要留在北京冒险啦。”

这话更启疑窦。胡鄂公看白逾桓等人脸上，均有不以为然之色，也猜到了八九分，“到底是谁在运筹指挥呢？”

“项城呗。”

“袁世凯吗？”革命同志一般不用“项城”称呼当今的内阁总理大臣。

“是啊，”汪兆铭很大方地承认：“其实这次举事，就是由世凯发起的，袁世凯资助我党运动费五千二百元，但是需要购买枪械，还要租房、安家，等等，钱不够，所以我才找你要了两千八，凑够八千元。”

汪兆铭兴冲冲地讲起九日的计划：夜十点，炮响为号，革命同志即于正阳门、崇文门、宣武门等处发难。袁世凯则命禁卫军第四标由西直门进攻西华门，再命袁克定率兵三千攻打东华门，清廷还有什么可抵抗的？所以我党只负责发难，其余的事情都是世凯的，我们还留在北京作甚？

胡鄂公自然马上想到了白雅雨日前说的那番话。但此刻汪兆铭俨然以北方革命领袖自居，自己初来乍到，也不便干涉太多。而且，当天下午，清军攻陷汉阳，京津一带谣言四起，有说黎元洪已经自杀的，也有说黄兴带着黎元洪坐上兵舰顺长江逃往上海的，人心慌乱，一时也就顾不上北京之事。

十月初十清晨，天还没亮，胡鄂公住的老西开吉祥里十四号，有人砰砰地敲门，还伴随着哭喊的声音。屋里住着十来个人，有人紧忙开了门，轰一声，白雅雨扑了进来：

“袁世凯、汪兆铭果然狼狈为奸啊！杀我北京革命同志啊！”

十月初九夜，北京革命党人照汪兆铭与袁世凯约定的那样，十点起事，分三路攻向天安门、东华门、西华门。但袁世凯答应的禁卫军第四标、袁克定的三千人，踪影全无，等着革命党人的只有严阵以待的军警。北京的党人本来就不多，被捕者十余人，愤而自杀者两人，被捕者也几乎尽被处决。

这消息来得太快，胡鄂公不禁要问：“雅雨，你怎么就知道了？”

“警察总监赵秉钧昨夜以长途电话告诉天津警察局，警察局有位文案姓周，住我隔壁，他告诉我的。”

于是“举室为之惘然”。

当天下午，天津同志开会，决定成立津军司令部，预备在天津举事。汪兆铭也在。诸人拿不到汪兆铭勾结袁世凯的证据，但无人推举这位同盟会京津分会会长当司令。汪兆铭没等散会就匆匆辞去，临去倒很有风度地与在座同志一一握手。

白雅雨说：“兆铭此去，必将自行其是，我们的计划不用考虑他了。”

大家看他很激愤，又问其故。“兆铭早把我党在京、津、保的情形都告诉了袁世凯，老袁告诉他：只要你能控制他们，团体如何发展，暗杀如何进行，都随你而为……现在他当不上津军司令，肯定会自己组织队伍，不跟我们这班人厮混。”

白雅雨还说，汪兆铭在京，定期谒见袁世凯，每次都是一个人，每次都是暮夜，有时汪兆铭不去，袁世凯“必使人召之”。有一次他带在法国加入同盟会的外交部主事魏宸组去见袁世凯。出来后魏宸组怪汪兆铭：“你想让我助袁世凯杀革命同志吗？”汪辩解说：“不是，我是想让你在外交部刺杀袁世凯，所以让你先熟悉他的样子。”魏宸组推辞说：“暗杀事不是我熟习的勾当。”汪兆铭反驳道：“不能暗杀，何言革命？”——汪兆铭注目于暗杀，是无疑的了，而暗杀，无非也是制造恐怖气氛，帮袁世凯夺权而已。

“雅雨，你这些消息也是从姓周的文案那里听来的么？”

“不是，老袁的秘书张一麐告诉赵秉钧，赵又告诉华世奎，华告诉许朗轩，我是听朗轩说的。”

“怎么都是通过赵秉钧？”

胡鄂公绝不怀疑白雅雨，他们一起在保定发起共和会，白雅雨对革命的热情与忠诚有口皆碑。不过，他对袁、汪交往了解得如此清楚，消息又都是通过袁的警察总监赵秉钧传出来的，会不会这也是一种离间呢？

胡鄂公有此疑虑，只好安抚众人说：“老袁肯定是想借兆铭来杀革命同志，但兆铭是老革命党，我不相信兆铭会甘心为老袁利用。”白雅雨见如此说，也道：“我也不想兆铭甘心被老袁利用。不过事实……我们姑且这么说，再看看罢。”

十月十一日晚九时，汪兆铭突然召集在京同志，声明要成立中国同盟会京津保支部。这次因为比较怀疑汪兆铭的白雅雨等人是共和会领袖，刚加入同盟会不久，不便阻拦，遂由众人推举汪兆铭为支部长。会后，胡鄂公等人归寓，汪兆铭却留下了一些人，说另有要事商议。

路上，孙谏声很不解：“同盟会支部已经成立，还有什么要事？”白雅雨冷笑道：“他肯定要成立暗杀团体，才好向老袁回报啊！”

过了一阵，被汪留下的人里有回来的，一问，果然，汪兆铭找了七个人，成立暗杀队，名额以二十人为限，他自己当队长。

有人非常气愤，认为汪兆铭是在分裂革命，提议另组共和会总部，与汪各行其是。胡鄂公劝他们说：同盟会创自孙中山先生，希望国人知革命先知团结，凡革命者，皆得为同盟会会员，这个组织不是汪兆铭一人能私有的。现在共和会、铁血会都已加入同盟会，大家还是统一名义为上。

话虽如此说，见解不同终究无法合作。汪兆铭再来过问这边的举动，胡鄂公等人也是敷衍而已，后来终于另行成立了天津暗杀团。京、津两个暗杀团各自为战。刺张怀芝、刺袁世凯、刺良弼，一系列的暗杀，确实很长革命党志气，但也让清廷更依赖袁世凯了。

结 拜

12 月 14 日，北方革命协会在天津成立，胡鄂公任会长。这个革命协会整合了同盟会、铁血会、振武社、急进会、克复堂、北京革命总团、共和革命党、北京共和团、女子北伐队、女子革命同盟等十多个团体。北方革命协会的成立，用胡鄂公的话说，正是鉴于革命团体日益增多，“以汪兆铭任中国同盟会京、津、保支部部长故，咸不欲参加同盟会，然又不可不使之以尽其用也”。

会章第六条规定：“本协会一切经费，概由鄂军政府或其他军政府接济。”显然，胡鄂公能当选会长，跟他是鄂军代表不无关系。

可是他带来的一万元已经用完，买枪支还找人借了七千元。屡次去电武昌，也不见有回音。滦州起义官兵，自然不用发动费，但这关内外的会党可不能白手革命。

比如，振武社的丁开嶂表示，他们关内外有廿八路领袖，可以号令有枪会员上千人前往滦州，接应起义。那都是些绿林豪杰，旅费安家费总是要的，胡鄂公问丁开嶂，每人要多少钱？

至少得一百吧。

那么，总数就是十万。哪儿来钱？

胡鄂公叹口气。那就分期分批吧，每次来五十人，先把一二两期的款子凑出来。

现在只要一万元，但也不那么易筹。再加上汪兆铭到处宣扬，说南北议和期间，如果革命党举事，就算背盟，不仅道义上有亏，也于革命事业不利。按汪兆铭的意见，议和是当前唯此唯大之事，袁世凯之利，即革命党之利，因此切不可起义举事，阻挠和议者，倒是可以暗杀对待之。这段时间，汪兆铭来往京沪之间，调停折冲，风光得很。

北方革命党人，无兵无饷，加上心态动摇，12月18日，直隶任邱五百人起义，北京、天津、保定、通州、石家庄无一响应，坐视任丘举事失败。

南京各省代表联合会议决定改用阳历，以中华民国纪元。胡鄂公虽在天津，也看到了这个消息，他马上决定，从民国元年元旦开始，所有纪事、通告、文牍都改用阳历，不再用大清朝的旧历法。

12月27日晚上，胡鄂公都睡下了，被两位北京来的同志叫醒。事情不好了！

据他们说，孙中山于12月25日抵上海，袁世凯顿觉唐绍仪在上海的谈判难以胜任，打算派汪兆铭南下周旋，于是派长子克定去找汪兆铭。

他们描述的场面非常戏剧化：

“当兆铭、克定相偕见世凯之夕，室中预设盛筵以俟之。兆铭、克定见世凯，四叩首。世凯南面坐，兆铭、克定北向立。世凯顾兆铭、克定曰：汝二人今而后异姓兄弟也。克定长，当以弟视兆铭；兆铭幼，则以兄视克定。吾老矣，吾望汝二人以异姓兄弟之亲，逾于骨肉。兆铭、克定则合辞以进曰：谨如老人命。于是又北向四叩首。叩首毕，兆铭、克定伴世凯食，食罢而退。”

“兆铭与克定结拜异姓兄弟？这是什么时候的事？”

“昨晚。”

“怎么知道得这么快？”

“嗯……是程克听赵秉钧说的。”（又是赵秉钧？）

正说着，白雅雨来了，他报告说：“汪兆铭今天已经出发往上海了，你说，这还不是谄附老袁、破坏革命？”

众人连夜计议，汪兆铭南下，肯定会宣扬北方同志均遵守和议约定，可是现在孙中山先生已经归国，正应放弃议和，实现“南响北应”的既定策略，我们北方同志的意见，可不能由汪兆铭代表！

次日，北方革命协会在英租界小白楼开会。与会众人痛切陈述近日袁世凯对革命党人的迫害，个个义愤填膺，尤其以王钟声之死，最让全场震恸。

王钟声是清末名闻天下的新剧家，利用新剧宣传革命，报章屡屡报道，他所到之处，观众为之疯魔。年初王钟声在北京被捕，由京师警察厅递解回浙江上虞原籍看管。武昌事变后，他从家乡逃到上海，参加攻打制造局，上海独立后出任都督府参谋长。11月，王钟声又潜入熟门熟路的天津策划举事。12月2日，被直隶总督陈夔龙派警察逮捕。12月3日，天津镇总兵张怀芝将王钟声枪决。此事一出，津门哗然。直隶总督衙门告示称王钟声系“不安分之匪棍”，可是并无犯罪事迹，而且为什么被捕后不交审判厅，而由公认最黑暗的营务处枪决？据说王钟声曾质问军法官："九月九日上谕，大开党禁，非犯法不得擅自逮捕，我是革命党，你们又能把我怎么样？"总督陈夔龙也感为难，直接请示朝廷办法。袁世凯为首的内阁批了"尽法惩治"四个字，王钟声遂死。

胡鄂公对众人说，王钟声死后，他也曾责问汪兆铭："停战期间，擅捕擅杀党人，难道不是袁世凯背信弃约？"汪兆铭居然回答："王钟声吗？他不过是一名无行的伶人，或者是因为犯租界法令被捕，与革命何干？"

又有人说，王钟声被捕之日，汪兆铭由天津早车赴北京，据云是应袁世凯之召，难保他跟王钟声之事无关。

越说越激动，越说越生气，暗杀团团长孙谏声带头大哭，全场哭声一片。在哭声中，拟好了致南京孙文先生的电报，请他"制止各省代表与袁世凯中途议和，领导各省军民同志，扫平伪满，肃清官僚，建立真正共和政体，以贯彻全国彻底革命初旨"。

电报交出拍发的第二天，丁开嶂从滦州来津。他说，关内外带枪同志前两期一百人已经抵达滦州。他同时带来了王、张、施三位滦州军营长的快电，邀请天津革命同志往滦州指导革命。

"那我去吧。"白雅雨决然地说。

就在这一天，滦州全体官兵通电主张共和。辛亥年北方最惨烈、最震撼的一场起义，就在眼前。

“完成革命”

拿破仑的字典

这一天，有三种算法。

在那些北京或天津卫的本分商民口里、账簿中、皇历上，今天还是“宣统三年辛亥十一月十二日”；那些剪掉了辫子的留学生，那些潜伏在租界里的革命党，他们更喜欢将今天写成“黄帝纪元四千六百零九年十一月十二日”。不过，他们应该也收听到了南方的决定，这是西历的1911年12月31日，是中华民国成立的前一天，是清政府统治的最后一日。

凌晨。天津。小白楼。

天一亮，白雅雨便将登上老龙头始发的火车，奔赴滦州。起义日期订在后天。

南北双方已经达成协议，择日召开国民会议。江苏、安徽、湖北、江西、湖南、山西、陕西、浙江、福建、广东、广西、四川、云南、贵州的代表，由中华民国临时政府召集；直隶、山东、河南、东三省、甘肃、新疆，由清政府发电召集。这大致是双方的控制范围。

眼看一个联合立宪国家即将诞生，但在清政府控制的腹地，一群人还在孜孜不倦地谋划着暴动。

白雅雨眼睛紧盯着胡鄂公："你看，滦州一旦独立，战守之势如何？"

胡鄂公沉吟了半晌，答："很难说啊……滦州南临京奉铁路，一马平川，并无山河关隘可以固守，北京、天津、辽宁、奉天之敌，朝发而夕至。到时四面受敌，说战，无可战之地，说守，又无可守之资。这是一可虑。

"施、王、张三营，可战之士，不过千把人，尤其上两次你们从滦州回来，都说张建功心存观望，并未倾心革命。一旦大敌来犯，再有内叛，必然战守两难。这是二可虑。

"滦州新军不稳，朝廷和袁世凯又不是不知道，第二十镇统制张绍曾、协统蓝天蔚被罢免，第六镇统制吴禄贞被刺杀，说明他们一直防备滦州新军倒戈，之所以迟迟没有讨伐，只是因为朝廷已经将滦州新军分割驻守，又有岳兆麟、王怀庆等人牵制，他们认为滦州已不成气候。敌人防备在先，这是三可虑。有此三虑，所以，很难说啊。"

"那么，还有什么办法吗？"

"唔……只有避实就虚……"

"说说看！"

"滦州不可战，我唯有在独立之前，将昌黎、雷庄一带的铁路掘断，将滦河上的桥毁掉，阻止敌军来犯。滦州不可守，我唯有在独立之后，引军北撤，直到长城，利用长城的有利地势与敌军迂回作战，等待北京、天津、通州的形势变化，再作策应。这就是避实就虚的法子。"

白雅雨笑了："也就是说，独立完就撤，躲着清军，以待时变……鄂公，这话从你嘴里说出来，可以，而且算是上策。要是我这么做，旁人将笑我滦州义军为无胆无勇之辈……北方的革命力量本来就薄弱，这一来，还能唤起民众投身革命吗？”

白雅雨虽然笑着，两眼却炯炯放光。胡鄂公知道他已经下了决心。武昌事变后，他俩一起在津倡议成立共和会，众人都说京津革命党人少力薄，响应武昌颇有难度，白雅雨毅然说“拿破仑字典里无难字，吾人不可不起任北方之责”。共和会成立之后，白雅雨立即打发妻儿南归（他是江苏南通人），他独自一人留在北方奔走革命。

胡鄂公说的那些可虑，白雅雨岂能不知？滦州新军自吴禄贞死、张绍曾走之后，势力薄弱，内外忧困，单独起事前途堪忧。共和会一直在联络曹州的会党，已经召集了数百人，又百计筹集了一千多元发饷，再加上静海同志发起的民团，三方同时发难。

依白雅雨的计划，滦州新军有铁路优势，举义后直赴天津，与曹州会党、静海民团联合举事，占领天津。天津有租界，有洋人，清廷投鼠忌器，比弹丸之地的滦州更易坚守，同时通知南军速由海路北上，攻占山海关，拦住京奉线，瓮中捉鳖——英法联军、八国联军早已替革命党证明：津沽一失，北京无险可据。

而天津，革命党人经营已久，早在张绍曾上奏十二条之时，革命党人王葆真等人就与天津的日本、美国领事达成协议，不干涉革命军的行动，顺直谘议局议长阎凤阁等人也很支持天津独立，并承诺若张绍曾率部在天津组织政府，顺直谘议局将完全担任筹拨军饷，按时供应。

张绍曾去职后，情况当然变化很大。但白雅雨认为按步骤行事，未尝不可以一搏。未料突然接到通知，滦州新军自行确定十一月十二日举事，反而令白雅雨措手不及。不过事已至此，白雅雨决定往滦州，与新军兄弟共存亡。

谁也劝不住他，因为“拿破仑字典里无难字”。

喋血滦州

1912年1月1日清晨，胡鄂公送另两位同志孙谏声、陈涛去滦州。昨夜，他们欢饮达旦，载歌载舞，既为庆祝中华民国成立在即，也为去滦州的同志壮行——今日的滦州已成死地，肯去的人并不多。

临行之时，胡鄂公还是把他对白雅雨说过的话，又对孙谏声他们说了一遍。他的意思很明白：滦州不能战亦不能守，不如避清军锋锐而守时待变。“大局如斯，滦州之事，无关革命之得失。”他希望他们能劝服白雅雨，保留义军的有生力量。

1月2日，他听到了滦州独立的消息。三个营长的职务分别是：王金铭滦军都督，张建功副都督，施从云为滦军总司令。白雅雨是参谋部长兼外交部长，孙谏声则是军务部长兼理财部长。

同时，他也听到了不好的消息，驻扎良王庄的李国靖营接到命令，十个小时内全营开拔，调防马厂——那里是清军驻防重地，无法起事。

1月3日，胡鄂公带了两位同志自天津赴秦皇岛联络。但他放心不下滦州，打算中途在滦州下车待一天，再好好与滦军首领及白雅雨计议一下，不可逞血气之勇，还是避至长城，做长期打算。

这几天都是通宵达旦，胡鄂公实在是太困了。他一上车就睡着了，但没忘了吩咐随行同志：到滦州叫我一起下车啊。

醒来却听见“呜——”汽笛响，觉得不对，睁开眼一看，火车正在缓缓离开滦州车站。他横眼看另外两个人：“不是在滦州一起下么？”

那两人迷迷糊糊，如梦方醒：啊？这是滦州么？我们，我们头一次坐津奉车，这里就是滦州啊？

算了算了，秦皇岛离滦州也很近，明天我们再坐车回来。

第二天，到秦皇岛车站买往滦州的票，售票员说，运兵繁忙，全路今天起停卖客票。听了这个消息，胡鄂公心里亦喜亦忧。滦州是去不了啦，但如果滦州那边能用己之计，毁路拆桥，或许可以拖延敌军于一时。

可是站里人说，沿路各站电报电话，都报告照常通行。

完了，滦州不行了。

胡鄂公在秦皇岛车站跌足长叹之时，滦州义军正在滦州车站誓师西进，打算进逼天津。都督王金铭正要下令各营登车，车站掩护队押来了一个农民。王金铭定睛一看，这不是第三营督队官李得胜么？可是，他怎么穿着一身破棉袄，脸上还抹了煤黑？

李得胜的布袋有撕碎的信纸，一看就知道，写的都是滦州的军情，收信人，是通永镇总兵王怀庆。

“奸细！”王金铭不屑地说。李得胜是第三营张建功手下的人，王金铭不便擅自处分，吩咐将他送给张副都督处治。

李得胜一送过去，张建功就叛了。

张建功头天就做了准备，他借口义军驻扎的北关师范学校地方不够，第三营移入滦州城内驻营，第二天再会合西进。一接到李得胜被捕的消息，张建功立即下令：关闭城门，向一、二营开火！

城内城外，乒乒乓乓打了三个多钟点。王金铭、施从云与白雅雨商量，这样自相残杀下去徒误时机，不如集合余部照计划进击天津。于是剩下的七百余人登车出发。

开行一个多钟点后，车停了，铁路被拆断，墨黑的夜里，两翼埋伏的敌军蜂涌而出。这里是雷庄东八里的地方，滦军主力覆灭于斯。

滦州城内，张建功连夜大搜党人，留守军政府的军务部长孙谏声于1月5日晨被杀。叛军挖出了他的心肝，将尸体丢在城门下示众。

白雅雨从雷庄战场逃了出去，打算潜回天津再谋举事。第二天，他在一座古庙被王怀庆的淮军捕获。

四十四岁的白雅雨，公开身份是天津北洋法政学堂兼北洋女子师范学堂地理学教授。他被捕后，北洋法政学堂监督急请直隶总督陈夔龙营救，称白雅雨是往滦州考察地理。但白雅雨面对王怀庆，坦承了他是革命军参谋长。

临刑之时，刽子手踢他的膝弯，要他跪下，他不肯跪。行刑军士已经红了眼，他们砍下了他的一条腿。

白雅雨倒在地上，大声呼喊："同胞！共和殊大好！不然，吾岂失心者？若男又当如此！"雅雨是他的字，他本名叫白毓昆，同志敌人中，认得"毓"字的不多，很多时候都写成"白玉昆"，连杀头的纸令箭上，也是写着"白玉昆"。

1912年4月，北洋法政学堂、北洋女子师范学堂两校举行白雅雨先生追悼会，有人把流传的白雅雨绝命诗谱成了曲，几百条年轻的喉咙唱了起来：“慷慨赴死易，从容就义难。革命当流血，成功总在天。身同草木朽，魂随日月旋。耿耿此心志，仰望白云间……”

1913 年，北洋法政学堂学生创办《言治》杂志，第一期就刊登了《白烈士雅雨先生传略》。四年后，《言治》编辑部一位副主任乘火车经过雷庄，在日记中写道：“余推窗北望，但见邱山起伏，晓雾迷蒙，山田叠翠，状若缀锦，更无何等遗迹之可凭吊者，他日崇德纪功，应于此处建一祠宇或数铜像以表彰之。然国人素性，但知趋附生存之伟人，不欲崇礼死去之英雄，斯等事又何敢望哉！”

滦州起义，发生在南北议和开谈之后，发生在中华民国成立之后，白雅雨遇难之日，孙中山咨复参议院，拟组织六路军北伐，会师北京。反对的人很多。南北统一之后，滦州起义就更少人提及了，也许在许多人心中，那是无效的暴力。数年之后，大概也只有白雅雨的学生，才会经过滦州时想起他们吧？

这位记得白雅雨的学生，名叫李钊。我们现在习惯叫他李大钊。

天津的时差

隔壁院子的钟突然当当地敲了起来，一、二、三、四……十二下！

木厂里偃卧的两个人，已经快冻僵了，刚过完中国的腊八节，北方深夜的寒风吹得人从肉冷到骨头里。他们在这里已经待了快两个钟头了。

一个人伸手拍拍另一人的肩头，用日语说：“时间到了！”

另一个人挣扎着从怀里掏出一只夜光怀表，看了看，也用日语说：“时间到了！”

他们用身体互相挡着寒风，划着了火柴，点燃两根引线，那是两颗信号炸弹，钢壳，一颗六磅，一颗十二磅。

轰的一声！一具人体飞到了半空！

又是轰的一声！火光耀亮了天津的夜空。

天津起义失败。

为什么要派一位日本同志去施放信号弹？是因为外国人万一碰到宵禁查验容易脱身？是谷村自告奋勇？还是有什么别的原因？

总之是定了由谷村去放信号弹，民国元年1月29日夜十二点。一声炮响，埋伏好的九路义军，以进攻直隶总督衙门为主要目标，同时攻占巡警道署、督练公所及电报电话等通信机关、桥梁、铁路道口等，一部分清军及巡警经过策动在起义后可以响应；在攻占督署之后，立即宣布成立津军都督府。

北方革命军总司令胡鄂公希望有一位通日语的同志与谷村一道去，便于沟通，互相照应。派得出的人手里一时没有这样的人才。参谋部长、代理津军都督白逾桓推荐《国风日报》的日文翻译王一民。

胡鄂公说：“此事关系重大,不是沉着审慎的人可办不了……”

“没事，他是我的学生，我很熟。”

现在这个伏在桌上哀哀痛哭的人，不就是老师非常信得过的学生吗？

“29日的夜晚是那么的寒冷，愁云惨淡，欲雪未雪。谷村说，我们先去喝一杯吧，反正宵禁了，在路上走很危险。于是我们就喝了……很多杯，谷村说，一会儿要在雪地里趴着，多喝些酒，可以御寒……

“后来觉得时间差不多了，我们就一起去了三岔口的那间木厂，趴在木架下等。天真是太冷了，我裹在棉袄里，迷迷糊糊也不知道过了多久，快睡着了，谷村把我推醒，说不能睡，会冻僵的。

“后来隔壁院子的钟响了……谷村来不及跑开，被炸飞了，我就看着他分成了几块，洒在木厂的雪地上……

“我听到钟响，谷村看了表，可是我们都弄错了，才十点……我们提前了两个钟点放炮……”

白逾桓冲过去。一个耳光，又一个耳光……“你是把诸位同志的性命当作儿戏吗？提前两个钟头，能犯这样的错误吗？混蛋！”

王一民根本不敢躲，一边挨耳光，一边哭。白逾桓一边打他，一边哭。

半个多月前，1月11日，胡鄂公去沪军都督府见了陈其美。陈其美告诉他：“南北议和停滞，孙大总统正在筹划北伐，需要北方的响应。滦州失败，北方革命还能继起推动吗？”

“我们在京津保通一带联络的军队官兵，多于滦州十倍，只是，没有发动费，很难举事。”

“大约需要多少？”

“二十万足够了。”

“这点小数目，不难办。你到南京，请大总统拨给你。此前武汉黎都督汇了三万元到上海，指名给你。我不知道你在天津的地址，寄给汪兆铭代转了。”

两天后，胡鄂公在南京见到了孙文。大总统果然直接让陆军部拨付了二十万元，并叮嘱：北方革命运动，固重于目前一切也。

1月15日，胡鄂公登上了北上的轮船，就在这天，发生了通州之变。

谁杀了蔡德辰？

辛亥年，北六省中，通州也是革命党争取的重点。那里有一个华北协和书院（North China Union College），由华北美国公理会、长老会和英国伦敦会三个教会联合设立，主要招收三个教会在直隶、山东、山西各城乡村镇的小学堂毕业生。学校管理者都来自教会，对于学生的排满思想，不奖励，也不禁止。

他们的学长，如费起鹤、孔祥熙，都参加了南方的革命，后来加入了南京临时政府。北京、天津的革命党人，对学校的影响也很大。除了旗人学生，大部分学生都同情革命。

新军张绍曾、吴禄贞兵变事败，协和书院的师生认为最大原因是他们的驻军分别在滦州和石家庄，离北京太远，不能一举成事，坐失良机。于是他们打算去运动驻通州的毅军。通州离北京只有四十里，有人说，“简直可以唱一出《温酒斩华雄》！”

毅军驻地距协和书院只有四里地，双方平日颇有交谊。协和书院的四川籍学生杨学羔回忆，毅军头领，古北口提督兼武卫左军总统姜桂题"年逾七十，对于学生的一切活动，尤其是体育技术竞赛，颇感兴趣。书院每年举行春秋两季运动会，或圣诞节等其他典礼（有各项节目）时，都必邀请姜桂题及他部下官兵到场参观。书院准备茶点，师生亲自招待。他们也携带奖品等，亲自发给成绩优良的学生。姜营无论举行任何庆祝典礼，如有节目表演，也必邀请书院师生前往参观……有一次姜桂题赠送书院师生安庆胡家酱园酱小菜，先生每人两小篓，学生每人一小篓。某营统领持赠著名土产，用红丝线扎成菊花朵式的黄山云雾茶，先生每人四朵，学生每人两朵"（《华北协和书院师生的革命运动》）。

有这种军民鱼水情的关系，运动起义确也不是异想天开的事。协和书院师生在总代表蔡德辰带领下，用了不到一个月的时间，居然将毅军七个营中的四个营说动了，其中还包括姜桂题的亲侄儿和亲外甥。起义计划是：十月初一（11 月 21 日），四个营发动事变，逼迫姜桂题起义，然后进军北京，威逼清帝逊位。

毅军四营提出的唯一条件是：先发两个月饷。协和书院方面致电武昌军政府，军政府回电答允，称九月底一定将饷发到。

谁知道九月武昌战事吃紧，根本筹不出饷来，而且全国那么多地方求援，哪能顾得到小小的通州？协和书院派出了代表往武昌催款，仍拿不到钱。只好跟毅军打商量，延期到十月初七，还是没有，再商量再延，十月十五日总行吧。

还是没有。毅军有些军官不干了："俗话说事不过三，三次改期，姥姥！简直是个骗局，逗我们玩呢？"就有人向姜桂题告密。姜桂题立即派兵搜查，协和书院总代表蔡德辰、四位营统领，还有姜桂题的侄子与外甥都被逮捕。

姜桂题都快气疯了。他平时见到协和书院院长美国人高厚德，不仅是客气，甚或有些畏惧，现下也顾不得了，把高厚德找来劈头盖脸一顿大骂：

“我以为你洋人来中国传教是劝导中国人民为善，安分守己的；办学是为中国培养维新人才的。因此，我对你们洋人，一向恭敬，殊不知你们不识抬举，反而教人民仗势欺人，为非作歹，教学生闹革命造反，叛逆皇上，这真是我想不到的事情！你们书院的师生运动我的部下造反，要推倒朝廷，闹得我的脑袋快保不住了，真的可恶！你要负责任，请你告诉我该怎么办？”

高厚德也吓坏了，好半天才说：“军门大人，我实在负不起这个责任。”姜桂题说：“那么我们分别负责。军队的事情我来办理。你的学生，如果交给你，你能保证他们不再闹革命吗？”高厚德要求先看姜桂题捕人时搜到的名单。

姜桂题又火了：“你要看名单？看了名单，你的书院还办不办？我的军队还带不带？这名单我都不敢看，你敢看吗？”取出名单，打开洋火炉的门，竟丢进去烧掉了。

高厚德默然无语。姜桂题又问他能不能保证学生不再闹革命。高厚德表示不能保证。于是，姜桂题要求他三日后解散书院，将学生派遣回籍交家长严加管束。

当夜，姜桂题枪杀蔡德辰，同时被杀的还有他的侄子、外甥及一名营统领。但是，这件事姜桂题始终没有报告朝廷。协和书院草草为蔡德辰办了丧事，就于阴历十月二十一日（1911 年 12 月 11 日）解散了。

以上是书院学生杨学羔的回忆。

可是，在北方革命领导人胡鄂公笔下，完全是另外一个故事。

他说，滦州起义前三天，也就是1911年12月30日，北方革命协会天津总部派出同志到通州联络。这时候，共和会通州支部部长蔡德辰不仅还活着，而且仍在联系通州毅军。他们计划于1912年1月12日发难，于午夜发动毅军向北京进攻，与南苑的另一支毅军会合于永定门，再直趋东城外交部以包围内阁官署。而西直门外禁卫军第四标则由西直门攻向西华门，那里会有“车夫千人”与他们共同进攻紫禁城。

不过，这个计划没有实施。原因一是听说滦州失败，无法内外呼应，另一个原因，倒跟杨学羔说的一样：没有发动费。起义被迫延期。

1月14日，汪兆铭的一名手下余临江跑到通州张家湾找蔡德辰，称他奉同盟会京津保支部汪部长之命，要求各革命机关，停战议和期间，不得妄动。蔡德辰当然不肯听命，两人大吵一场而散。

次日凌晨，余临江带着毅军十二营两百余骑，包围张家湾，捕去蔡德辰等七人。

北京革命党人听闻此讯，立刻召集同志，决定第二天刺袁。

1月16日，袁世凯早朝散后，十一点三刻左右出东华门，将及王府井大街，革命党人张先培从三义茶叶店楼上掷下一个炸弹，一时炸弹齐飞，枪声大作。此次刺杀，死袁车辕马一、护卫营管带一、护卫排长一、亲兵二、马巡二、路人二。袁世凯从翻倒的马车中爬出来，由亲兵护卫策马离去，在马上下了全城搜捕令。

抓捕蔡德辰等人后，袁世凯当晚曾去电上海，责问汪兆铭此事。袁世凯被刺后，当晚接到汪兆铭复电："北方同志，在此议和时，所有一切行动，咸已停止，通州机关，当为匪类之结合，请依法办理。"

1月17日，张先培等三人被杀于北京；蔡德辰等七人被杀于通州。

现在通行的史书，一般采用了胡鄂公的说法。那么，蔡德辰的同学杨学羔的故事，又是从哪儿来的呢？

尾 声

通州、天津事败之后，京津一带，革命党已无力再威胁清廷与袁世凯。

不过他们仍在努力，正如他们在天津举义命令中所说："夫革命者，所以扫除官僚，涤荡专制余毒者也。今清帝逊位而代以袁氏，此与父死子传兄终弟继者何以异哉！我北方同志有鉴于此，用是屡举义旗，前仆后继，誓必讨灭袁氏，不使专制余毒永留于中国也。"所以天津起义当晚的口号叫"完成革命"。

2月9日，铁血会、振武社二百余人发难于沈阳，全部覆灭。就在这一天，胡鄂公接到北京来的电话：南北议和成功了！清帝将于三日后下诏退位，民国临时参议院已选举袁世凯为临时大总统，汪兆铭等将以专使名义来京迎袁南下就职。

一室默然。然后有人说了声：再见。

说话的这人明天将赴锦州，召集铁血会残部，再次起义。这注定是一次必败之举，但是，"我们要以一死，使天下后世知袁世凯之盗国，汪兆铭之出卖革命！”

2月12日，清帝发布逊位诏书。锦州发难，全军覆灭。

五天后，胡鄂公在天津吉祥里十四号召集北方各革命团体开了最后一次会议。议决：自即日起，所有团体一律解散，所有革命行动一律停止。他们请各地来津的同志二百五十一人领取旅费回乡，滦军与其他军队脱离的同志一百九十四人，送到烟台鲁军政府报到。

不过这些事，仍然没有钱去办，南京给的二十万，没有汪兆铭的批准，似乎无法动用。胡鄂公表示，会后将电请武昌黎元洪都督，再汇来两万元，以作结束之资。

最后一项决议是：“本日到会同志，为纪念北方死难烈士起见，在袁世凯当国期内，不受其任何官职及其荣典勋章等物。”

散会。

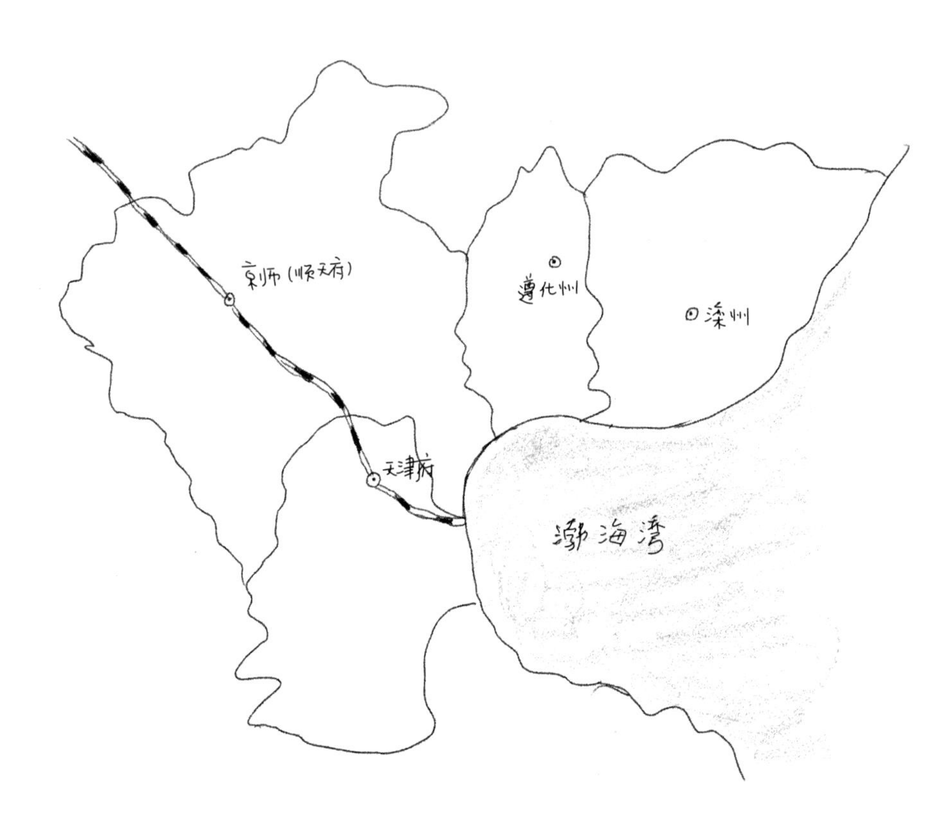

京师（顺天府）
遵化州
滦州
天津府
渤海湾

一锅夹生饭

有个人叫刘厚生。他是南通“状元商人”张謇的得力幕僚。人人都说《清帝逊位诏书》是张謇手拟，而有人说最后一句是刘厚生加的。那句话是：“予与皇帝得以退处宽闲，优游岁月，长受国民之优礼，亲见郅治之告成，岂不懿欤？”这句话加与不加，都无损诏书的效力，但加了，却显得清帝母子以天下为重，不以皇位得失萦怀，又为民国承诺的优待条款敲砖钉脚，十分漂亮。这人是个角色。

刘厚生在他所著的《张謇传记》论及江苏在辛亥时的地位，道是：

“以苏、浙两省之地位而论，江苏尤重于浙江。我们把各省独立之日期，加以查考而推论其影响。武汉起义为旧历之八月十九日，苏、沪独立为旧历之九月十四日。在此二十五天之中各省之号称独立者，不过湖北、湖南、陕西、山西四省，此四省之中山西之井陉娘子关，湖北之汉口、汉阳尚在战争之中。自九月十四日上海、苏州相继独立之后，至九月十九日五日之间，通计全国宣告独立者，已有十四省之多。土崩之势已成，清廷颠覆之命运已定，苏省之举足轻重乃是谁都不能否认的事实。”

他认为，苏、沪之重要，一由于地，一由于人。所谓“地”是“苏省居长江下游，襟江带海，控制南北洋，又为全国文化经济之重心”，“甲午中日战争之后，戊戌之维新，庚子东南互保之条约，皆以上海为策源地。辛亥革命虽爆发于武汉，假使无上海、苏州之相继独立以号召全国，清政权之消灭，恐尚不若是之易易”。

而“人”的因素，是因为苏、沪独立，官－商－革命党联成一气，与其余地方全赖新军会党大不相同。“苏州独立之后，又拥戴巡抚程德全为都督，开各省未有之先例”，而“苏省谘议局之议长张謇，尤负全国重望。苏省独立之后，曾由张謇领衔，电致各省，并致内外蒙古，请其赞成共和，影响之巨，不可思议”。这话当然是为传主张謇评功摆好，但也未尝没有切中肯綮。清廷之亡，非张謇所愿，但清廷如何亡，民国如何成，张謇为首的立宪派起了关键的作用。

攻打制造局

东南独立之机，实发轫于上海。上海是全中国最大的商埠，也是最混乱最自由的魔力都市。所谓“冒险家的乐园”可不单单属于那些漂洋过海来发中国财的高鼻蓝眼，革命党人在上海同样经营多年，这里的租界庇佑着一切有野心的人。

上海光复，主要力量有三方面：光复会敢死队主要负责闸北，那里有巡警总署的起义警察接应，商团配合行动；南市城厢内外以商团为主，起义警察为辅；进攻江南制造局以同盟会敢死队为主，商团为辅。

其实上海在大清帝国的行政序列，地位并不高，最高长官不过是一个“苏松太兵备道”（当然是天下最肥厚的道台缺），而且不能驻军。某种意义上，这是被清廷放弃的“夷场”。自然上海的经济地位、战略地位显而易见，然而清廷控制不住，也就只好放手。于是各方势力在此平等竞争，租界当局只要不出乱子，倒也不管。上海光复，是光复华界，基本上只跟警察厅、商团、革命党有关。

攻打江南制造局，不是为了上海光复本身。江南制造局枪械虽多，清廷在上海也无兵可派，只能从苏州或南京调军来围剿，以当时大势而言，苏、宁两地自顾不暇，根本办不到。攻打江南制造局，是因为有消息说将有五艘满载军火的船只，即将从吴淞口启碇，直发武昌。因此攻下江南制造局，是为了救援首义的武昌。

长江下游一带是光复会的势力范围，以李燮和为首的上海光复会之前的努力颇有成效，联络警察起义，跟吴淞炮台接触，都谈得差不多了。江浙自太平天国之后，接管的驻防多是湘军，李燮和自己是湖南人，大占便宜。武昌的黎元洪也封李做“长江下游招讨使”。

同盟会则是硬生生打进来的。当铺出身的陈其美以硬碰硬，一面自行联络商团，一面重复联系警察厅与吴淞炮台，还有江南制造局。他的策略是多出运动费，光复会出多少，我比他们多一倍，多几倍！而且，上海的青洪帮在陈其美掌握之中，留日归来的士官生如张群、蒋介石也都支持陈，同盟会的势力渐渐也起来了。

九月十三日（11 月 3 日）的起义日期，是由陈其美提出来，与商团首领李平书议定的。李燮和后来才得知，十分不满。从李平书内心出发，肯定也不愿意当这个出头椽子。一方面商团还是担心清廷会调动苏州南京的军队来攻，另一方面张謇为首的江苏商人在上海势力亦很大，上海商团多少要看一点那边的眼色。李平书当然希望苏州、杭州先行独立，上海再跟进，就顺理成章多了。

李平书自己是江南制造局提调，无奈制造局总办张士珩（楚宝）不肯听他的话共同举事，只好组织攻打。只是九月十三日上午，闸北已经光复，张士珩收到风声，加强戒备，“于江滨设排炮六米，要口设水机关枪，更于大门设小钢炮”，商团这边只有长枪与手枪，同盟会敢死队只有商团借给的步枪四十支，还有土制炸弹数枚，怎么打嘛?

有一个很上海滩的传说：光复会出了大价钱，已经买通了制造局里的内应，到时这边一攻打，那边内应外合，制造局唾手可得。可惜，联系制造局内应的中间人是骗子，收了光复会的钱，事情嘛一点没做，攻打哪有不吃瘪的道理?

商团开到制造局，开头并没有进攻。没有计划参加攻打的陈其美突然站了出来，声称他来说服守卫军队，可以不流血——估计同盟会私下联系守军，就是等着这时候陈其美闪亮登场，一举立威，自然就能压过李燮和。

结果却很不妙。“陈其美对张楚宝的军队作了一番演说。军队方面认为他既不是沈恩孚，又不是李平书，不理会他，并出其不意，把他拖了进去。外面要里面释放，里面不放；外面就要进攻，里面说，‘不睬！’”（贾粟香）也有人说，陈其美是主动去劝降张楚宝，不过李平书都说不通，陈其美凭什么敢自蹈险地？

那就进攻吧。刘福标率领的敢死队往里冲，里面先放了一排空枪，敢死队继续往前冲，还掷了两枚土炸弹。守军实弹还击，敢死队死一伤二，哗啦一下退下来。商团的人补上，又陷入僵局。

这个僵局的打破，是因为总办张士珩跑掉了。我们现在像看电影一样看历史，当然知道商团和敢死队拿制造局毫无办法，可是张士珩不晓得啊，当时革命党在旧官僚耳朵里，几乎都是神通广大的亡命之徒。现在闸北已经失守了，上海道台刘燕翼、上海知县田宝荣、巡警总局长姚捷勋也逃进了租界。张士珩一个没有经过战阵的总办，又能怎么办呢？

而且沪上商会，打仗一般般，经济手段都厉害得很。手下来报：十四日晨五时，旅沪某商会已出赏格："如有人拿获张楚宝解城者，赏洋五千元。"上海滩什么都要别一别苗头，又听说某团体刷新了赏格："如有人拘获张楚宝解到本会者，赏银五万元。"银子是白的，人心是黑的，万一制造局里哪些家伙听到风声，把自己抓起来去领赏，又该怎么办呢？

他一跑，制造局群龙无首。但守军还是尽忠职守，拒不投降，闸北的革命党人听说此事，也派人来支援。但是一直打到天亮，还是打不进去，改打后门，也打不进去。制造局附近有一个小店，店老板建议："打不进去，就烧吧！"捐了十几听火油出来，这时上海光复的一个特色出来了：伶人。

潘月樵、王钟声这帮伶人都有功夫在身上，就从后门跳进去放火。火头一起，守卫就乱了，制造局被攻占。而黄兴之子黄一欧说，能进制造局是"一部分同志在制造局西边围墙下挖开一个洞子，塞满炸药，霎时轰然一声，炸开了一个大缺口"，大家才冲进去的。

光复军参谋长杨镇毅的说法又不一样：他说光复会确实联络好了制造局部分守军，但是陈其美打听到这个消息，为了抢功，单独联络商团，提前攻打制造局，“可是他们不懂得我们和新军联络的口号，一闯进去，就被打垮，陈其美被擒”。后来李燮和率光复军来援，才里应外合打下制造局。

看来，江南制造总局是怎么攻下来的，就像五四那天赵家楼是谁烧的，也成了一个人言人殊的悬案。

不管怎么说，陈其美是有些失算，制造局攻下之后，同志们好不容易才找到陈。他在众人面前的形象颇有些狼狈：“只见他手足戴着镣铐，坐在一张条凳上，头紧紧靠着板壁，默然不动。一看，原来他的发辫从新凿的壁孔拉出房外，房外梁上挂着一个铁钩，发辫就紧紧缚在上面，所以他一动也不动。”

陈其美抢都督

上海这种地方，绝对不容许权力真空太久，何况已有谣言传出，说北方派两艘兵舰来攻打上海，所以第二天李平书便召集地方自治机关商会、商团、救火会在海防厅署开会选举政府。不知道为什么，李燮和的光复会方面竟无人出席，与李燮和有些关系的与会者只有沪军巡防营驻浦东管带章豹文——这让人不能不对李平书的立场产生怀疑。

民政方面很好办，李平书、王一亭、穆恕斋、吴怀玖，这都是上海自治原本的负责人，继续负责好了。军政府方面，有人提议李平书的侄子李英石当都督，陈其美为军政长。然而陈其美的把兄弟黄郛跳了出来："论功劳，我会陈其美同志率先冲入制造局，立了首功！都督非他莫属！"

会场大哗。黄郛索性把手枪拿了出来："谁敢不同意？"

除了同盟会员，都不同意。上海这么大个地方，凭什么让一个当铺伙计当都督？再说，陈其美是浙江湖州人，湖州人来管阿拉上海人，笑话！

你有手枪，我们没有吗？穿军装的人都开始掏枪，黑帮片要上演了。

猛然一个人跳上桌子："陈先生昨天吃了大苦头，现在给他一个军政长，太不公平！谁不服他当都督，我炸弹一扔，大家同归于尽！"

他手里真的拿着一枚炸弹。正是同盟会敢死队头目刘福标。

这也太不像话了！王一亭、沈缦云等地方士绅哪里见过这个，一半因为愤怒，一半因为惊恐，他们站起来向外走，嘴里愤愤地叫喊："陈其美抢都督！""刘福标扔炸弹！"这一闹，海防厅外面本来不知发生什么事的民众与卫队也大混乱起来。李平书只好宣布散会。

同盟会根本不管你散不散会，会议刚一结束，"沪军都督陈其美"落款的布告已经贴满浦江两岸，时间是"黄帝纪元四千六百〇九年十一月×日"。看来，这张告示在攻打制造局前就已经印好了。

然而光复会那边总不能无所言语。李平书急忙赶到光复会总部锐峻学社，去劝说李燮和。横的怕不要命的，这位商会领袖还是希望尽量息事宁人：

"今日之事，大局为重，如何？愿君一言。"

在场的光复会员也大为不平，“有人主张由李燮和出面，变更布告。有人主张逮捕陈其美，治以违令起事篡窃名义之罪”。李燮和肯定也不想忍这口气。但同盟会先抢占了名义，光复会一动手，就成了衅自己起。而且今天的会议己方未闻通知，现在李平书又来劝和，看来商会多半站在陈其美一边。这口气不忍也得忍。

李燮和同意让出沪军都督一职，但要求陈其美调拨巨资，犒赏起义军警。这当然不成问题。然而李燮和还是不愿意在陈其美麾下听令，正好吴淞炮台由光复会一力说服起义，吴淞警察局长黄汉湘又是老乡，李燮和索性迁去那里，自立为吴淞军分府都督。这样，加上苏州的江苏都督程德全，五百里内，三位都督。

“抢都督”是辛亥一景。几乎在光复各省都会上演，摆不平的时候，要不就因人设官，分庭抗礼，要不就内部火并，酿成血案。陕西、山西、湖南，莫不如此。

不过，陈其美的野心更大，他可不会满足于一个沪军都督的位子。

火并光复会

李燮和在吴淞上任不久，于车站遭到刺杀，刺客从车窗外放枪，打死了李的随身卫兵。指使人为谁，大家心知肚明。过了不久，陈其美又派某位青帮“白相人”来找李燮和，要求李取消军政分府。李只得再次退让，以制造局提供枪支为条件，将吴淞军政分府改为光复军司令部。

陈其美做事，好用青洪帮手段。同盟会员周南陔，只是租界里一个中等职员，但他有位世交姜国梁，是巡防营统领兼吴淞炮台总台官。武昌起义后，陈其美找他去，要说服他的世交姜国梁反正。陈其美告诉周南陔：姜国梁已经得了光复会一笔钱，但不要紧，同盟会还可以出更多的运动费。但是，必须注意三点：一、不可稍露风声，使姜知道同盟会与光复会的关系；二、要姜完全接受同盟会的调度指挥；三、姜仍与光复会保持联络。这时陈其美已经在布局，要跟光复会争功，控制光复后的上海。

周南陔离开时，陈其美追上来附耳对周说："依勿要胆小，如果姜不听讲，要紧辰光，我们把他做掉！"

还好姜国梁比较配合，而李燮和到了吴淞之后，陈其美又屡次让周南陔联系姜国梁，打算动用吴淞炮台的力量，"武力解决"光复会。这次姜国梁没有答应。

上海光复后，财政相当紧张，民政长李平书竭尽所能，搞到了三十万两银子，但仍不敷用度。陈其美打上了上海大清银行的主意。可是大清银行行长宋汉章人在租界，根本不买陈其美的账。

陈其美也真能计较，居然找到了这么一个机会：宋汉章某日往吴芝瑛开的小万柳堂吃饭，小万柳堂濒临苏州河，笃定是选择位置最佳的水阁招待宋行长。而苏州河恰好是华洋两区的分界。陈其美居然派一只小火轮，由黄浦江入苏州河直扑小万柳堂，就从水阁上去，把宋汉章拖进小火轮，关进他的都督府。

这样就不算从租界上捉人么？各国上海领事可不这么认为，他们找到伍廷芳，要求他向"革命党政府"（各国领事一直不用"沪军都督府"称呼上海新政权）要人。伍廷芳只得与陈其美开谈判，结局是大清银行停止将款项解往北方，陈其美方面放人。宋汉章出来后，为纪念吃这次苦头，还自费印了一本《伍公平法记》，在上海、北京到处送人。陈其美这个流氓都督的名声一下便打响了。

这时光复会有了利好：章太炎、陶成章分别自日本、南洋来沪。光复会人心大振，钱基博后来作《辛亥江南光复实录》，对二人有如下评骘：

“炳麟徒以文学有高名，领袖光复会，而书生呆不晓事；成章智而能得众，实左右之。光复会之有陶成章，犹同盟会之有黄兴也。炳麟不足当孙文之恢廓有大略，而成章则胜于黄兴之轻发多败事；黄兴未必推心于孙文，而成章则实竭诚于炳麟……起义诸公，各擅一地以组织政府，号令不统于一。成章忧其涣散无纪，而说炳麟以统一为天下号，与黎元洪、程德全、汤寿潜及宋教仁、张謇、熊希龄诸人，组织中华民国联合会，旋改为统一党。”

如果陶成章的计划成功，恐怕不仅是陈其美在上海的地位有问题，就连整个同盟会在中国革命中的领袖位置都要发生动摇。因此一直有人说陈其美刺陶是孙文、黄兴指使或至少默许的。尤其是浙江都督一职，杭州光复时已有人提议陶成章出任，同盟会力量在浙江较之江苏更弱，但陈其美力挺立宪派的汤寿潜以遏制陶成章。南京临时政府成立后，汤寿潜出任交通总长，浙方又提出陶成章出任，且有电文公开曰：“吾浙倚先生如长城，经理浙事，非先生其谁任？”意存仰慕，却变成催命符。电文见报之日，即陶成章被刺之时。

陈其美指使蒋介石于1912年1月14日凌晨二时刺杀陶成

章于广慈医院。当时上海已经谣传多日，说“陈英士要刺杀陶焕卿”。陶成章因此换了几间旅馆，养病也挑了一间很僻静的医院。而据章太炎追述，陶成章确实收到过辗转传递的警告：“勿再多事，多事即以陶骏保为例。”

陶骏保是光复会会员，镇军军官。中华民国成立前八天，此陶被陈其美以“在九镇进攻雨花台时，中途截留由沪运往械弹”的罪名，未经军法会审，枪杀于都督府大堂。光复会事后提出种种质询，陈其美拒不回答。

陶成章被刺后，孙、黄分别致电陈其美，要求“严速究缉”，黄兴并要求陈其美“设法保护章太炎君为幸”，而与同盟会关系密切的《民立报》则称“盛传满洲暗杀党南下，谋刺民国要人，公或其一也”。

章太炎明显将这些说法认为是居心不良的烟幕弹。他立即写公共信发表于《大共和日报》，直斥黄兴“自陶之死，黄兴即电致陈其美，属保护章太炎。仆见斯电，知二竖之朋比为奸，已发上冲冠矣”，并说这种鬼蜮伎俩“但可于南洋土生间行之，何能施诸扬子江流域耶？暗杀本与盗贼同科，假令同盟会人诚有此志，则始终不脱鼠窃狗偷之域。克强以此恐人，而反令己党陷于下流卑污之名”。有人说，这封撕破脸的公共信让章太炎逃脱了成为下一个陶成章的危险。

蒋介石替拜兄陈其美完成这桩大事后，遭到光复会的追杀，在刺陶同伙王竹卿被光复会的复仇之火烧死后，被迫逃往日本躲避。后来蒋介石得正大位，御用文人写及辛亥史，往往称陶成章为“假革命”。

同盟会、光复会从此势不两立，章太炎后来在川军烈士悼念会上写的一副挽联："群盗鼠窃狗偷，死者不瞑目；此地虎踞龙蟠，古人之虚言！"意向所指，明白无误。

不过，正如钱基博所言："成章死，而炳麟失其谋主，燮和无与提挈，光复会于是无能为役矣！江浙各地之光复，光复会之功为多；而同盟会嫉其掩己，阴贼险狠，命刺客交于衢路。炳麟贻书告孙文，置不理也！……炳麟徒托空言，光复会浸衰浸微，而同盟会独盛于世。"

上海光复，是商团、光复会、同盟会协力达成，到头来却变成陈其美独享其成。这位爷叔行事太霸道，上海人对他也很不满意。众口腾传陈其美当日攻打制造局时轻易被抓，仿前清官员资格"两榜进士"的说法，称他为"一榜（绑）都督"，又因为陈其美喜欢逛妓院，当都督后不改英雄本色，据说还得过杨梅大疮哩！又称为"杨梅都督"。

种因必得果。上海光复这锅夹生饭，过得一两年，便让人尝出了滋味。李燮和在吴淞军分府撤销后，北上谋职，很快被袁世凯网罗，成为"筹安会六君子"之一。而二次革命，陈其美再攻制造局，"商团、商会和地方上的人都不参加。第一次攻制造局，大家不逃难；第二次攻制造局，大家知道要失败，纷纷逃难。陈其美一打就失败"。此次陈其美能动用的力量岂辛亥可比？但是没办法，辛亥年由李平书联系伍廷芳，即能说服租界当局一概不管革命党行动；1913 年在陈其美攻制造局失败后，租界当局立即将陈部缴械。商会在上海的力量，实在举足轻重啊。

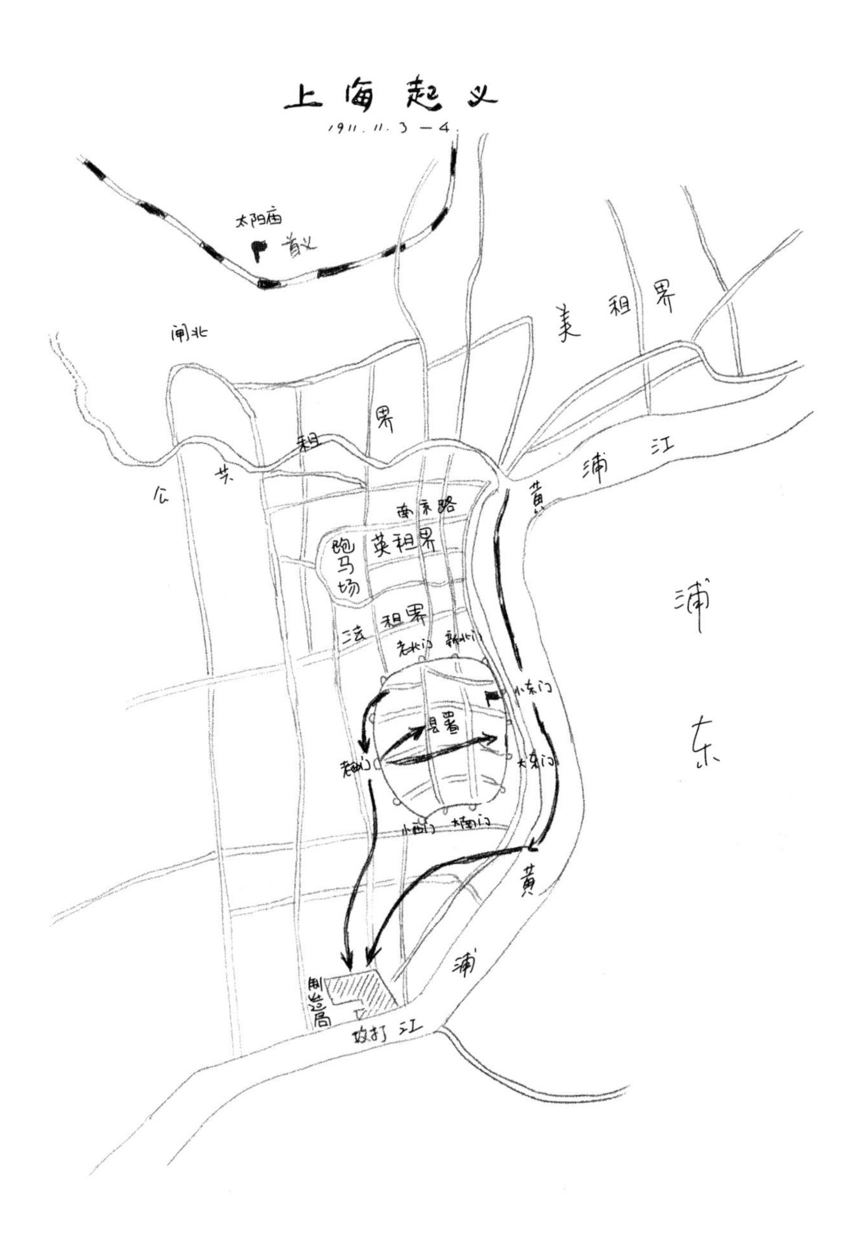

上海起义
1911.11.3—4.
太阳庙
首义
闸北
美租界
公共租界
黄浦江
南京路
跑马场
英租界
法租界
老北门
新北门
小东门
县署
老西门
大东门
小南门
大南门
黄浦江
浦东
制造局
攻打

要共和，不要革命

“我辈看起义似甚简单”

十七岁的草桥中学五年级学生叶圣陶（“圣陶”是他刚给自己取的号），隔了两天才知道武昌事变的消息。苏州本地没有大的报纸，《申报》《新闻报》《时报》从上海送到苏州，总要晚上那么半天一天。

而且他得到的消息也不那么准确，比如“武昌已为革党所据，新军亦起而相应”（其实是反过来的），“无耻凶恶之官吏亦杀去无数”（完全没影儿的事），“此事也，甚为迅速与机密，出其不意，遂以成事”（事实是仓促得很，也谈不上机密）。然而不管怎样，少年的兴奋欣喜是真实的：“从此而万恶之政府即以推倒亦未可知也。自由之魂其返，吾民之气当昌，其在此举矣。望之望之。”

这位喜读《民立报》、为蹈海英伦的杨笃生写过挽诗的中学生，家里很清苦，“无半亩田一间屋”，父亲给别人当账房，下乡收租。然而少年热血，不因家境而改变，同班同学顾颉刚回忆当时他们怎样地爱读于右任主编的革命系“三民报”（《民呼日报》《民吁日报》《民立报》）：“我们非常的爱它能给与我们一种新血液……使我们甘为国家牺牲”，前两张报纸被封之后，“怪不得跟满清政府和租界上的工部局拼命”。（《十四年前的印象》）

江苏是立宪派大本营，苏州尤其平静。苏州少年的热爱革命，甘为牺牲，更多是出自对国家的忧虑，因此“三民报”是他们拥戴的，而《国粹学报》《东方杂志》也是他们喜爱的读物。叶圣陶非常渴望能自己办一份报纸。他在1911年3月10日的日记中写道：“如吾等者，居此似乎稍安之地，边虞之危难实不得知，全赖报纸为之探听，为之警醒，使吾人得有以为之备，有以为之挽回。”至于如何挽回，未必有什么定见，所以革命党的报纸也爱看，立宪派的杂志也受落，1910年11月中旬苏州开提灯大会，庆祝朝廷下诏“宣统五年开国会”，叶圣陶和顾颉刚也晚晚列队参加。

后来叶圣陶重看自己的辛亥日记，感慨“我辈看起义似甚简单，而关心殊甚”，而顾颉刚的回忆更为形象：“我们在学校里再也无心读书了，天大的一个任务是看报。上海各报，每天下午一时车运到苏州，我们就推定同学，在下午二时下课休息的十分钟里，赶快跑到宫巷桂芳阁茶馆里，向卖报人买了几份报纸，飞步回到学校，高声宣读。”（《辛亥观感》）

上海报界，当时大都倾向革命，受众亦是如此，《申报》曾登载武昌革命军失败消息，被读者堵门质问，直到编辑拿出电文原稿才解释清楚。从上海报纸得来的消息，自然会在原本就倾心革命的少年人心中，构建一出“想象的革命”，如“各国对此事颇赞美之，谓少年之中国方勃勃而萌芽也。此语余颇深信之……苟一改革，则我至勇至慧至有能力之同胞，皆即为少年中国之分子。而今果改革矣，乐又何如！”（10月14日日记）对照在清华园惶惶不安的吴宓，叶圣陶实在要乐观得多。

基于这种乐观，他对江苏革命党人行动迟缓非常不满，在叶圣陶的想象中，江南是开化之地，应当是党人一呼，应者云集才对，“独恨吴地兵士亦曾少受教育，智识既开，见解当正，而何以绝无动静也？”（10月19日日记）

在叶圣陶看来，革命军胜利是理所当然的事，“盖如此正正堂堂之师，本当胜也”，一听到不利的消息，则“闷郁特甚”。他也想到过革命军一败再败，终至于消灭的可能，但一想到这点，就觉得“不堪设想”，那样的话，我们这样的人，还怎么活得下去！他整天想着这件大事，上课“充耳而未有所闻”，回家后也无心温课，一定要报上又登载了革命军胜利的消息，才得了大欢喜，急急跑回学校，“以报纸携进教室，则同学争夺之……皆笑色现于面，暗相告语，不顾程先生在讲台上矣。是课毕，同级人出以告众同学，则顿闻至响至宏之欢呼声发于自习室中，是真爽快快乐哉！”（10月21日日记）

外省革命形势越好，叶圣陶就越愤愤于江苏的无动静。仅仅在日记发泄已经不足于平息他的愤懑了，11月2日，上海光复的前一天，叶圣陶在学校里写了一篇作文，题为《秋风辞》，文章里说，“推翻清政府”是中国同胞的天职，可是江苏呢？

“鄂省同胞首先倡义，可尊也；各省响应，高举义旗，亦可尊也。然细思之，亦不过能尽天职耳。而我省则默然无闻，素称文教之邦，而乃若此，耻矣。且苟闻鄂事而遽起应之，犹有耻也……我苏省则见人之所为而不能学步，是明明放弃其天职。放弃天职者将不耻于人类，则我苏省人犹得腆然人前乎？”

所以当三天后，11 月 5 日，起床后正在吃早饭，突然听从街上回来的叔叔说："苏州已经光复了！"叶圣陶不禁既惊且喜——这可跟他想象中的铁血革命大不相同。他跟顾颉刚去瞻看都督府——其实就是昨天的抚台衙门，只是挂了白旗，贴了告示。

苏州光复真可称得上匕鬯不惊，最脍炙人口的说法，当然是因为没有破坏，太不像革命的样子，前江苏巡抚、现江苏都督程德全吩咐人将抚台衙门檐上的瓦片捅落了几块，以示革故迎新——不知叶圣陶与顾颉刚瞻看都督府时，有没有注目地上那几块象征旧政权的碎瓦？

看到的这些景象不足以慰藉少年的狂热，好在草桥中学成立了学团，协助巡防，这就有些投笔从戎的意思了。

晚饭后，叶圣陶立即装扮起来，黑衣黄裤，臂缠白布，背一杆练习用的步枪，弹匣缠在腰间，还有一把刺刀，很有点革命军的样子。然后是"列队出巡，维持地方治安"，一直到天亮才回家睡觉。最可惜的是，事太仓促，辫子还没来得及剪。

从此叶圣陶便夜夜参加学团活动，煞是神气，"佩新式五响毛瑟枪，匣子弹十颗，列队出巡"，十二点后，充任队长，还可以佩上一把指挥刀，带着四个同学，专走小街狭巷，防察奸宄，然而苏州平静得很，似乎动乱与紧张都属于上海与南京，小桥流水吴侬软语岿然不动。

几天过去，叶圣陶惊异地发现，光复后的苏州人仍然是苏州人，比如，有人仿照上海，发起学生军与学生北伐队，学校里居然没有一个人肯去报名。而维护治安的学团，本来有三十六人，11 月 12 日，有消息说学团还要扩充，因为一旦南京方面发兵来攻，学团也许要临阵杀敌——哄的一声，这群早些日子还盼着革命军胜利盼着苏州加入反清阵营的学生，“皆惊骇”，连忙找负责人，要索回早前加入学团的签名单。有人大嚷，说要解散学团，别人问为什么，又说不出来，便换种说法，讲早前不知道学团要打仗，现下要重新签名。于是闹哄哄重签名，人数一下子减了一大半。

叶圣陶自然是重签了的。到了晚饭八点钟，又是学团巡街的时分，今天列队出校者，骤减至十六人。

“插白旗”

苏州的光复，确实也像苏州人一般，半推半就。

从表面看，苏州光复的条件确实不好，甚至可称恶劣。各地倚为起义主力的新军，苏州只有兵力不足的一个二十三混成协，而苏州西有南京、镇江，南有杭州，都驻有大量旗兵，两江总督张人骏、江宁将军铁良、江南提督张勋，个个都是顽固的保皇党，以江南水陆交通之便利，一旦苏州有异动，几处兵马联合夹攻，苏州腹背受敌，必致地方糜烂。

在内而言，江苏巡抚程德全虽因荐举亲信应德闳不果，反被降了三级，与朝廷谈不上和睦，但也说不上倾向革命；藩司左孝同是中兴名将左宗棠的孙子，一向以大清忠臣自我标榜，肯定反对独立；掌控市区治安的巡警道吴肇邦也站在左藩台一边。热血学生如叶圣陶者，实在把光复想得太简单。

更重要的是，程德全必须要等一个人的意见。事实上，江苏全省士绅，都在等他的意见。这个人就是张謇。

张謇是武昌事变的见证人之一。八月十九日（10月10日），张謇已经在武汉待了六天。他来武汉，是因为他名下的大生资本集团已经从江南一路扩张，沿江西进，打进了武汉，从此可以笼罩两湖，坐望西南，张謇倾力打造的商业帝国，已经隐隐见出雏形。

张謇在武汉，与政商各界名流每日酬应往还，上至湖广总督，下至谘议局诸公，谁不欲结识这位状元、翰林、商业部头等顾问官？八月十八日，俄国巡捕冲进宝善里，革命党名册全被起获，张謇则中午赴谘议局的宴请，晚上又赴总督瑞澂之邀，忙到晚上九点才回寓，下午还抽空去为家乡南通的博物苑选购了一对孔雀，倒没有留意到武昌城的空气已经陡然紧张起来。

八月十九日起身，才听说督署辕门前已经挂出了三个革命党的人头。武昌全城戒严，所有城门一度关闭。张謇有些担心了，他早订好了今晚八点半的日本轮“襄阳丸”的头等客票，直放安庆。自然，以他的身份，不至于出不得城，但在这风雨欲来的氛围里，终归不大自在。

好在今晚是汉口的绅商请客，张謇索性提前于上午十点过江，一到汉口，租界繁华，全无影响，这才放下心来。晚上海洞春饯别，谈笑风生，对岸武昌的动静也便置诸脑后。

八点，一群绅商将张謇恭送到招商轮“襄阳丸”上，这天晚上下着绵绵的阴雨，仲秋雨夜，又在长江上，颇有些凉浸浸的。不过主人行人都顾不得这份凄凉，大家都望着对江的塘角一带，大火熊熊，照亮了半个夜空。

或许上天真的要让张謇见证一下，“襄阳丸”迟至十点才驶离汉口码头。这两个钟头里，送行的人想必早已离去，剩下这位状元商人，良久地凝视对岸的火光，不知做何感想。张謇只在多年后自订年谱时，写了一句：“舟行二十里，犹见火光熊熊烛天也。”

其时张謇肯定还想不到，这片火光意味着什么。也想不到他的立宪主张，他的棉铁主义，他的地方自治，都将因这把火的延烧而摇摇欲坠。

全中国数亿人中，张謇肯定是最渴望社会稳定的人，没有之一。他在庚子年向两江总督刘坤一反复进言，力倡东南互保，是为了稳定；他领导江苏乃至全国的立宪运动，也是为了稳定；他在保路运动兴起之初，就力主由国家赔偿商民损失，还是为了稳定；三个月前，他捐弃前嫌，入京途中停留彰德拜访袁世凯，还是为了这个国家能够缓慢而稳定地改变，不致陷于动荡之中。

一乱起来，哪里还有什么商业可言？

八月二十日抵安庆，张謇没有按计划停留，次日即搭船返南京，希望说服江宁将军铁良和两江总督张人骏“援鄂”，同时，希望他们代奏朝廷，立即行宪。张謇此时，想必已经嗅到了危险的气味，要扑灭武昌那片火光，只能一手剿，一手抚。

可惜，张人骏不是刘坤一，他认为南京自身不够安全，无力西顾，而且张人骏从来仇视立宪运动，根本不听张謇的建议。

好在程德全是听他话的，张謇又赶往苏州，连夜与助手们起草《奏请改组内阁宣布立宪疏》，以程德全名义拜发，生怕力量不够，又拉上了山东巡抚孙宝琦联名。

五天后，他以江苏谘议局的名义再追发一道致内阁电。面对时局，张謇的主张与远在日本的梁启超几乎一致，那就是梁启超说的“立开国会，挟以抚革党，国可救，否则亡”。

然而来不及了，二十日内，各省独立消息纷至沓来，湖南、陕西、山西、江西、云南……最关键的是，上海也要光复了。

张謇没有直接插手上海光复，但上海由他领衔的俱乐部组织“息楼”的身影时时浮现。史量才、赵凤昌是他在上海的左膀右臂，他们与政界、报界、教育界的联络，相当程度上左右着上海滩的风云变幻。

上海光复前，“息楼”的人马是上海、苏州两边跑的。程德全早已答应独立，甚至在11月4日晚已经集议绅商，决定反正，次日却并不宣布，担忧的无非是宁、镇、杭的军队来攻。直到顾忠琛、沈恩孚等人11月5日深夜跑来告诉他：新军已经基本联系成功，南京来军无法通过镇江，张勋在苏的江防营也处于新军包围之中。程德全才答应拂晓宣布独立。

此时已经光复的上海也派来了代表。来人非同小可，一个是虞洽卿，一个是陈光甫，都是后来历史书里买办资产阶级的代表人物。这样的人物不是陈其美这个白相人派得动的，他们代表的是上海商界。虞、陈二人表达了上海对苏州的支持，同时告诉程德全：杭州的起义已经发动。这下程德全没有什么可忧之事了。

此时张謇已经返回南通，但他与程德全肯定交流过：一旦不可避免地独立，如何保持地方最大限度的稳定。按照驻苏新军的意思，调江防营出城，调新军入城，拂晓以火焚织造衙门为号，全城挂白旗，宣布独立。程德全一一答应，但拒绝了焚烧织造衙门的要求，他认为这样做会引起周围居民的恐慌。对于坚决不赞成独立的左孝同，他也是将之骗到抚台衙门扣押，以免闹出影响。

还是出了问题。巡警道吴肇邦既不赞同独立，又觉得一旦举事，说不定会像西安那样，巷战攻防，尸横遍野。11 月 4 日晚听到程德全亲口宣布反正的决定，吴肇邦便于 5 日凌晨四点半偷偷打开葑门，送家眷出城。非常时期，城内外都是军队，这次行动马上被发现了，程德全撤了吴肇邦的职，交苏州府看管。但葑门附近的居民已被惊动，纷纷从被窝里跳出来就往城外跑，还有那些早有准备的富商大户，赶着包小轮船往上海租界逃。往日包船到上海顶多几十大洋，这天涨到了船资两百元，外加酒钱二十元。

苏州商会看看要乱，这才一面派代表面谒程德全，希望尽快宣布独立，一面遍发传单，要求全城居民准备白旗。商、官、军、民齐心操办，才有了叶圣陶一觉醒来，惊见苏州光复的平静画面。

可是一有枪声，立即谣言满天。事缘程德全在独立之后，为防军队在苏州城内闹事，将原本负责城区安全的江防营调到震泽、吴江一带，然而属张勋部队的江防营与原本驻防那里的新军起了摩擦，开起火来，都督府派人劝说弹压一番，也就平顺了。

可是苏州城内有一帮人，是很遗憾于苏州光复太平无事的。为首的叫王荫藩，本来就是铁瓶巷出身的光棍，辛亥前去日本混了几年，拜日本浪人为师，学了些诳骗敲诈的东洋手段。潜回国内，交结党羽，守时待变。

这时听到一点风声，立即大造谣言，声称南京张勋派兵攻打苏州。苏州人本来胆小，听到这种话当然魂飞魄散。苏州光复，家家户户都挂白旗——后来苏州人把辛亥光复就称为“插白旗”，这时就如同都督府下了号令一般，哗的一声白旗全收进去了，一面也看不见。过得两日，发现街上并没有兵，都督府门前“兴汉安民”的大白旗也没有收，耳朵里也听不见隆隆的炮声，连前几日的枪声都没了，才相信大约张勋没有来，又把白旗张了出来。你说这种情状，可不将少年人郁闷至死？

“非共和无善策”

南通按说不需要张謇操心。一来地方小，又偏僻；二来军队只有狼山镇绿营，百把二百人，久疏训练，闹不成气候；三来南通自庚子年就督办过团练。但南通是张謇的根本重地，大生纱厂总厂在此，大意不得。他在上海、苏州时，就多次去信南通，让绅商赶紧规划协防团，配备最新式的快枪。

南通为首的绅商是他的三哥张詧，现任南通总商会会长，南通人尊称为“三大人”。南通独立，无非是派人联络说服绿营，成立协防团，进而成立军政分府。这些无非官样文章，以至南通在11月8日宣布独立时，百姓毫不惊奇，大家认为最新鲜的，不过是军政分府告示落款的“黄帝纪元四千六百零九年”。

张謇最关心的，是能否实现江苏全省的“和平光复”。按照江苏人的平和性格，以及商会的强势能量，这个目标本不为难。只可惜两江总督张人骏、江南提督张勋不听劝告，绝不赞同独立，南京之战势在难免。因此当南通来信通报独立进程时，张謇虽然不反对，但总是表示“等到南京攻下再宣布光复会更好些”。他对苏州光复的意见也类似。如果上海不是在陈其美推动下提前光复，苏州与南通等地的光复日期估计还会往后推。

张謇的担心不无道理。南京未能攻下，独立各府县总归时时处于威胁之中。苏州就出过白旗收而复张的闹剧。南通消息闭塞，更是一夕数惊。“三大人”张詧在庆祝光复大会上全身戎装，却连辫子都未剪去，会场里面更是一片辫子的海洋，似乎一声令下，南通也可以重新回到大清的秩序下，半点涟漪也不会激起。

庆祝光复大会之后，南通谣言四起。远的消息说汉阳失守，黎元洪已死；近一点的说联军进攻雨花台溃败，张勋抓住剪辫的人，抓一个杀一个；更近的是说北面邻县的缉私营哗变，准备南下抢劫南通。军政府还抓住了一个家伙，他自己说是受了张勋的委任，来南通委任新官。

恐慌在 11 月 15 日达到了顶点。南通稍有点头面的人物，都赶到了张詧的府上，当然不只是因为“三大人”是南通总司令长，人人都希望名满天下的张状元能够给南通人一个切实的保证，保证他们的生命财产不会被辫子兵掠去。可怜张詧无法劝服众人，反而在众人的逼问之下窘迫万端，甚至不顾身份地哭了起来。直到第二天张謇接到消息从上海赶回来，这场风潮才刚刚过去。

是的，江苏人的和平希望只能寄托在这些大佬身上。南京光复后，程德全移驻南京，此前平静无事的苏州立即演出了“烈剧”，“抢劫之风日甚，争斗之祸日烈，其甚者至于开枪对敌”。而陈其美的势力也开始蠢蠢欲动，他们成立了“洗程会”，打算清洗掉江苏军政府与程德全，拥护陈其美任江苏都督。

就在陈其美的军火运往苏州途中，“洗程会”被程德全破获。程德全虽然信佛，但也不是菩萨，他向苏州人宣布的罪状中，改“洗程会”为“洗城会”，意谓将血洗苏州城，苏人大恐，程德全遂动用雷霆手段，杀了四个人。新政府的内斗，倒比光复日更血腥。

袁世凯出掌北方政府大权，张謇内心颇为欣喜，他认定要平息战乱，非袁莫属。不过，当北方政府任命张謇为江苏宣慰使时，他拒绝了，并表示此时“尚有何情可慰？尚有何词可宣？”想起上半年应召赴京，尤其是5月17日谒见摄政王，对其弟而忆其兄，自己忍不住“哽咽流涕”，力劝摄政王真心行宪，而摄政王吞吞吐吐，虽然忧心国事，对自己的进言却总有些敷衍的意味，时至今日，张謇君臣大义纵在，救清之心已死，在辞职电文中向朝廷、也向袁世凯发出了“最终之忠告”：“与其殄生灵以锋镝交争之惨，毋宁纳民族于共和主义之中，必如是乃稍为皇室留百世湮祀之爱根，乃不为人民留二次革命之种子。”

袁世凯肯定还想有所挽回，指使江苏谘议局驻京代表许鼎霖写信给张謇，希望他“就此罢手”，取消江苏独立，维持地方秩序，等候南北和谈结果。本来张謇是主张暂缓独立以观变化的，但此时南通乱局初定，江浙联军还在围攻南京，张謇的回信正如他当年提议“东南互保”时一样坚决：

“果如公言，是惟恐焰之不烈，而益之以膏，恐东南无一片干净土矣。南中大多之论曰：‘吾侪涂肝脑，迸血肉，乃为爱新觉罗氏争万世一系之皇统乎？’”

张謇指出，上海等地，是商贾荟萃之区，“凡商人皆具身家，无不爱和平者”，清军与革命党在武汉的拉锯战，让商人们十分惊惧，尤其是冯国璋攻陷汉口后劫掠之惨，更让江苏商人不愿重蹈覆辙，“时吾苏若再迟疑，势将酿极烈之暴动，与绝大之恐慌”。于是，他下了结论：

“总之，现在时机紧迫，生灵涂炭，非速筹和平解决之计，必至于俱伤。欲和平解决，非共和无善策，此南中万派一致之公论，非下走一人之私言。下走何力，岂能扼扬子之水，使之逆流？”

张謇一生不喜欢“革命”，他1913年曾撰《革命论》，隐指辛亥革命“上无宽仁智勇文武神圣之君，下无明于礼乐兵农水火工虞之佐”，政教号令“旧已除而新无可布”，公布的新政令也无法符合民望，比起不革命来又能好到哪里去？最终不过是“流于权奸、盗贼之间”。

说到底，他要共和，不要革命，非有爱于共和，只是共和有利于和平，有利于保持秩序。张謇曾定位自己的角色是“通官商之邮”，在辛亥时，他的立场站在商人的一边，他的观点，正是江苏乃至全国商人的心声。

苏北杀人事件

清江浦

他出生在江苏省淮安府山阳县的驸马巷，小名叫大鸾。

他家本在浙江绍兴，祖父来山阳当知事，就此落地生根。父亲常年在外谋事，很少回家。母亲是前清河县知事万青选的女儿，因此他幼时也去清河县清江浦镇住过一段时间。

清江浦和山阳县在清末之前都是非常重要的地区。清江浦（今淮阴）驻着朝廷委任的江北提督，军事上与驻南京的江苏提督划江而治。一省而有两提督，什么意思？这说明苏北地区的重要。自古以来，号称天堑的长江从来起不到决定南北胜负的作用，决战的战场往往在长江与淮河之间的地区，得江淮者得天下。

1905 年，清廷甚至有计划，将江苏分为两个省，北部称江淮省，巡抚就驻在清江浦。虽然此议因为太多官民反对未果，但清江浦的枢纽地位非常明显，以前的漕运北上，这里是转运点，北方运河水浅，只准漕运通行，客船货船，到此都得弃舟登陆，换乘大车或马驴进入山东。更重要的是，江北提督、江淮提督分属北洋大臣、南洋大臣统辖。以清末论，清江浦便是袁世凯的势力范围，而袁世凯对此地的看重，从江北提督的人选可以看出：先是“北洋之龙”王士珍，继任者是“北洋之虎”段祺瑞，北洋三杰倒有两名经历此职。

山阳当然也是重镇，人称“七省之咽喉，京师之门户”，因为漕运总督署，就设在山阳城内。清后期，漕运转为海运，山阳热闹不如往昔，然其“襟吴带楚”的地理位置仍十分紧要。

说到此，我们不禁很期待这位十三岁的大鸾，生长于“东南第一州”，官宦之家，素爱诗书，而且有一位与同盟会走得很近的表舅，他会怎样观看辛亥光复这幕大剧在运河岸边上演？

很遗憾，大鸾在1910年春天去了东北投亲，他的一位堂伯父在奉天省银州，就是今天的大城市铁岭。秋天又搬到了奉天（沈阳）一位伯父家，入新建的奉天第六两等小学堂读书。辛亥年武昌事变后，大鸾剪去了辫子，并在一次修身课回答老师“读书为何”的提问时，说出了那句名言：“为了中华之崛起。”

少年周恩来知不知道，遥远的故乡，正在经历何等的扰攘不安与血的洗礼？

九月初十（10月31日），袁世凯出山前夕，段祺瑞奉调入京，将往武汉前线接替冯国璋，朝廷调狼山镇总兵杨慕时任江北提督。杨慕时未到任前，由淮扬海兵备道奭良护理督印。当时清江浦驻新军十三混成协，相当于后世一个旅的兵力。奭良是旗人，已经六十多岁了，“平日专肆饮博，喜人逢迎”，现在忽然要他来暂管一协新军人，实在是勉为其难。

段祺瑞离开才四天，九月十四晚九时，突然有数十名新军士兵，跑步到道台衙门，列队，举枪，放！放了两排枪，并未伤人，各回本营。

这是什么意思？奭良摸不着头脑，跟幕僚们商量，大家觉得阿兵哥闹事，无非要粮要饷。于是第二天，奭良买了九十多头猪，大摆筵席，犒赏全协官兵，又承诺本月多加一个月的饷。这是收买军心的意思。

没想到当夜十三协的骑兵、炮兵同时举事，进攻城池，黎明时甚至动用了火炮轰击城楼。奭良带着家眷从南门冲出，由洪泽湖面驾船逃遁。十六日晨九点，清河知县率满城绅民悬挂白旗，宣布清江浦光复。

可是领头起事的两个人，一个姓赵，一个姓龚，在十三协里只是辎重营、工程营两个队官，身份不明，起义成功后竟然不知去向，大部分士兵来自北五省，本来就是跟着起哄，哪有什么革命思想，队伍一进城，立刻由起义转为兵变，大肆抢劫，商铺民宅，无不被灾。连江北提督署存的十多万两库银，也被抢走大半——有人说，十三协这些兵哪里是在革命排满？根本就是冲着库银来的。

扰攘了几日，终于由不曾参加哗变的一部分新军，联合城南的数营巡防队，杀入城内，平息骚乱。然后，军官们会合城里绅商，推举出督练公所参议蒋雁行为临时江北都督。

蒋雁行是段祺瑞的部将，当年王士珍离职段祺瑞未到任时，就是由他与靳云鹏共同管理清江浦守军。他当了都督，并未得上海或苏州方面的认可，据上海《民立报》载，旅沪清江人士组织的“江淮规复团”开会，甚至直斥蒋雁行是假革命，因为蒋都督的告示上落款居然是“钦加三品衔暂任公举江北提督”，“可知其尚属清国官吏而于民军实无丝毫感情，其不可靠可想而知”。清廷派去继任江北提督的杨慕时，此时也到了清江浦，被当地士绅推举为临时民政长。清江浦的政权，委实是换汤不换药。

眼看局势稳定，突然有部分乱兵，主要是徐州人，去而复返，驻在城北的桑园。领头的一个人叫刘炳志，去找蒋雁行，要饷要粮。蒋雁行先是表示城内商家被抢厉害，无力承担，后又说刘的军队“有多少人，也没有个花名册子，我有钱也不能给你”，这句话把刘炳志惹毛了，掏出枪来往桌子上一拍：“没有饷，我不回去，请你打死我吧！”蒋雁行大吃一惊，只好息事宁人，拨给他一些钱。

刘走后，蒋雁行立刻召开紧急会议，认为这支军队是个祸害，谁是他们的头儿？有人说“陈兴芝”。蒋雁行就调兵打算围歼桑园，苦于力量不太够。

正好陈兴芝来见蒋雁行，说要讨论改编事宜。蒋雁行认为他又是来要钱，没说几句话就翻了脸，将陈兴芝绑到后花园荷花池枪毙了。

哪知杀错了人！陈兴芝是革命党人，徐州中学学生。他在家乡睢宁碰到一批从清江浦跑回来的徐州兵，就劝他们说：“如果分散回家，将来追查起来，连命都难保，还不如回去干革命，大有可为，比抢劫划算。”连劝带吓，居然把这帮散兵游勇又聚拢起来，由他带回清江浦来革命。只是饷粮解决不了，才派刘炳志找蒋雁行通融，谁知谈崩了，连累陈兴芝被杀，他带的部队也被缴械遣散。

民国成立后，徐州籍众议员陈士髦（传说是陈兴芝的弟弟，误）不断向江苏都督程德全、民国总统袁世凯上诉，要求为陈兴芝申冤，还写了本书，向社会血泪控诉。然而蒋雁行是段祺瑞的老部下，谁敢动他？说不得，把当时的清江民政长，就是那位本来要当江北提督的杨慕时，做了替罪羊，先是撤了他的职务，再是命令江苏检察厅拘杨候审。杨慕时只好连夜逃出南京，后来费了好大的劲，才将这桩讼案平息。

这几乎就是山阳县周阮案的翻版，只不过后者要惨烈得多。

山阳血案

清江浦一乱，四乡也大不安生。邻近州县生怕乱兵滋扰，纷纷组织团练自保。其中最紧张的自然是四十里外的山阳。城内几乎没有驻军，如果有乱兵或乱民来攻，该怎么办？

这里我们碰到了一个熟人：还记得景梅九在北京办《国风日报》，发起的“拔丁运动”吗？是的，那位被拔掉的山西巡抚丁宝铨，就是淮安府山阳县人。他从阴历六月去职还乡后，家里新造了花园，好不惬意，哪知还没过上两个月富家翁的好日子，就听说武昌有变，紧接着便是上海、苏州，吓得举家逃往上海租界。不过他逃的时候恐人知觉，未能多携行李，第二天才有几个家仆运大皮箱四口上船，此时山阳已经成立“大局”，民团日夜巡逻，正好拿获，将皮箱搬回大局封存。几个月后，“大局”有职员穿着狐皮袍招摇过市，局董们赶紧开箱检查，满箱都是瓦砾，而局里职员已经大多辞职了。

受丁宝铨影响，城里豪绅纷纷逃亡。有下属官吏上府衙禀事，才发现淮安知府刘名誉已经携眷潜逃，还卷走了大部分府库藏银。剩下的士绅只得依赖“大局”，集资成立民团，招募乡勇百多人，好吃好喝招呼着，日夜巡逻，四门设立分局，“城头上灯笼火把，川流不息”，碰到可疑不顺眼的乡下人，就抓到漕运总督衙门大院照壁前砍头，一连杀了二十多人。

防备四乡乱民，民团足够了，但如有清河乱兵到来，估计无法应付，而且这些乡勇本身多是地痞，自己就把山阳城弄得乌烟瘴气。这时本乡就有革命党人站出来，为首的是周实与阮式。

周实是两江师范学校学生，他是南社的创社社员，被称为“社中眉目”，年方廿七岁。周实本来想在南京城内聚众起事，以配合江浙联军攻城，不想南社大佬柳亚子一封书信，把他招到上海。柳亚子认为苏北处南北之间，位置紧要，形势复杂，劝周实回乡革命。于是他在 11 月 7 日，清江浦兵变的次日，回到山阳。

他的好友阮式，是他宁属师范学校的同学，世代书香，家境富饶，虽然没有离乡外游，但在山阳高等小学当教习，兼着上海《女报》的编辑，在地方上也是名人。宣统元年（1909）南社成立，周实曾有书信给阮式，请他在山阳创立南社分社“淮南社”。

周实有革命党身份与革命计划，阮式有家财与地方的人脉，而且山阳“祸在眉睫”，必须尽速安定，再谋光复。正好因为上海、南京的战事，不少在宁在沪的山阳学生都返回家乡，周、阮二人召集这些学生，再加上阮式在山阳高等小学的弟子，也有八九十人，立即成立“学生队”，自行巡逻，兼防内外。

政权瘫痪，无人可恃之际，绅商最大的希望便是有人出来主持，哪管你姓革还是姓立？看这支学生队每日巡逻，城内秩序果然有所改观，于是局董开会商议，决定由“大局”供给学生队枪支子弹，替代那帮纪律松弛的乡勇。

学生队一掌握武装，第一件事便是跑到知府府署前，放了一排枪，把龙旗扯下来撕得粉碎，再插上白旗。这等举动本是大逆不道，然而知府潜逃，知县闭门不出，谁去管他们？而且自学生队接管城防后，城内秩序井然，商店也照常营业，周实派了南京陆军中学、小学回乡的学生各一名，教操、训练，山阳县俨然有了自己的精良武装，便是十三协的乱兵到来，似乎也不足为虑，人心大定，插什么旗有何相干？

按说，下一步应当是成立淮安军政分府。然而周实是受命回乡，似乎不便自行宣布成立。他依足规矩，一面派人向清江浦的江北都督府接洽，一面将学生队改为“巡逻部”，周、阮分任正、副部长，只待江北都督一声令下，再宣布光复。

这就有了一个真空期。扯了龙旗，又没有宣布光复，不曾成立新政权，清江浦那边，自己还没有理清楚。山阳绅商，虽然依靠学生队守城，对一个二十多岁的学生掌权，总归放心不下。于是局董们又开会商议，推举前山阳知县姚荣泽出任县知事，总管商民政事。巡逻部尚无政权名义，也就未加反对。

好在 11 月 12 日，清江浦举出蒋雁行为江北都督，立即传檄山阳县反正，要求山阳官绅派代表赴都督府议事。不料县知事姚荣泽，比“钦加三品衔”的蒋雁行还顽固，拒不赴会——姚荣泽哪来那么大的胆子？有人说，姚荣泽是逃到上海去的丁巡抚的学生，丁宝铨人虽离乡，却一直在遥控着山阳的局势。

自然是周实等人代表山阳赴清江浦。周实前脚一走，姚荣泽便在山阳城内散布谣言，说周实是上海回来的革命党，他一回来，就要当山阳的都督，就要“杀官劫绅”。绅商们大抵不看报纸，只听传言，据说武昌事变就杀了很多满官汉官，商铺也被洗掠得厉害，想象“革命”两字是如何的杀气腾腾，不由得信了周实回来会如何如何的谣言。

“杀官劫绅”的说法有其来由。据巡逻部宣传主任蒋象怡回忆，姚荣泽当上县知事后，曾“私募”兵士四十名当卫队。之前绅商选县知事，巡逻部可以不管，现在要自招武装力量，周阮等人立行干预，不准招募，并要求姚荣泽交代县库的款项账目，说到火起，阮式拔出两管手枪，指着姚荣泽胸口——是不是很像刘炳志拔枪威胁蒋雁行？姚荣泽吓得面如土色，连忙保证解散卫队，三日内造册交清。

蒋象怡向周、阮建议：旧官吏对革命前途有碍，如不加以击毙，也该驱逐出境。如果留他们在城内，还予以事权，但又对他们临之以威，恐怕是取祸之道。“周颇是予言，阮则漠然视之。”

11月14日，周实自清江浦回山阳，在漕署召开光复大会，到会的有五千多人。偏偏县知事姚荣泽不来参加大会。这下把阮式惹火了，他在演说时放言“姚荣泽避不到会，即为反对光复之行为”，顺便把县里的“劣绅”痛骂了一顿。

许多绅士商人，因为县知事不到，虽然与会，都一言不发。阮式的演说，似乎也在印证着那个“杀官劫绅”的传言。

当晚，姚荣泽召集典史、参将等一众士绅在海会庵开会。据说姚荣泽提出“必杀周阮”，“诸绅士不加可否”。

11月17日中午，周实应邀到乡绅何钵山家午宴。归途走到学宫前，突然有人拿着姚荣泽名片拦住马头，说姚知事在学宫等候议事。周实欣然前往，大约以为文官无力行刺。不料一踏入俗称“文庙”的学宫，当胸便中了两枪！

此时的记载有分歧。一说周实倒地，前清参将杨建廷上前补了五枪，立毙；也有人说，两枪之后，姚荣泽打算让人用刀砍下这个乱党的头颅，周实“从容曰”：“文明世界，请用枪毙。”于是弃刀用枪，连发五弹。

杨建廷撂下枪，立即带领团勇直奔阮府，先将宅子包围，自己再进门去请阮式：周部长与姚知事在学宫议事，请副部长即往。阮式刚刚吃完饭，一出家门，就被捆上了，绑到学宫。

阮式见到姚荣泽，破口大骂“虏吏”，然后回头对押着自己的团勇说：“兄弟们，要杀就杀，快刀立断，别拖延！”

姚荣泽恨阮式入骨，你原本是老爷我的子民，却一来持枪威吓，二来当众詈骂，我跟你阮家前世有什么仇？周实便容他好死，你阮梦桃休想！

他为阮式准备了当地一个无赖，叫朱二。别人下不去手，朱二可以。这个冬日的午后，二十三岁的小学教员阮式惨死在供奉至圣先师的学宫里，“刳腹剖胸，肝肠俱出”，来不及消化的白色饭粒洒了一地，被血浸得通红。按民俗讲，阮式仍然算不得一个饱鬼。

缉 凶

姚荣泽当然不会认为自己杀了周、阮，还能平安在山阳当县知事。但他也没想到外军来得如此之快，两天后，镇江军分府都督林述庆就派北伐支队一部来到山阳“平乱”。镇军首领当然首先追查杀周、阮凶手为谁，却被姚荣泽不知如何敷衍过去，而且卑辞盛筵，每日款待镇军，满口答应找出凶手为二位烈士报仇。

稳住镇军，姚荣泽打开银库，分了部分银两给参与此事的士绅，自己带着巨款逃了。去哪方？南通张謇家。这应该是姚荣泽早就与老师丁宝铨商量好的退路。

而周、阮的同事周人菊等当日连夜逃出山阳，立即往上海寻人鸣冤。首先出面的是南社领袖柳亚子，他联合南社首脑上书同为南社社员的沪军都督陈其美，有“虏令无状，一日杀二烈士，不扑杀此獠，无以谢天下”之语。淮安学团也派出五十余名代表往上海请愿，“一时军界、政界、学界，被害者家属的公函、公禀、呈文雪片般投向沪军都督府”。

但是姚荣泽这边的势力也不弱。首先南通张謇拒不交人，丁宝铨在上海，也发动旅沪山阳绅商，为姚荣泽“辨诬”。上海各报，根据背后势力不同，各执一词，合力掀起舆论的轩然大波。民国元年从 1 月到 4 月，报章上的报道与评论无日无之。

事情闹这么大，自然惊动了临时大总统孙文。孙文批令江苏都督讯办，于是江苏检察厅派人到南通拿捉姚荣泽，仍然被张謇拒绝——“三大人”绝无如此担当，他的态度，就是张謇的态度。

这场斗争的背后，实则仍是共和模式之争。江苏士绅要的是“咸与维新”，推翻清廷，可以，但只要旧官吏可以任事，愿意合作，大可采用苏州模式，平稳过渡；而革命党人要的共和，岂是换汤不换药的守成？陈其美为首的同盟会，奋勇激进，在上海，在苏州，在南京，在浙江，在在都与绅商发生矛盾，在苏北亦是如此。即不论利益相关，革命党人的跋扈，也颇让从前居高临下的士绅憋气，柳亚子在悼念文字中也承认“两君赋性刚直，不能奄媚取容，而烈士（阮式）尤喜面折人过，不少假借，虎虎有生气，故忌之者尤烈云”。山阳血案，是一次集中的爆发。

这里面还有一个法理之争，张謇坚持说，此案属地在江苏，不在上海，轮不到沪军都督陈其美过问。但同盟会与南社又不同意将姚荣泽交给江苏都督程德全（以程德全与张謇的关系，他们的担忧也颇可以理解）。

法律手段不能奏效，陈其美的白相人脾气又发作了，他让柳亚子拟了长电，发往南通，电文中说“如仍庇抗，则义旗所指，首在南通”，还表明：“如果诬姚，愿甘伏法”。

士绅方面有些怕了。用柳亚子后来的说法是“倘若张謇再不就范，我们便不管三七二十一，要派兵舰去攻打南通了。老张见了这电报，知道英士（陈其美）是说得到做得到的”。

在孙文进一步干涉下（大总统电明确指出“毋庸再行解交江苏都督”），姚荣泽被移往南京，又经过大量的往复交涉，才确定由南京、上海组成“临时合议裁判所”，审理这场媒体口中的“中华民国第一案”。

这场案件，带有很强的“舆论审判”的色彩。公开来说，因为革命党死了两名烈士，舆论大抵同情于周、阮，而士绅集团在背后的活动也非常剧烈，包括能否使用外国律师，是否应用西方的陪审团制度，争执后来集中于制度而非案情，司法总长伍廷芳与陈其美往复辩难，打了多少笔墨官司。

民国元年 2 月 11 日，为了制造声势，给法庭施加压力，南社、淮安学团等组织在上海江苏教育总会召开“山阳殉义周实丹、阮梦桃两烈士追悼会”。孙文、陈其美都送了挽联。孙文的挽联只表达了对“喋血于孔子庙中”“阴灵绕淮安城上”的痛悼之情，陈其美的挽联则斩钉截铁，杀气满盈：

“不忍见徐淮亡，以一身殉国；誓平反锻炼狱，为二公雪冤。”

3月23日下午，姚荣泽案在上海开庭。法庭经过23日、30日、31日三次的审判，最后判定姚荣泽死刑，“自3月31日起，在三个星期内执行”。

判决后，法庭给姚荣泽五分钟做最后陈述。姚荣泽申辩说：杀死周实、阮式并非出自本意，而系受地方绅团的逼迫所为，请求减刑。

十二人组成的陪审团也认为，本案发生在光复未定、秩序扰乱之际，与平静之时不同，“该犯虽罪有应得，实情尚有可原”，便决定由陪审员集体禀请大总统“恩施轻减”。这时临时大总统已经换成了袁世凯，遂由张謇转请北京，特赦了姚荣泽。

姚荣泽“死而复生”，令革命党人愤怒异常。他们大呼“天理何在？国法何在？”可是革命党在江苏的势力此时已无三月前那么浩大，姚荣泽被特赦后即匿藏在上海法租界，同案如杨建廷等八人也消失无踪。你能怎么办？

山阳血案的终结颇有中国特色。民国二年7月，丁宝铨又出面了。他提出的调停条件是：由八名案犯捐出田产六百亩、现款二万元充作两烈士遗族赡养费，并修改一所二烈士祠堂，革命党方面不再追究往事。这个提议得到了两位烈士家属的支持——他们实在也很艰难，已到了“悬釜待炊”的地步。而且此时二次革命一触即发，国民党方面也没有力量再来理会此事。于是几经交涉，加了一个条件：此八人以后不得再过问地方事务。

祠堂建起来了，供奉着周实、阮式的塑像，有二百亩祭田供维持之用。另外，还配享着一位杨楚材。他在周、阮死后，为同志奔走控诉，但无法雪冤，精神失常，在案结后独自再往南京控告，反被关押。南社友人救他出来，送他回乡。船走到半夜，杨楚材落入邵伯湖身亡，是自杀，还是失足？没有人知道。

扬州皇帝

孙天生进入扬州，是在九月十七日（11 月 7 日）晚八点。扬州士绅连忙组织自卫团与民众，列队夹道欢迎。

从南门方向，远远来了一群军人，大概有四十余名，看服色是驻在南门外静慧寺定字营的兵。六七个人骑着马，识得的有警局巡长、江都县知县、绿野茶社老板，当先一骑，煞是古怪，从头顶到脚踝，都用白色洋绉缠满，只露着一张面孔，不认得。前导两名卫队，举着两面大旗，一写“还我山河”，一写“光复大汉”。

见他们了，道旁人众轰然叫好，说“革命军光复扬州了”！

扬州此时也是“无王管”状态。武昌事变近一月来，扬州一直很平静，只有一些在外读书的学生，因为时局不靖，纷纷回乡。他们倒是打算响应革命，保卫桑梓，发动组织了“旅外学生队”，苦于没有武器。两淮师范倒是有学生操练用的步枪，但校方不借。后来答应借了，枪刚到手，听说扬州已经光复。

直到 11 月 7 日，镇江林述庆宣布光复，扬州一水之隔，这才惊慌起来。扬州绅商为首的，一是取中过解元的盐商方尔咸，一是商会会长周谷人，迅即召开各界会议，议定组织自卫团，全城发动，每家出一至二人，自备红字灯笼，分区编队，担任夜晚巡逻。事到临头，效率甚高，当天便编成二十四队，一万五六千人。

然后方尔咸、周谷人联袂去见扬州知府和盐运使，劝他们离开扬州。因为这两位是旗人，留任的话，可能给革命党人以进犯扬州的口实。

知府嵩峋不肯走，反而说："我只希望革命党不伤害百姓。如果还需要问事，我愿意继续维持下去，如果用不着我，我就走。"真跟这位大爷说不通，各地光复，用旧官吏的很多，你几曾听说过用旗人来维持的？

盐运使增厚倒还好，经过反复劝说，他带着家眷和印信，于11月7日下午五点越墙逃走。

咦，为什么要越墙？因为已经有人来报，南门外定字营一群士兵，荷枪实弹，冲进城内，直奔盐运使署，声称是索饷。这下不但盐运使大人要急急逃离，连来劝说的绅商代表，也慌忙作鸟兽散。

定字营冲进运署，将运库洗劫一空。这天傍晚，扬州街道突然多了许多独轮车，每个独轮车上都坐着两个定字营士兵。这很古怪，扬州从来也没有用独轮车运人的习惯呀？后来才知道，兵大爷抢的元宝太多，沉甸甸地，路都走不动，只得抓了一帮运盐的苦力，用独轮车把他们运回兵营去。

当晚，乱兵散后，自卫队出来巡逻。九点，突然呼喊声响彻夜空，江都、甘泉两县监狱大门打开，囚犯们一冲而出，大喊大叫，铐镣声"震动全城"，军警根本不见踪影，自卫队不敢也无法制止，只好逐段卡死道路，持枪而备，驱送他们出城。

后来才听说，乱兵冲击运署，两县大狱放囚，都是孙天生在背后鼓动所致。这两件事震动人心，但并未扰民，市民并不恨孙天生，但组织自卫队的绅商心里的惶恐忐忑，可想而知。

11 月 7 日的扬州，是多么的忙乱啊，组织自卫队，劝说知府与盐运使离开，乱兵抢劫运署，自卫队巡逻，两县监狱报破，孙天生进城……真称得上一日数惊。

孙天生进了城，第一件事就是问方尔咸、周谷人："运司的库房里，盐课（贩盐交的税）还存着多少银子？"方尔咸忙说："今岁盐课已多数解往南京，剩下的也被定字营抢得差不多啦。"孙天生大失所望："我还指望拿库里的银子发军饷哩！"

运署自然就成了新的都督府，孙天生骑马走到衙门门口，突然停下马，看看围观的民众，道："署内的家具什物，你们随便去取。我们发大财，你们发小财。"这下民众一拥而入，将运署物件抢个精光，连木地板也被人撬走了。随行士绅哭笑不得，只好从别处找来床椅桌凳，不然新都督睡哪里呢？

当夜也没有别的事，只是吩咐全城悬挂白旗。这本是各地光复都有的举动，但扬州独立来得太迅急，各家来不及准备，一时找不到白布的，有用白纸糊的，有用毛巾代替的，总之，闹到半夜，扬州总算光复成功啦。

当合城民众终于在惴惴不安中渐次睡去时，方尔咸、周谷人派出的使者已经渡过了长江，去迎接徐宝山。

迎徐是早定下的方略。徐宝山，人称"徐老虎"，本是扬州盐枭，江南一直流传着他与"白寡妇"的故事（看过高阳小说、李翰祥电影的举手），早几年被刘坤一、张謇收伏，反过来巡防江淮，为朝廷效力。他与扬州盐商，亦敌亦友，曾多次到方、周等人府上做客。此时徐宝山已向镇军都督林述庆投诚，变成了光复军。把扬州交给他，当然比交给那个不知从哪里冒出来、行径乖张的孙天生要放心得多。

第二日起身，听说知府嵩峋终于不敢再留，逃到天宁禅寺去躲起来，临走时把知府大印扔进了瘦西湖，总算他尽了守土之责。再看满城的白旗，都写上了字，写的是“大汉黄帝纪元元年”，这未免有些启人疑窦，有那从外府来的，或是喜欢看报纸的，都说别处光复，没有“大汉”的国号，而且黄帝纪年今年也不是元年啊？一问才知道是孙都督下的令。莫非传令错误？

于是又上街去看都督府告示，落款写的是“大汉黄帝纪元四千六百零九年”，年数倒对，“大汉”总是怪异。再仔细一看，更不对了，都督府的印信居然是“扬州都督孙天生之印”，把自己名字刻到印章里，莫非他日换个都督，大印又要重刻？这，这不是儿戏么？

正在疑虑不安，议论纷纷，孙天生颁出了两条命令：一、扬州百姓三年不完粮，捐粮全免；二、严禁奸商哄抬物价，限定大米每石不得超过三元（时价已超过七元），猪肉每斤不得超过二百文。孙天生还传见了商会会长周谷人，要求他约束全城商贾一律遵奉。

这些措施无疑坚定了扬州绅商迎徐代孙的决心。但扬州市民很欢迎这个皮五辣子（扬州评话《清风闸》主角，喜欢以无赖方式劫富济贫）式的都督，短短一天，孙天生周围就集合了一批市民与游民，姓名可考的有：

袁德彪（甘泉县公差）、刘癞子（校场口卖拳的）、夏菩萨（小东门做泥菩萨的）、曹小癞子（东关居民）、谢大花（东关削筷子的）、陈长林（校场口做厨子的）、夏恩培（校场口卖膏药的）、尹祺祥（运署附近卖古董的）、黄石岩（警局文牍）、姜善放（城营西门汛官）。

显然，孙天生在扬州建立了一个“流氓无产者乌托邦”。绅士和商人都认为他是假革命党，而不少市民直到五十年后，仍坚持说孙天生是“革命党的坐探”。

乌托邦好景不长。11 月 9 日上午，徐宝山进入扬州，绅商们赶紧在校场口设筵相迎。还未敬酒，孙天生突然带领一小队定字营士兵出现，破口大骂徐宝山贼骨头，祸害扬州。这正触了徐宝山的忌讳，马上下令麾下士兵放枪，孙天生身手敏捷，杂在人群中，倏忽不见。徐宝山命令举城大索。

抓到孙天生是在 11 月 10 日。徐宝山要他带路去起回埋藏的运库银两（大人们都相信抢劫运库是他的指使），徐军士兵押着孙天生走过扬州街市，只听他沿途大叫：“扬州同胞们，要学我孙天生的为人，我在扬州做了三天皇帝，谁敢说个不字！”

这个人从此没了下落。听说徐宝山怕在扬州城内杀孙天生激起民变，借口押他去泰州收集定字营流散的枪械，路上悄悄把他做了。

孙天生究竟是从哪里来的？众说不一。他一口本地口音，肯定不是外乡人，有人说他在扬州妓院当过龟公，也有人说他是工匠出身，失业后跑到上海，起事前从上海潜回。相信他是革命党暗探的人，说他还有一方印布，是上海革命党发的，被捕后交出证明身份。李涵秋写《广陵潮》，说此人本姓黄，西郊廿四桥人。但也有人说他姓巴，是小牛肉巷人，光复时听见有人叫他“小巴”，祖上在甘泉县钱粮房当过公差。甚至有人说，孙天生在清江浦十三协办的学校里读过书，所以能跟定字营的士兵勾连。

五十年后，还有许多扬州人记得这首歌谣：

“扬州城，新旧十二门。九月十七日，来了一个冒充孙天生。鼓三更，进衙门，库银元宝四下分，放走监牢众犯人，宣统江山坐不成。”

这些扬州人记得孙天生的乌托邦，又模糊听说被杀的是个冒充的，他们以为孙天生是真的革命党，但是他没有来扬州，来的这个是假的，所以叫他“冒充孙天生”。（《孙天生起义调查记》）

孙天生从校场口逃跑后，躲在多宝巷一家花烟灯上（就是妓院，或许这就是“龟公”说法的来源？），有人向徐宝山告密，遂被捕。告密的人叫王德林，在得胜桥开一家剪刀店，扬州老人说，当皇帝的那三天，王德林“是孙天生一起的”。

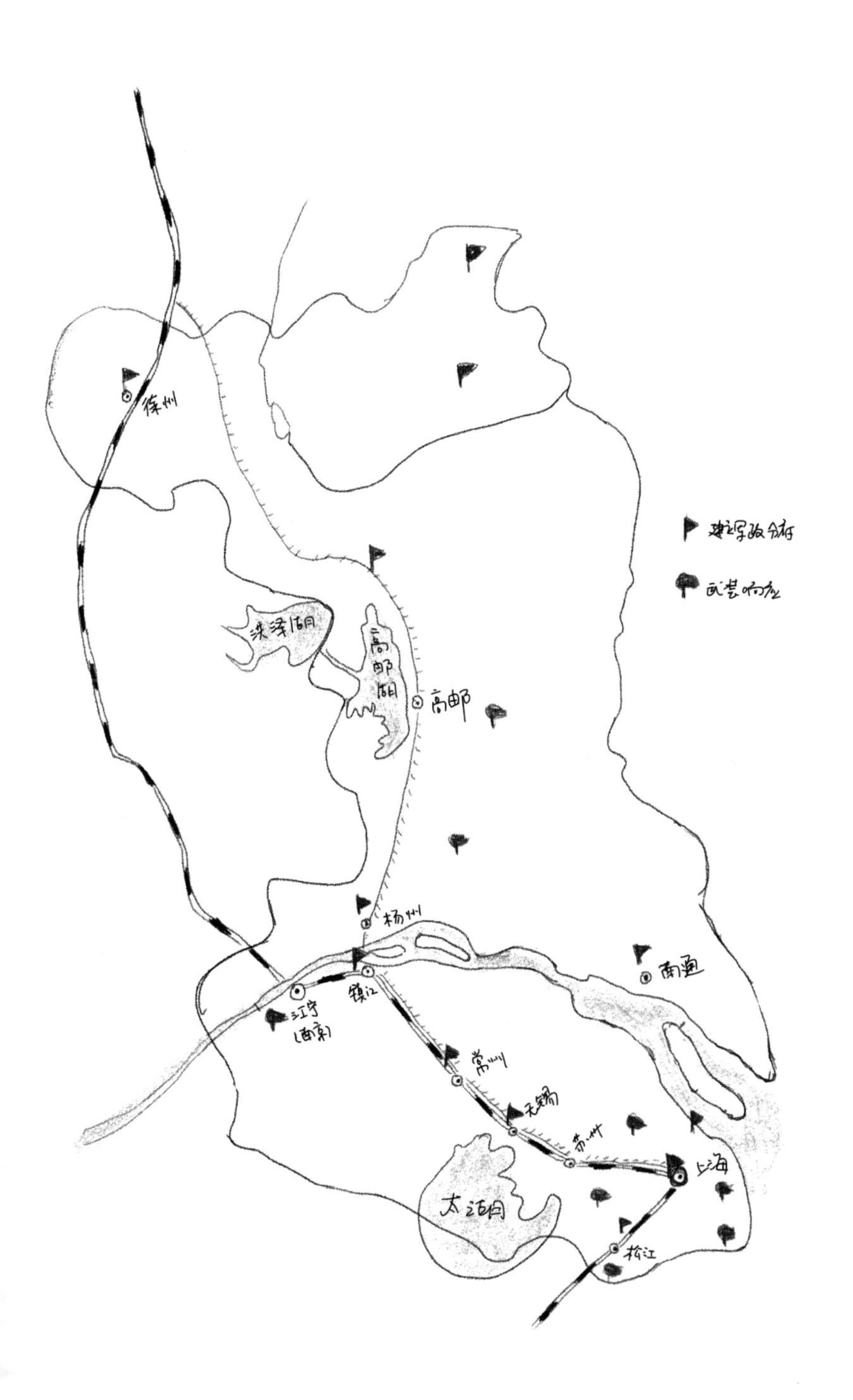

建立军政分府
武装响应
徐州
洪泽湖
高邮湖
高邮
杨州
镇江
江宁
(南京)
南通
常州
无锡
苏州
上海
太湖
松江

为秋瑾报仇

浙江老乡发飙

沪军都督府收掌科长应梦卿，正在办公室里检查昨夜收到的公文信函。号房走了进来："应科长，有两个人要见都督。"

应梦卿刚要起身去看看来者何人，两个人已经走进来了。头前一人廿七八岁年纪，个子不高，宽颊大鼻，一脸悍勇之气，府绸长衫里的身躯似乎随时会爆发。后一人年轻些，长相英俊。两人一进门，一团激愤之气扑面而来。

两个人都是熟人，而且是浙江同乡。"老应，陈都督在吗？""在楼上。"

不等通报邀请，两人径直往楼上走，应梦卿吓了一跳，忙跟在后面。

沪军都督陈其美正在跟参谋长黄郛谈话，头一人昂然走进都督办公室，招呼也不打，喊道：

"汤寿潜是反对我们革命的，我们革命党为什么要推他出来当都督？"

后一人更踏前一步，大声说："你们怕死，我来死给你们看！"居然从身上掏出一把手枪，往自己胸口杵。

都督府的三个人都吓坏了。陈其美与黄郛立即站了起来。应梦卿离得最近，一伸手，握住持枪的手，一夺，也就夺了下来，他一手拉着年轻人，一手将枪急忙交给黄参谋长。

黄郛拉开书桌抽屉，把手枪塞到最里面，一边说：“自己弟兄，有事好商量！”陈其美也走上来握住头一人的手，道：“我们还有许多大事要做，我们马上要北伐，光复全国，我们都要到中央去做事，何必计较地方一个都督呢？”

他转头对年轻人说：“介石，你就做第一师副师长兼第一团团长，给膺白做副手去。”黄郛当时兼任沪军第一师师长。

又对头一人说：“季高如果要回浙江，就做建设部部长。”

年轻人被应梦卿与黄郛拉住，不说话了。头一人还是气冲冲地，嚷道：“不要做什么建设部长！我要回到浙江绍兴去反对汤寿潜！”

陈其美摇头道：“浙江事刚弄好，你这样一来，岂不是又把大事弄坏了吗？”他见那人不理他，只好说：“你们刚来，还没吃饭吧？老应准备些饭菜去！”

应梦卿应了一声，转身下楼。却听那人说：“我不要吃！”黄郛熟悉他的脾气，便说：“那么我们出去吃，出去吃。”于是让应梦卿去叫两部马车。一会儿，四个人下楼，马车也来了。

应梦卿望着马车远去，好像发了一场白日梦。他跟马车上的四位都是老相识，能感觉出年轻人蒋志清多少有些虚张声势，他与都督、参谋长是换帖兄弟，岂能说翻脸就翻脸？不过头前那一人就不好说了，他的脾气……

下午三四点钟，护兵回来了。应梦卿问他们都督哪里去了，“护兵说他们到一品香吃大菜，吃了大菜就到清和坊堂子里（妓院）打麻将去了”。第二天，应梦卿听说，那人独自离开了上海。

浙江，绍兴，那个叫王金发的人回来了。

痛失导师

王金发与汤寿潜的仇怨，还是起自秋瑾之死。

王金发是徐锡麟在浙东游说革命时结识的，算是他的弟子。1906年暑期，王金发自日本归国，凭借大森体育学校优等生的资历，到徐锡麟创设的绍兴大通学堂当体操教员。这年冬天，秋瑾从上海回到绍兴。自此，秋瑾便是王金发的同事、战友。据当时大通学堂学生朱赞卿回忆，秋瑾的形象是这样的：

“秋瑾是每天来校的，朝来晚归。她坐一只中号花浪船，两名船夫把她接来送去。她一上岸，一直踱进校长室或者教员室。她并不兼课。她的身体不高大，高鼻梁，时常梳一条辫子，着一件鱼肚白竹布长衫。脚虽缠过，但着一双黑色皮鞋。”（《大通师范学堂》）

秋瑾不太与学生打交道，但王金发与之交往颇密，而且很崇拜这位巾帼英豪。有一次王金发带老师徐锡麟的密信去给秋瑾，回来后写了两句诗：“莫道男儿尽豪侠，英雄还让女儿占。”他后来流亡上海，开办了一所学校，作为反袁基地，名字即叫“竞雄女校”，以纪念号为“竞雄女士”的秋瑾。

1907年5月，秋瑾在绍兴召集“浙东光复军”，推在安徽的徐锡麟为“首领”，自任“协领”，王金发任光复八军中的一军“分统”，主要负责家乡嵊县的会党联络。秋瑾的计划，是先在金华、处州发动起义，待杭州清兵出援这两处，再以嵊县光复军急袭杭州，一举奏功。故此嵊县军是浙东光复军的精锐，人数也超过四分之一。起义日期先是订于阴历五月廿六，徐锡麟将于同日在安庆发动。后来因为准备未妥，金华等地又有泄密迹象，秋瑾将日期改在六月初十。

五月廿六，徐锡麟刺杀恩铭后死难。王金发在嵊县，看到上海报纸消息，立即率三十多人，于廿九日夜赶到绍兴。按王金发的想法，大通学堂立即起事，先杀绍兴知府贵福，再谋攻杭。秋瑾则坚持等到六月初十——我猜秋瑾听到徐锡麟死事的消息，已觉事无可为，无意让大通学堂学生冒险。

知府贵福肯定比秋瑾更紧张，他与大通学堂的关系颇深，秋瑾还在他家里当过家庭教师，认过太夫人做干娘。早前有人在绍兴大街小巷张贴揭帖，称大通学堂为“匪窠”，他也没有过问太多。因此所谓胡道南等绅士告密，其实多半是借口，这场起义根本没有太多秘密。贵福唯一可做的事，就是连夜赶往杭州，请来新军弹压事变。

浙江巡抚张曾敭派出三四百人马前来，六月初四进入绍兴。王金发又劝秋瑾固守抵抗，秋瑾却只是催学生及办事人员从速走避。王金发当然不肯走，秋瑾“促之再四，声色俱厉”。此时清兵已临校门，大通学堂并无边门后门，学生只好从大门往外涌，结果两名专修科学生中弹。“不多时，李益智的部队把大通围得铁桶一般，阖城大小文武官员都到了。什么名册呀，文件呀，书籍呀，老毛瑟枪呀，夹壁里的一箱一箱子弹呀，凡是可疑的东西和人们，都捆载的捆载，逮捕的逮捕了。”

王金发就在这个时候逾墙渡江而去。他深夜返家别母，再仓促出奔。其母逃走，其妻沈雄卿被捕。沈氏学了《水浒》里宋江的手段，在公堂上撒屎拉尿，胡言乱语，地方官拿她也没办法，只得骂几句“土匪婆”后收监。

六月六日，秋瑾就义于古轩亭口。在王金发从事革命的岁月里，称得上他导师的，大约便是徐锡麟与秋瑾二人。两位导师，不到十日内，皆死于清廷之手，对廿四岁的王金发来说，是怎样的一种打击？

“今之聂政”

在1908年陈其美派人找到他之前，王金发在嵊县当强盗头子，这便是鲁迅所说“绿林大学”的由来，嵊县人称他为“金发强盗”，并且这个名字也迅速具备了吓阻小儿夜哭的功效。王金发还做了一件事：他潜回绍兴，杀掉了据说向贵福告发秋瑾谋反的绅士胡道南。后来绍兴同乡蔡元培有文为胡乡绅辩冤，但王金发不会放过任何为秋瑾报仇的机会。陈其美称王金发为“今之聂政”，除去称道他的暗杀技术高明之外，“有仇必报”的性格特点也在其中。

浙江立宪派领袖汤寿潜在秋瑾案中扮演什么角色，谁也说不清。反正王金发相信，浙江巡抚张曾敭曾就“是否拿捕秋瑾”征询过汤寿潜的意见——清末的地方大吏，大多并不愿意与革命党结下死仇，善耆可以放过汪精卫，端方可以放过孙毓筠，传说铁良为了把自己从革命党的暗杀名单上抹去，还出资赞助已经财政窘困的《民报》。安庆案发，徐锡麟被捕，藩台冯煦再三为他开脱，徐死后还撰联自忏“英灵不昧，鉴兹謇謇匪躬愚”。张曾敭为何不能放过绍兴一名尚无革命实据的女人？

据说汤寿潜极力怂恿张曾敭“杀一警百”，才有漏夜派兵往绍兴之举。无论是否真事，王金发曾誓言要诛杀汤寿潜，并屡次向陈其美提及，陈其美则竭力劝阻，称汤寿潜“人望所归”，将来浙江光复还要借他的助力。王金发虽然是光复会出身，对引领自己复归革命之路的陈其美倒很服气，虽然从此不提刺汤，但要他甘心奉汤寿潜为浙江都督，那是万万不能。

杭州光复，王金发是敢死队队长。浙江自从徐锡麟、秋瑾先后蒙难，光复会会众星散，人心颇显萧散，以至于光复前夕，新军、宪兵、谘议局，商量不出一个都督人选来。在上海代表的反复催促下，才决定独立“越快越好”，但又以浙军只有正规枪炮、不利机动为由，要求由上海方面派遣敢死队，自备炸弹手枪。于是王金发率众回杭，辛亥年九月十五日（11月5日）一战，敢死队冲锋在前，其中不少是徐、秋当年的学生。

王金发的敢死队，光复后就住在藩台衙门。他听说推举出的都督是汤寿潜，便拒绝浙军政府的财政官员进入藩库查点。最后军政府派来了一个与王金发私交甚好的嵊县同乡，才能单身进入藩库检视，发现里面只有制钱，没有元宝。

王金发到上海告状不果，回浙后不理浙军政府，带上敢死队里的嵊县人，直赴绍兴。“金发强盗”的号召力也真大，散处全浙的嵊县光复会员，听到消息也纷纷来投奔。王金发入绍兴时，只是几十人枪，很快扩充成一个团，跟着又扩为一个旅，甚至有计划成立一个师或军。

王金发来之前，绍兴听说杭州光复，马上也宣布了独立。这就是鲁迅在《范爱农》里说的“满眼都是白旗。然而貌虽如此，内骨子是依旧的，因为还是几个旧乡绅所组织的军政府，什么铁路股东是行政司长，钱店掌柜是军械司长……”，绍兴分府的府长是前知府程赞清，职官以旧乡绅为主还则罢了，治安科长章介眉，那可是王金发的眼中刺肉中钉。

捉放章介眉

章介眉曾在浙江巡抚衙门当过“折奏师爷”，这是很重要的职位，因为圣眷若何，称职与否，往往取决于奏折的巧拙。当年左宗棠就是给湖南巡抚骆秉章当折奏师爷，声誉鹊起。绍兴是师爷之乡，章介眉以本省大吏幕僚身份退休居乡，势力可想而知。

让人奇怪的是，章介眉与秋瑾，或绍兴革命党人，究竟有什么三江四海之仇？按当时传说与史书记载，秋瑾被捕，是他告密，贵福杀秋瑾，是他极力怂恿“先斩后奏”，还代拟了给朝廷的奏折，徐自华、吴芝瑛为秋瑾在西湖边建墓后，又是他出主意，让浙江巡抚增韫平毁了秋墓——章介眉这样做，所为何来？没有人知道。秋瑾胞弟所著笔记《六六私乘》里只有八个字：“事无佐证，章固弗承。”

然而时人都相信章介眉是秋案的主要凶手。大家何等熟悉鲁迅日后被选入中学课本的这段话：“秋瑾女士，就是死于告密的，革命后暂时称为‘女侠’，现在是不大听见有人提起了。革命一起，她的故乡就到了一个都督，——等于现在之所谓督军，——也是她的同志：王金发。他捉住了杀害她的谋主，调集了告密的案卷，要为她报仇。然而终于将那谋主释放了，据说是因为已经成了民国，大家不应该再修旧怨罢。但等到二次

革命失败后，王金发却被袁世凯的走狗枪决了，与有力的是他所释放的杀过秋瑾的谋主。”（《论“费厄泼赖”应该缓行》）

《鲁迅全集》的注释说“告密者”是胡道南，然而这段话指的当然是章介眉。“告密”实在是很奇怪的罪名，秋瑾与徐锡麟的关系，尽人皆知，大通学堂也由徐手创，徐锡麟在安庆犯下泼天大案，浙江方面岂有不对付大通学堂之理？再说不管胡道南还是章介眉，都不是革党中人，他们有何密可告？无非是所谓“出首”，给地方官的捕杀行径提供一个由头而已。

杭州光复消息传出，绍兴立刻成立了军分府，宣布独立。这至少说明从知府程赞清，到乡绅章介眉，决非大清朝的死忠顽臣。既然三年后见风转舵，何必三年前赶尽杀绝？他们难道不能像俞明震办《苏报》案，能放的全都放走，只剩下不肯走没走成的章太炎与邹容？此案殊多不可解。

且不论事实如何，王金发怀着深仇大恨，却终于没能砍下章介眉项上人头，是因为章介眉与山阳县令姚荣泽一样，并非一名地方过气官吏那么简单，背后也有着庞大的绅商势力。不妨说，这二人是江南士绅的代表符号。在革命之前，江浙绅商，从来是近于“官”而非近于“匪”者。助官剿匪，本是士绅尽力桑梓的一种表现。光复之后，能不能以支持、配合革命的表现，赎去革命前“反革命”的罪愆，关系着绅商集团人心是否安妥，也关系地方局势能否平定，进一步说，关系着江南能否成为革命稳固的后方，以支持革命党人的北伐大计。无疑，北京的袁世凯非常乐意看到江南的革命党人与绅商集团内讧不断，自相残杀。

王金发虽被人称为“莽男儿”，但并非真的有勇无谋。他以“有要事商量”为由，将章介眉诱至知府衙门逮捕——这也说明章介眉有所恃仗，并不认为王金发一定会杀他。就在王金发派兵封锁章宅，调齐章介眉与秋案相关的全部案卷，所有人都认为章介眉死到临头之时，他终于还是放过了这个为秋瑾报仇的大好机会。

黄兴从南京派人来为章介眉说情，这只是一个信号，显示出王金发受到的压力有多大。王金发治绍期间，处决了五十多名鱼肉乡里的土豪劣绅，无人敢管，浙江都督汤寿潜还赞其为“英雄”，但为了章介眉，想必江南整个绅商集团都在向新政权施加压力，不然何至于惊动远在南京的黄兴？王金发若杀章介眉，不仅是与绍兴一城的士绅作对，更有可能导致江浙革命党与绅商集团的大内讧。此非危言耸听，江浙联军攻下南京后，旗营参领贵林父子被人告发私藏军火，阴谋反叛，总司令部下令处死两人。浙江都督汤寿潜因为此事未得他同意，大闹意见，力求辞职，终于闹出一场小小兵变，军队回浙后都督之位被朱瑞夺得，浙江亦于民元后被纳入袁世凯的势力范围。

章介眉虽像姚荣泽那样死里逃生，但吃的苦头也不少。在候审的日子里，章介眉被戴上纸糊的高帽，游街示众，王金发让他跪在秋瑾烈士就义处的古轩亭口，头顶套上一只火油箱做的桶，边上放着棍子和小石块，供路人经过时敲打和投掷。为了赎罪，章介眉捐出了家产的一半（三千亩田产，现洋五万元）给绍兴军政分府。据说章介眉住在乡下的儿媳在王金发来后被乱兵强奸，恨他的人会说这是“报应”，但有朝一日天地翻覆，章介眉当上了袁世凯的高等顾问，而王金发二次革命失败，赋闲杭州，你说章介眉会不会报复？

据秋瑾家人说，二次革命后，新的秋瑾墓尚未建成，章介眉从北京“派大员一名来杭，指令将秋瑾的坟改低三尺，铜像取消，三杰所作墓碑不用”——所谓“三杰所作墓碑”，指的是秋瑾墓初建时徐自华撰文、吴芝瑛书、杭州名金石家孙菊令篆刻的《墓志铭》。

“大做王都督”

王金发释放章介眉，山会师范学校校长周树人极不以为然。周树人与学校学监范爱农一样，对于革命后的世界，有着纯粹化的想象，周树人后来一直在著作里讽刺“咸与维新”这一策略性的统战口号。他们对老同学、老朋友王金发来治绍，肯定寄予厚望，认为在他治理下，绍兴能够面目一新，实现徐锡麟、秋瑾等烈士的革命理想。

然而王金发颇令他们失望，尽管有些雷厉风行的手段，如释放狱囚、公祭先烈、平粜施赈等，但他与绅商妥协（如释放章介眉）、任用私人（尤其是嵊县同乡）、生活奢靡（用洋油箱挑着银圆回嵊县还债），这些风习，当然很惹理想主义者的不快。因此鲁迅在《范爱农》里揶揄道：“他进来以后，也就被许多闲汉和新进的革命党所包围，大做王都督。在衙门里的人物，穿布衣来的，不上十天也大概换上皮袍了，天气还并不冷。”

单看这样的记载，似乎王金发已经变了李自成、洪秀全一流人物。其实王金发至少对老朋友还不算坏。第一次在光复后的绍兴见面，范爱农看着王金发的光头有趣，毫不客气地上前摸了摸，说：

“金发哥哥，侬做都督哉！”

官名“王逸”的王金发都督肯定有些发窘，但也无可如何，接着便委派范爱农做了师范学校学监。据他的手下回忆，王金发在绍期间，一直保持着“欺上而不傲下”的风格：“对于绍兴的地主绅士，发现错误狠狠批评，不留情面。对老百姓总是笑嘻嘻，态度很和气。所以许多绍兴老百姓见了他，都叫他‘金发哥’。”一万多人的部队，滋扰百姓的事情很少发生，连他部下的一个连长，都知道“我们的所作所为，都是在革命的名义下进行的。绍兴旧绅士的乌烟瘴气，我们很看不惯，都把他们当作革命的对象”（龙恭《在王金发的部队里》）。

然而王金发没有力量、也无意改变绍兴的社会形构。他来绍兴，主要是想利用绍兴盛产锡箔与老酒的富庶，练军北伐。此计划深受孙中山的欣赏，称王为“东南一英杰”。问题是，练兵要钱，王金发不逼迫老百姓，只管追比绅商，甚至提前征收下年田赋，弄得绍兴豪绅骂他是“历朝以来最坏的官府，是蛮不讲理的都督”。王金发讨厌士绅，不允派兵镇压抗租佃农，但他也不阻止地主下乡硬收田租，农民当然也不满意这位都督。而且他那些平粜施赈之类的新政只到出告示为止，根本无法推行，民间歌谣唱道：“同胞，同胞，何时吃饱？都督告示多，日子过不了！”又有民谣骂王金发及属下“吃的油，穿的绸，早晚要杀头！”上下交讦，“金发祸绍”之名传遍江南。

只有南京的孙中山深知王金发的苦衷，特地通电杭州，为王金发及其手下“辨诬”，要求查问“绍兴公民孙杰等”，“捏词诬控，系何人指使？按律严究，以销隐匿而雪冤诬”。在辞去临时大总统之职后，孙中山还让黄兴任命王金发为南京留守府顾问官，前大总统给王金发的定评是“正直清亮，节镇越东，未允物情。旦夕将别有处分”。邵力子告诉王金发，这是张居正勉励部下的话，张的部下也是有能力，但舆情不洽，张居正认为调动一下为好，中山先生是借此言勉励你啊。

王金发治绍八月，被迫离开，他不肯便宜后任，况且还想着北伐，在任所得军费一概带走，一清点，发现尚余四十多万。他自己都没想到。这也从侧面说明了“祸绍”的名声何来。王金发走后，浙江革命党势力便日渐消减了。

王金发死于1915年6月2日，33岁。离他敬爱的秋瑾蒙难，将及八年。这八年中，秋瑾墓六次迁移，从绍兴城郊迁至城门外，又再迁至西湖西泠桥侧，被平毁，再迁回绍兴严家潭，1909年迁往湖南湘潭与其夫合葬，长沙光复后迁往岳麓山，1913年又迁回杭州西泠桥。

有意思的是，浙江督军朱瑞依章介眉所请，降低了秋墓的规格，却又“假惺惺地为之撰文，刻碑，立于墓前”，这一行径后来被解读为“慕取虚名”。王金发被枪决前住在杭州一个月，朱瑞派人陪同，日日纵酒西湖，时时能看到秋瑾女士的坟墓。这，大概是他临终岁月中的最大安慰了。

休言女子非英物

"祖国沉沦感不禁，闲来海外觅知音。金瓯已缺总须补，为国牺牲敢惜身。嗟险阻，叹飘零，关山万里作雄行。休言女子非英物，夜夜龙泉壁上鸣。"

——秋瑾《鹧鸪天》

秋瑾的弟子

据说，杀害秋瑾的主事者、绍兴知府贵福，死于两双少女之手。

"据知府衙内传出：在贵福被杀前两个月，有一少女到贵福家去当丫环，侍奉夫人。贵福死后，这个伶俐的丫环突然失踪。还有传说：贵福猝死当夜，有人看到两条身轻如燕的黑影，翻墙进入府内。在贵福妻子惊醒后的刹那间，她似乎看到有两个身材苗条的影子在床前一闪而过，还听到一个女声向同伴低唤：'快走！'顿时像仙女一般消失得无影无踪。"（沈寂《盖世奇女尹氏姊妹》）

杀贵福这事，比较像传奇。要知道这一年尹氏姊妹中的姐姐十七岁，妹妹十二岁……关键是她们的家人后人都没提起过这件事。

尹氏姊妹是浙江嵊县人，王金发的同乡。她们一共三姐妹，父亲叫尹阿小，大姐叫尹金仙，家里是最普通的浙东县民。尹锐志与尹维峻可能是加入光复会后，师友帮她们改的名字。

二姐尹锐志能在十三岁加入光复会，据说是因为她识出了省里派来嵊县破坏光复会的密探，及时报讯，让王金发等人可以避开，同时也帮助嵊县同志清除了内奸。这是1903年的事。

转过年的年底，嵊县迎来了一位惊世骇俗的人物。这位人称“鉴湖女侠”、自称为“竞雄”的男装女士，其实也刚刚加入光复会不久。她从日本回国，由陶成章写信认识蔡元培与徐锡麟，就此成为一名光复会会员。

但她立刻便成为光复会最好的宣传员与召集人，回乡未久即连续在浙东一带活动、演讲。她在这里遇见了还是小姑娘的尹锐志，尹小姑娘后面还跟着一个更小的姑娘。尹维峻当时才九岁，后来尹锐志回忆秋瑾与妹妹有一段对话：

秋瑾：“满清政府好不好？”

尹维峻：“我们中华儿女为什么要受异族统治？政府又那么腐败，当然不好！”

秋瑾：“满清政府既然不好，应不应该推翻它？”

尹维峻：“应该推翻。”

秋瑾：“推翻满清政府，需要采取武装革命。”她告诉尹小妹，武装革命就是要将中华儿女组织起来，用武力推翻满清政府，由我们中华儿女自己来掌权。“这样就需要一个革命组织，叫光复会。你愿不愿意参加？参加革命组织有被人捉去杀头的危险，你怕不怕？”

尹维峻（坚定地）：“我愿意参加光复会（边说边点头），我不怕杀头（边说边摇头）。”

就这样，秋瑾用一种小学老师的方式，将小学三年级年龄的尹小妹招进了光复会。

老师很快又回了日本。尹氏姊妹继续在嵊县的新学堂念书。一年后，老师返回绍兴，任教明道女学堂。尹氏姊妹也跟着进了这个学堂。

1906 年，秋瑾将两姊妹召唤到上海。秋瑾显然非常钟爱这对小弟子，以她们的名字各取一字成立了“锐峻学社”，作为光复会在上海的总联络点。因为旁人不解其意，这个名称常常被传成“锐进学社”。尹锐志与陈伯平等人一道，联络江苏、浙江的会党。尹维峻帮着老师办《中国女报》，负责发行。

就在这一年，有个十七岁的嵊县青年在杭州考入弁目学堂，同时也加入了光复会。他叫周亚卫，也是在秋瑾介绍下加入的。秋瑾来杭州发展会员，成果不小，后来的浙江都督朱瑞也是在此时，与一批第二标军官一起加入了光复会。周亚卫的同乡、同学中，一道入会的还有一个叫裘绍的。弁目学堂入会的学生很多，秋瑾当然猜不到，这两个青皮后生，将来会成为自己疼爱的尹氏姐妹的夫婿。

周亚卫多年后还清楚记得秋瑾当日的样貌：“身穿一件玄青色湖绉长袍（和男人一样的长袍），头梳辫子，加上玄青辫穗，放脚，穿黑缎靴”，那年秋瑾三十二岁，光复会青年会员都称她为“秋先生”。

他甚至记得秋瑾在杭州住处的详情。抚台衙门前过军桥南首路西一家叫“荣庆堂”的小客栈，“走进客栈门，过一个约两公尺宽的狭长天井，踏上檐阶，有一条小弄，左首的房间就是秋瑾的住室，窗户临天井，室内明亮，来人晤谈，就在这里。斜对过，小弄的右首，比较隐蔽的一间，是新会员填写志愿书、秋瑾和新会员谈话的地方” 。

交往短暂的周亚卫尚且印象如此深刻，一直追随秋先生的尹氏姊妹更是刻骨铭心。在秋瑾身边的一年多时间，是从小热爱自由与新知的尹氏姊妹生命中的黄金时光。她们跟着老师来了上海，又返回绍兴，结识了许多同志，日夜为革命奔忙。丁未年（1907）五月，她们被派回嵊县，准备浙东起义，攻打杭州。

很巧的是，杭州弁目学堂的周亚卫，此时已经考上了第一营正目，被派回大通学堂担任联络工作。他来绍兴时尹氏姊妹已经离去。不过，他是嵊县人，秋瑾派他回家乡协助竺绍康组织队伍。仍然不巧，周亚卫被派往嵊县南乡乌岩镇，不在县城，再次与尹氏姊妹擦肩而过。

刚到乌岩镇，嵊县来了个人，告诉周亚卫徐锡麟蒙难、秋瑾被捕的消息。周亚卫跑回嵊县一看，机关所在地门户大开，空无一人。杭州发往嵊县的通缉名单里，有王金发、竺绍康，也有尹锐志、尹维峻，还有他的同学裘绍，但是没有周亚卫。被通缉的人都逃到上海租界去了，周亚卫倒可以安然回杭州，继续当他的第一营正目。陆军小学堂成立，他又被派去当副学长。在那里，他跟一位来自安徽的地理历史教员陈仲甫混得很熟。

黎元洪躲到我床下

丁未之役后流亡上海的光复会会员，无不以为徐、秋报仇为己任。然而群龙无首，联络诸同志的任务，居然落到了十七岁的尹锐志、十二岁的尹维峻身上。

尹氏姊妹在上海街头，当了两名报贩，每天收入所得，除了维持生活，还周济周围挨饿的同志。实在挺不下去时，也接受王金发母亲寄来的小笔款子。小妹尹维峻发誓要为秋瑾报仇，自学了制造炸弹技术，就在上海就地制造炸弹。

传闻在 1909 年，尹氏姊妹带了十多位同志，携着自制的炸弹远赴北京，计划刺杀清廷要人，在北京等了将近一年，人地生疏，朝廷防范周密，难以动手，只得返回上海。

然而这几年中，上海光复会的势力确实一天大似一天，尤其 1910 年陶成章从南洋归来，在法租界平济利路重设光复会总机关，名称仍然叫“锐峻学社”，由此也可见尹氏姊妹在上海光复会中的地位。

光复会的眼光不只放在下江地区。1911 年 9 月，尹锐志到了武昌，与第八镇新军联络，希望湖北、上海、江苏、浙江数省同时举义，长江中下游一动，清廷天下即失其半。

尹锐志在武昌，住在一位嵊县同乡家。嵊县地属绍兴府，这位同乡在外游幕，也算是“绍兴师爷”。

武昌事变，尹锐志听到消息，马上去找往常联络的新军弟兄。当日武昌官吏四散，革命军主事的是第八镇工程第八队队官吴兆麟。吴兆麟觉得自己这批人的威望声名，近不足以联络汉口西人，远不足以号召各省军民，因此他建议推举新军协统黎元洪为湖北都督。众人亦不反对，可是黎元洪不在府内，武昌城内遍寻不着。咋办？

只有尹锐志知道。她的那位同乡，正是黎元洪的幕宾，黎元洪不愿出来承事，从家中逃出来，藏在幕宾家，却没想到这位绍兴师爷府上，还寄居着一位光复会的女首领。

尹锐志当然不会替黎协统隐瞒，于是吴兆麟等一群军官拥入幕友家——此处的记载又开始出现大分歧。

被找到之后怎么样，黎协统自己语焉不详，只说 10 月 10 日晚他被参谋、副官“力劝暂避”，于是先到一位参谋家换衣服，再躲到四十一标第三营管带谢国超的家里。天明时，各军代表寻至谢家，将他拥至楚望台，再到谘议局，就任都督。

可是外间都传说黎元洪是被新军军官（吴兆麟或张振武）从床下拖出来的。最早、也最生动的叙述，来自民初《震旦民报》上的《新空城计传奇》，作者蔡寄鸥：

“众兵径直赶至内室搜查，到处没发现黎的踪迹，在内房里搜查的士兵，只听得木床在不断地抖动。他们在床架子上搜了个遍也没有发现什么，因为床底下光线很暗，看不清楚，他们就吓唬着吆喝道：‘什么人，你再不出来，我就开枪了！’躲在床底下打哆嗦的黎氏连忙说：‘快别，别，别，我，我，我是黎元洪，我带兵时并不刻薄，你们为什么要与我为难？’黎还是不肯出来。众兵只好掀的掀床，拉的拉人，将黎从床底拖了出来。”

据说黎元洪的下属曾拿这份报纸给他看，建议他抓人封报。黎菩萨表示见怪不怪，其怪自败，若是抓人封报，反而授人口实，遂置不问。不过这个传说越来越盛，1928 年出版的《中华民国革命史》，1938年邹鲁著的《中国国民党史稿》，皆以“黎匿床下”为定论。虽然因为派系问题，国民党方面“唱衰”黎元洪是情理中事，不过诸书言之凿凿，虽然为黎辨诬者也不乏其人，总归是一桩疑案。

尹锐志的小叔子周进三回忆称，大嫂亲口告诉他，黎元洪就是在嵊县老乡家被找到的，而且黎吓得躲到其中的那张床，也并非主人卧室的什么宁式大床，就是“客堂间临时所搭床铺下”——说到此，尹锐志想必自觉十分好笑，因为黎藏匿的这张临时床铺，正是这位廿一岁上海女客的眠榻。

敢死队长

武昌起义定局后，尹锐志迅即赶回上海，筹备上海光复。这几年光复会已经与沪军、吴淞海军、陆军都建立了联系。“光复军”总司令虽是陶成章从南洋派回的李燮和，“锐峻学社”的中心作用却日益凸现，光复军的总司令部即设于此。

上海光复前夕，几个人经常通宵不眠地抓紧赶工，制造炸弹——不只是上海光复用得着，杭州方面还要求支援炸弹手枪。制造地点在法租界华格臬路（一说霞飞路）维昌洋行三楼，直到11月2日。

尹锐志已经工作了一夜，将近天明，助手杨哲商与平智础力劝她休息一会儿，由他们两人代为操作。尹锐志刚刚入睡，正在制造的炸弹爆炸了。

事故是不是因为操作失误已不可知。整个三楼的屋顶都被掀翻。离炸药最近的是杨哲商，他被炸得全身粉碎，只剩下一个胃。平智础全身烧伤。躺在床上的尹锐志头部炸伤，惊慌之中，她直接从三楼窗户跳了下去，仗着平日训练有素，身手敏捷，居然自己拦了一辆洋车，到附近的自新医院诊治。法租界巡捕跟踪而至，把她送入广济医院，抢救无碍后又关进巡捕房。

上海光复后，陈其美交了五千元给房主作为赔偿，把尹锐志赎出来养伤。

尹维峻当天去了吴淞联络新军，赶回来却发现家中同志一死二伤，禁不得眼前发黑。尤其她与身故的杨哲商相处日久，两人渐生情愫。日常情意，都在炸药、弹壳与触发器里。

但此时顾不得这许多，第二天，杨哲商的后事还没来得及办，光复会收到消息：陈其美率敢死队攻打制造局，提前开始了上海光复之役。

攻下制造局后，失去爱人的尹维峻没有参与上海都督的内争，她一心要求参加攻打杭州之役，替秋先生报仇。据说主持上海赴杭敢死队的蒋介石不太看得上这个十六岁的小姑娘。他不知道，这位秋瑾的学生身材高大，“曾任体育学堂教习，善于跳高、跳远、赛跑、投标枪，掷铁饼”，身上功夫不下于日本大森体育学校高才生王金发。而且她前一段一直奔走沪杭之间联络，与朱瑞、童保暄、周凤岐等新军领袖都很熟。她在杭州也认识了周亚卫和裘绍，只是没想过自己和姐姐日后的姻缘在这两人身上。

周亚卫是陆军小学堂筹备起义的队长之一。武昌事变后，陈仲甫起草了多篇革命檄文，交人四处张贴，其中一张，周亚卫深夜贴到了鼓楼的门房。第二天，檄文即被抚台衙门严防革党的告示覆盖，但“省垣官吏闻之悚然”。11月3日上海光复，次日午后，巡抚增韫紧急召集官绅会议，讨论浙江是否仿效苏州，宣布独立。会议中，杭州知府旗人英霖吓得失声痛哭。于是增韫决定独立，命仁和知县沈思齐即席起草独立布告，因为刻板印刷来不及，找来十名书手分抄，议定抄完后立即送杭州将军署会印，连夜分贴十城门。散会之时，已是晚上八点。

只是革命党等不得了，就在英霖痛哭流涕之时，上海的光复会敢死队数十人已经到了杭州。男子队长张伯岐，女子队长尹维峻。敢死队先去陆军小学堂，连日来从上海运到杭州的炸弹手枪，都放在两位队长周亚卫与葛敬恩的房间里。未来姐夫与未来小姨又打了个照面。

晚十点，攻杭之役打响。光复会敢死队直扑抚台衙门，尹维峻冲在最前列，轰的一声，她投出了敢死队的第一颗炸弹（可是她与杨哲商的作品？），百弹齐发，浙江抚署烈火熊熊。

巡抚增韫万没有料到革命党人来得如此神速。他为了安定杭州人心，11 月 4 日上午还陪了老娘，带着妻女，步行上街，到清和坊恒丰绸缎庄、舒莲记扇庄等店铺采买东西，借以澄清他已弃城逃走的谣言。结果当夜革命党就攻进了抚署，增巡抚与妻女都在梦中落入敢死队之手，巡抚印信也没有来得及弃藏。只有巡抚老娘一时找不着，穷搜之下，方在小厨房的夹弄里发现了老太太，满身都是污泥。

敢死队备了四乘轿子，将巡抚一家送往羊市街福建会馆暂住，跟着就焚烧抚署，想用炸弹发火，但炸弹并不好用，几个扔出去都没炸响，有人跑出去，也不知从哪里弄来三桶火油，浇上棉被，堆在暖阁里，王金发一声令下，火光烛天。

“杀害您的命令，就是从这里发出的。”尹维峻站在烧成一个大火堆的抚署前，心里也许在默默向恩师祷祝着。

女子不参政?

杭州光复，尹维峻又马上要求参加江浙联军攻打南京，仍然担任敢死队员，攻打雨花台与中华门。这澎湃的革命激情中，多少是忧国之念，多少是伤逝之情，怕是她自己都分不清。

此时革命阵营已出现数支女子军。如沈警言为队长的“上海女子北伐敢死队”，七十余人;陈也月为队长的“女子北伐队”，数百人；还有辛素贞等发起的“女子军团”，林宗雪、张馥真组织的“上海女子国民军”，以及吴木兰创设的“女子经武同盟会”，沈佩贞组织的“女子尚武会”，等等。

有《女革命军歌》为证：“女革命，志灭清，摒弃那粉黛去当兵。誓将胡儿来杀尽，五种族，合大群，俾将来做个共和兵。女革命，武艺精，肩负那快枪操练勤，步伐整齐人钦敬，联合军，攻南京，你看那女子亦从征。”

南京光复后，几支女子军又纷纷开到南京，要求参加北伐，纵然她们打仗比起男人来并无优势，但担任卫生兵、筹款募资、宣传动员，却能起到男兵起不了的作用。孙中山后来回顾女子革命时，给予她们的评价不可谓不高：“女界多才，其入同盟会奔走国事百折不回者，已与各省志士媲美；至若勇往从戎，同仇北伐，或投身赤十字会，不辞艰险，或慷慨助饷，鼓吹舆论，振起国民精神，更彰彰在人耳目。”

然而南北议和，北伐取消。这些女子军顿然没了着落。军政当局动员女兵复员，否则政府也无法安排她们——女子参政，根本还不是一个选项。多数女兵无奈之下，或择人而嫁（如女子北伐敢死队队长沈警音就嫁给了沪军都督府参谋长黄郛），或回归刚刚逃离的家庭，也有那不情愿的，留在上海组织商贸公司，却又难以维持，绝望者如林宗雪一病不起，张馥真更是索性遁入空门。五十年后，法名耀真的张馥真接受了社会发展史的教育，慨叹道："妇女没有得到解放的情况下，欲求自力更生，不过是一种梦想而已。"

当然也有不甘"雌伏"者，如唐群英三闹参议院，只为民国临时约法不肯写入男女平权的条文；沈佩贞掌掴宋教仁，事缘同盟会改组的国民党竟然不接受女性加入！

若论"奔走国事百折不回者，已与各省志士媲美"者，应该无人可超过尹氏姊妹。何况她们的恩师秋瑾，就是清末不让须眉的巾帼第一人。五年以来，绍兴、武昌、上海、杭州、南京，两姊妹叠立功绩，生死以之。民国约法承认女子参政权与否，她们不关心，国民党要不要女党员，更不关这两个老光复会会员的事，但南京政府成立，军政要员却没有尹氏姊妹的名字，这口气如何咽得下去？

两位姑娘，廿一岁与十六岁，直眉瞪眼地冲进了她们参与攻陷的两江总督衙门，如今的临时大总统府。她们没有直接找孙中山，只是到了秘书长胡汉民的办公室，拍着桌子大骂：

"我们拼了命，你们享现成！有的做总统，有的做秘书长，有的做部长，有的做都督！这样不平的事，怎么说得过去？"

的确说不过去。不过显然，男人们的建国计划里，始终没有这些女子的分儿，即使秋瑾复生，又将如何？孙中山为了安抚尹氏姊妹，给了她们一个"临时大总统府顾问"的名头，各赠川资两万元。

1913年尹氏姊妹北上进京，手头有钱，经常到处吃喝游玩。尹锐志这才认识了在北京陆军大学念书的同乡周亚卫，他与同学、也是杭州革命的死党葛敬恩、裘绍住在一起。葛敬恩出身嘉兴世家，手面阔绰，在北京上学还带着厨子，浙江小菜做得呱呱叫。尹氏姊妹常常光顾，一来二去，结成了两对姻缘。

周亚卫、尹锐志在一起三十多年，女强男弱，在东京留学时，周亚卫曾被逼得离家出走，尹锐志只好登报寻人，才将逃夫找回来。这些事情在民国军政界众所周知，1940年周亚卫在庐山主持训练团军官班，第六战区司令长官陈诚来讲课，他是浙江老乡，对着学员大揭周亚卫的老底：亚卫先生家中诸事从不过问，亚卫先生领着中将薪水，每月只有一点点零用钱，亚卫先生从来只吃人家的，夫人不准他请客吃饭……最后说，亚卫先生是我的前辈，但我说的都是事实，应该不算唐突。周亚卫也拿他没办法，只得苦笑。

尹维峻的遭遇却要悲惨得多。1919年，护法运动方兴，浙江护法军司令部设在汕头，她与丈夫裘绍奔赴汕头参加护法。总司令吕公望任命裘绍为师长，尹维峻任护法政府顾问（又是顾问）。7月16日，尹维峻怀孕已近十个月，死于家中。周亚卫的弟弟周进三说是夫妻动武，导致尹维峻小产而死。但尹维峻儿子裘振纲说，是因为浙江督军杨善德派人来行刺护法军的浙江首领，两个凶手闯入了裘、尹的住所，“当时裘绍不在家，尹一见两个凶手持凶器闯门而入，尹维峻和一名卫士立即扑上前去，同两个凶手进行剧烈搏斗，一个凶手被卫士当场打死，另一个凶手逃去。尹维峻的胸下被凶手猛踢猛撞，当场血崩早产逝世”。总之，这位九岁加入光复会的女子，比她的导师晚死十二年，只活了二十三岁。

1942 年，国民政府为表统一抗战的诚意，开放党禁，允许建党参政。民国元年因不得参政而愤闯总统府的尹锐志，居然在陪都重庆，又挂出了“光复会”的招牌。尹锐志自任会长，副会长是她的丈夫周亚卫，而且各省分会都很齐备。浙江当时虽在汪伪治下，照样设立了光复会浙江分会，负责人就是裘振纲，她妹妹尹维峻的长子。

不知道尹姊姊这样做，算不算完成了老师的一点夙愿？

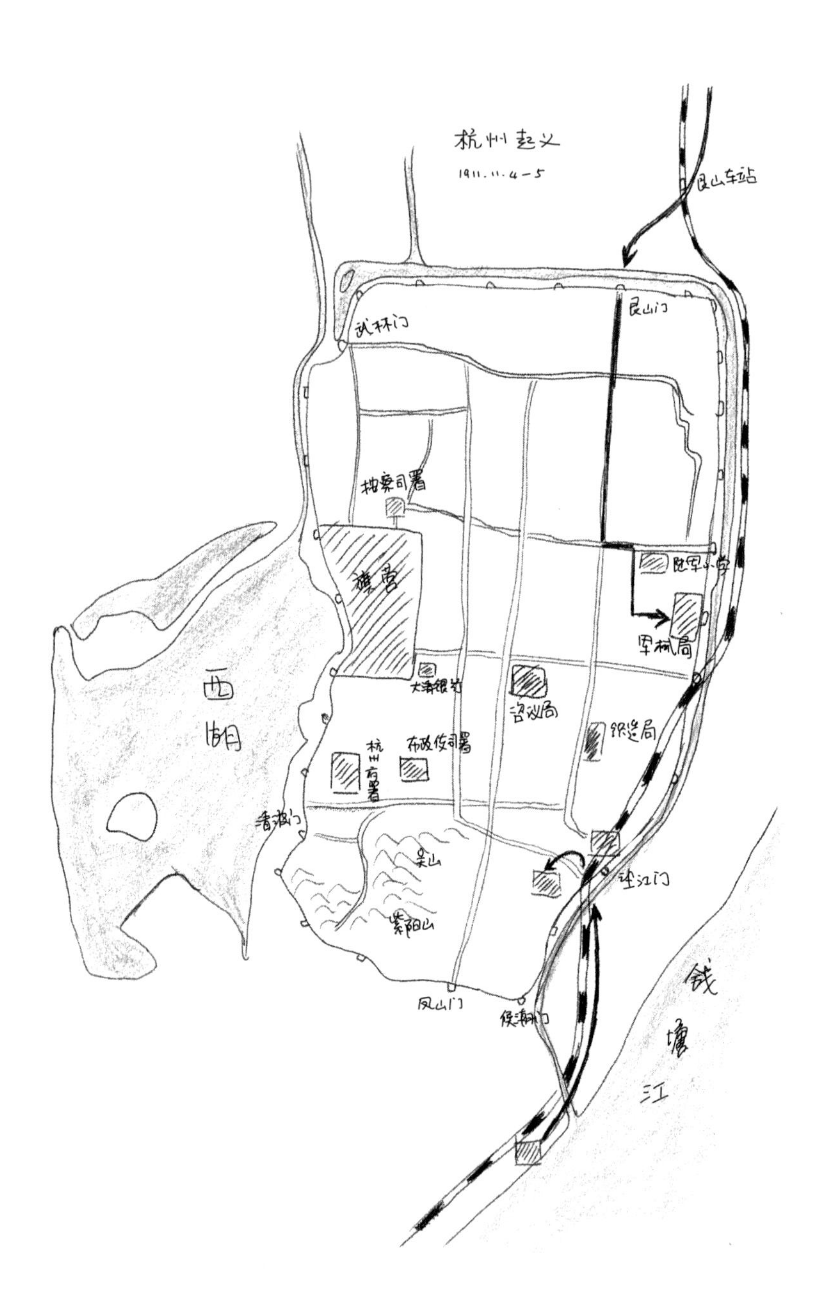

杭州起义
1911.11.4—5
艮山车站
艮山门
武林门
按察司署
旗营
陆军小学
军械局
西湖
大清银行
咨议局
织造局
杭州府署
布政使司署
清波门
吴山
紫阳山
望江门
凤山门
候潮门
钱塘江

陈胜变了荆轲

正如民国军政府《敬告皖省父老文》中所说：“皖省扼东南之冲，为吴楚之襟喉，西顾鬻霍之险，中据江淮之利，地势之优，为诸省冠。”而且有清一代，文有桐城，武有淮军，皖人之影响及于四疆，再加上“平民革命”，可追溯至陈胜吴广；“攘夷却虏”，前有明太祖朱元璋的榜样。地理人文，安徽都是有意天下者必争之地。

清末的安徽革命，与诸省有些不同。安徽的豪杰，很多跑到外地去，做出惊天事业，如合肥万福华在上海刺杀广西巡抚王之春，桐城吴樾在北京行刺留洋五大臣，寿州孙毓筠在南京刺杀两江总督端方，合肥倪炳章于广州发动燕塘起义，合肥范鸿仙于江苏组织江浙联军，休宁程家柽于京师卧底肃亲王府……哪一桩不是革命史上的大事件?

反过来，皖省的革命，推动者中却有许多外地人。如今要说的，头一个就叫徐锡麟，没人不知道他。还有一个韩衍，很少人知道他。

从日本绕道去安徽

徐锡麟为什么会去安徽?

光绪三十一年（1905）八月，绍兴府学堂副监督徐锡麟联手陶成章、龚宝铨等人，创办大通学堂。看上去顺理成章：前一年朝廷准各地私立学堂，徐锡麟身为一府的教育主管，创办大通学堂，也算响应政府号召，何况他去年已经创办“东浦热诚小学堂”，又筹划过“越郡公学”，虽然未成，足见该员热心教育，足堪嘉奖。

内里却满不是那么回事儿。据陶成章《浙案纪略》记录，“锡麟开办大通学校之本意，原为劫钱庄匿伏藏获之所”，因为技术力量不够“同志中无通驾驶术者”而作罢（也不知道他们原计划要怎么劫钱庄，还需要通驾驶术者）。既然搞不成窝点，徐锡麟就想鱼死网破了，“欲于开学日集绍兴城大小清吏尽杀之，因以起义”。

他让陶成章帮他通知浙江各府党人同时响应。陶成章虽然人称“焕强盗”，与王金发齐名，倒还没这么热血冲动。他力劝徐锡麟说，浙江并非“冲要之地”，对周边地区辐射影响不足，“欲在浙江起事，非先上通安徽，并以暗杀扰乱南京不可”。

徐锡麟听从了陶成章的建议，将大通学堂改成了大通师范学堂，姑且培养人才。想必在两人的讨论中，去安徽－暗杀－起事－吸引南京注意－浙江同时响应，这样的想法，已经有了雏形。

徐锡麟是一位典型的实干家。一旦想好计划，马上丢下刚开学的大通学堂不管，一心盘算怎么去安徽起义。众人计议，最好能够进入陆军，掌握军权，可以“行中央革命及袭取重镇二法，以为捣穴覆巢之计”。这种想法跟吴禄贞是一样的，不过吴禄贞本人是日本士官生，跟荫昌同学，又已经做到了副都统的高位，而这帮绍兴人都还是白丁。大通学堂诸人，徐锡麟最大，已经三十三岁，陶成章也有廿七岁。然而徐锡麟说“不要紧”，他找了个富商许仲卿捐了五万两银子，给光复会五位同志都捐了官，他自己是道台，陶成章与另一人是知府，另外还有两个同知。

捐这个官不是为了“指省候补”，那样任用太慢，而且也进不了陆军。他们捐官是为了让浙江巡抚寿山送他们去日本学陆军，因为朝廷其时极重留学生，日本回来的人大都能得重用。要达此目的，光有官衔没用，徐锡麟又去求他的姻亲、前湖南巡抚俞廉三。他答应帮俞活动浙江铁路总经理一职。俞廉三果然极力帮忙，不但帮他们说服寿山批准五人赴日学习陆军，还写信给驻日公使杨枢新，一力拜托。

依徐锡麟与陶成章之意，五人团以及随行心腹如陈伯平、马宗汉都要赴日，大通学堂不妨关闭，免得树大招风。嵊县竺绍康等人却觉得留此校以招徕志士也不坏。徐锡麟也便由他们去，反正他一门心思回国后去安徽搞事。

日本之行并不顺利。陆军留学生监督王克敏怎么看这群人也不像留学生——一是年纪大，二是举止太土，参见鲁迅《范爱农》，鲁迅称他们“这些鸟男人”——便以“自费生”为由，阻止他们进陆军预备学校振武学校。徐锡麟又拍电报给俞廉三，俞廉三又电浙江，请巡抚致电驻日公使，证明他们是公费生。王克敏又在体检上做文章，结果五个人都不合格，尤其徐锡麟近视得厉害。

怎么办？陶成章等四人决定留下来学习法政或警务（陶成章好像没有进什么专门学校，后来清廷通缉令里说他“学日本催眠术”，这也很奇怪）。徐锡麟倒不是不想留下来，但他的眼睛近视得太厉害，年纪又大，谁会取他？还是要回国。走之前，两位光复会大哥又讨论了一次。徐锡麟认为军权不可得，掌握警察权也不错。陶成章则认为要么直接统军，要么搞团体暗杀。两人说着说着争了起来，但也没争出个结果。

徐锡麟的性子，说是果决也可以，说是急躁也可以。后来革命同志为他写传，提到两件事，一是他小时跟家里长工弟弟平长生要好，两人都喜欢学武。某夜，两人看见一个和尚从门前走过，平长生对徐锡麟讲：“这个和尚一定有本领，你看他一个人深夜行走，也没人敢欺侮他，说不定会飞檐走壁哩！”徐锡麟马上想到平日听到的少林寺和尚之类的故事，爬起来就去追和尚，要拜他为师。家里人第二天才发现徐小官不见了，派人去找，一直追到萧山才把他寻了回来。

另一件事是1904年俄军占领奉天，徐锡麟听说后失声恸哭，在家里立了个靶子，画成俄国士兵形状，每天拿短铳射它几十次，室内弹丸横飞，有时反弹过来打在徐锡麟肩上，他也面不改色，居然就此练成了一手好枪法。他这样的性子，陶成章称为“性情精悍，凡所行事，咸操极端主义”。

安庆的外乡人

徐锡麟筹资捐官，动用俞廉三的关系，赴日留学，回国候补，花了偌大本钱，当然不只是为了刺杀一位安徽巡抚。他在被捕后的供词里称“我蓄志排满十余年，今日始达目的，本拟再杀铁良、端方、良弼，为汉人复仇”，固然是面对敌仇，不必尽吐心事，即如供词里又说“革命党本多，在安庆实我一人”，乃不欲牵连他人。

后人伪作的《孙中山致徐锡麟》一函中称“安徽一省实为南省之堂奥，而武昌为门户，若阁下乘机起事，武昌响应，一举而得门户堂奥，则移兵九江、浦口等处，以窥金陵，则长江一带可断而有也”，其实可看作时人对徐锡麟入皖之举的揣测，陶成章在绍兴为徐锡麟的谋划也大致类此（此信发现于安徽巡抚衙门档案，如系清官吏伪造，则多半是逆推革命党的意图）。1907年末《新世纪》第14号上刊出《徐、秋二君事略》亦称“以君蓄志之久，取道之迂，而仅仅杀恩铭一人，良非君本意”。

总之，徐锡麟入安徽官场，是在下一盘很大的棋，重点在于长江中下游的易手。这也是光复会的一贯主张。然而徐锡麟归国后的一系列举动，甚是奇怪。一方面，他确是在尽力实现入皖计划，如六月赴京，改省分发安徽引见，徐锡麟在致友人函表示：“麟此次到京，奔走终日，无片刻之暇，大约安徽兵权或可到手”，他还请托在日某位朋友学造纸币，以备将来起义成功发行军用票，不容易被人造假。

另一方面，徐锡麟又多有歧动，比如同是六月，他又跑去保定，试图刺杀练兵大臣铁良，不成，又前往天津，打算刺杀直隶总督袁世凯，袁世凯“疑之拒不见”。徐锡麟难道不知，这两次刺杀，一旦发动，不管能否得手，筹划经年的入皖计划必成泡影？

更奇怪的是，徐锡麟八月往武汉访俞廉三，跟他大谈要在北京开报馆，请谁谁谁当主笔，又致函友人，称打算在奉天组织一间垦务公司，“寓兵于农”，资本需三十万至一百万。若说这些举动，都是为了迷惑外界，掩饰他入皖的目的，则徐锡麟十一月跑去杭州见浙江巡抚张曾敭，明显也有不轨意图，否则以徐锡麟曾贿赂前任巡抚寿山的交情，寿山焉有不拜托张曾敭看顾之理？可是张曾敭居然跟袁世凯的反应一样，“疑之，拒不见”。

徐锡麟屡次谋刺清廷大员，这才启程往安庆就职。但是他的表现，一点都不像是要去安庆谋夺军权、反攻江浙的样子。据吕公望回忆，徐锡麟在杭州白云庵告别光复会诸友时说：“法国革命八十年始成，其间不知流过多少热血。我国在初创的革命阶段，亦当不惜流血，以灌溉革命的花实。我这次到安徽去，就是预备流血的，诸位切不可引以为惨而存退缩的念头才好。”（《辛亥革命浙江光复纪实》）

徐锡麟去了安庆，恩铭委以陆军小学堂会办之职。这是光绪三十二年十一月的事。转过年，光绪三十三年二月，徐锡麟便将妻子徐振汉遣回绍兴家乡。陶成章后来解释说，徐是因为“每月所入不过数十金”，养不起妻儿才行此举。但后人大都认为他是在为行刺恩铭做准备，已经抱了必死的决心。

陶成章记载，徐锡麟在安庆初时非常不如意，官场的那套礼仪他没学过，常常在觐见酬酢时出乖露丑，被同僚笑话，想按起义计划去联络安徽的新军，又因为“口操绍兴土音”，跟新军弟兄鸡同鸭讲，无法像在浙东联络会党那样见效。因而徐锡麟郁郁不乐，“屡思归浙”，在皖同乡都劝他不要着急，关键是上次张曾敭不肯见他，两人势同水火，回浙江也未必有什么好果子吃。

幸或不幸，姻亲俞廉三在此时又伸出了援手。俞廉三与皖抚恩铭有师生之谊，前任浙抚寿山又是恩铭的连襟，故此在俞廉三来信“务加重用”的请托下，恩铭改派徐锡麟为巡警学堂会办，加授陆军学校监督，还奏请朝廷，加徐锡麟二品衔，所谓“私恩”，确实不可谓不厚。

徐锡麟陡然蹿红，难免为安徽官场所忌。便有人在恩铭面前说徐的坏话，大抵是在乡行为不端，曾经留日，不可不防之类的话。以恩铭与徐锡麟的连带关系，本不该对徐有所疑忌，但想必徐锡麟豪爆决裂的做派，实在不像个做官的人，不然何以袁世凯疑他，张曾敭也疑他？当安徽臬台世善暴死之后，徐锡麟谋升此职，恩铭没有同意，而是奏升了安徽首道毓秀，没有让徐独当一面。

这就埋下了一个隐患。徐锡麟谋划起义，此时能动用的力量，便是巡警学堂的三百名学员。这些学员不比陆军小学校学生都是十几岁的学生，均已成年，且每人配有一支九响的毛瑟枪，可算得一支武装力量。但徐锡麟只是巡警学堂的会办，相当于常务副校长，学堂的“督办”即校长例由臬台兼任。清末军队、警察中，顶头上司最有权威，徐锡麟以会办的副职，要让学员听从，颇有难度。徐锡麟供述誓言必杀恩铭，亦必杀毓秀，便是这个道理。

两个徐锡麟

在后来的记载与回忆中，实际上存在两个徐锡麟，一个深谋远虑，打算利用安徽的地当冲要，做一番大事，他时常于星期日，约教员学生，驰马郊游，暗中窥察安庆地理形势，以谋大举。他密刊木质印信一方，文曰“江皖革命新军总司令印”，并印就反清文告数千张，“先期暗结日本留学生、南洋革命党及内地宁皖党人”。

安庆驻军有六十一标与六十二标，六十一标标统是汉人，六十二标标统是旗人。徐锡麟主要在六十一标宣传鼓动，“常请我们这些营长们吃饭，意思是在联络感情，到必要时可以帮助他”（常恒芳），据巡警学堂学生凌孔彰回忆：有一天晚间，徐锡麟“邀请这个标的许多军官到安庆对江大渡口芦苇滩里秘密集会，歃血为盟，齐喝雄鸡血酒，誓愿同心同德推翻清朝，参加起义，永不背叛”。

而另一个徐锡麟，仍然深陷冲动狂热之中，似乎在安庆的使命便是博浪一击。他虽然带着巡警学堂师生四处踏勘，但直到起义，知道他的用意的不过陈伯平、马宗汉等二三人。陈伯平拟就了《光复军告示》，他只是在告示后加上几条“杀律”：

“一、满人从不降者杀。一、反抗本军者杀。一、乘机打掠者杀。一、造谣生事，妨害治安者杀。一、仍为汉奸者杀。”

虽然徐锡麟提前发难，有革命党人叶仰高在上海被两江都督端方拿获，供出有党人已打入安徽官场的原因，但是否真的需要如此仓促起事，颇可商榷。根据蒋介石 1927 年的说法，徐锡麟是被陶成章“逼死”的，不少台湾学者也以此来证明蒋介石刺陶的合理性。陶成章对徐锡麟的确存在误解，而且随着徐锡麟的升职，误解也越来越深。章太炎书信中曾说："伯荪入官颇得意，焕卿等不见其动静，疑其变志，与争甚烈。"徐锡麟致陶成章的长信，也为自己辩解："自问生平遇最苦之境地，值最难之际遇，而麟出以无形之运动，期曲折以达目的，其中忍耐坚苦备尝之矣，可为知己道也。麟自早至暮，无一念或忘，无一事不从此著想。"这当然也可能成为徐愤然起事的动因之一。

即便如此，安庆起事，仍然在经光复会同意的计划之外。安徽巡警学堂的学生分甲乙二班，每班二百人，训练三个月为一期，甲班毕业后再训练乙班。徐锡麟的原计划是"甲班学生训练期满，把这批毕业学生分发到各军警机关工作，从事秘密活动，联系和发展革命力量，准备待机起义；等到乙班学生训练期满，再利用举行毕业典礼的机会发难"，如今连甲班的训练尚未期满，安庆的新军也不能说联络妥当，而由秋瑾负责响应起义的浙东会党也未集结完毕。

反过来说，虽然有人说此时恩铭对徐锡麟已经起疑，但从恩铭把缉拿革党之事仍然交托徐，又欣然来参加甲班毕业典礼来看，他对这位老师、连襟联袂推荐的下属仍是"信之不疑"，直到徐锡麟都在他面前掏出枪来，他还问："会办持枪何用，岂要呈验乎？"

骤然发难，把握太小，这一点徐锡麟未必看不到，只不过他率急的性格发作，顾不得那么多了。这时候，我们能看到那个匆匆出发去追赶游方僧的幼小身影，那个连续射击俄兵标靶，虽自伤不惜的愤怒青年，他从光复会的计划轨道中跳了出来，要执行自己的"杀律"。

因为恩铭要去总文案张次山家贺其母寿，巡警学堂甲班的毕业典礼又被提前了两天。五月廿六日毕业典礼，前一天下午，徐锡麟召集少数学生讲话。很明显，这些学生都是他平日的亲信。徐的讲话大意是“明天是本会带领全体同学起义救国之日，师生都要同心协力，患难与共……同学有难，本会办当披发缨冠而救；本会办有难，诸同学也应当披发缨冠而救……”直到此时，他似乎仍无法直接向学生们分派起义任务，而这一番感人肺腑的言辞，又因为“说的是浙江土话”，大部分学生都没有太听懂。

第二天上午，徐锡麟集合全体学生训话，要学生“行止坐卧，咸不可忘”救国二字，“反覆数千言，慷慨激昂，闻者悚然。然众学生均不察其命意之所在”——也就是说，还有三个钟点便将举事，整个安庆城内，知道徐会办今日要杀官举事者，只有他自己、陈伯平、马宗汉三个浙江人，这，这有点开玩笑了吧？

恩铭当然也不知道，他到了学堂，听到巡警学堂收支委员顾松通过臬台毓秀密禀“徐道台不是好人，请大帅不要在这里吃酒”，便辞谢午宴，于是，他的死亡也就提前了。

行刺成功，造反失败

徐会办呈上学生手册，突然大声说：“回大帅，今日有革命党起事。”这是个暗号。恩铭刚问了句“徐会办从何得此信”，陈伯平扔上来一个炸弹，但没有爆炸。

虽然一直不断有人向恩铭密告徐锡麟是革命党，恩铭似乎也一直不太相信这种说法：如果造反是为了功名富贵，那么一个三十五岁的二品大员、受巡抚信任的当红道台有什么必要造反呢？在 1907 年之前，像徐锡麟这样的身份，同情、容放革命的人或可一见，自己参加革党的闻所未闻，更何况自己待徐不可谓不厚，以中国传统伦理而言，此人岂有刺我之理？

此刻容不得他不信了，徐锡麟一面说着“大帅勿忧，这个革命党，职道终当为大帅拿到”，一面掏出了双枪。可是，徐锡麟是个大近视，距离这么近，他居然看不清恩铭的要害，持枪乱放一气，恩铭身中七弹，嘴唇、左手掌心、腰、左右腿都受了伤，但无一致命。徐锡麟子弹打完了，跑进内室装子弹，手下的巡捕背起恩铭往外跑，陈伯平追上来放了一枪，“自尾闾上穿心际”，这一枪要了恩铭的命。

徐锡麟装好子弹冲出来，发现恩铭已经不见了，只剩藩台冯煦还呆呆在站在堂上，似乎没回过神来。徐锡麟推了他一把：“冯大人你快走，不关你的事。”冯煦急急忙忙跑了。徐锡麟又去找毓秀，也已经踪影全无。

以下的进程充分说明，这场起义的筹备里有多少昏着。徐锡麟抓住了顾松，问他如何知晓自己是革命党的秘密，顾松说，日本方面给会办的信都是用胶水粘的，有几封因为受潮，封口裂开了，我偷看了信，知道会办是革命党——就算信封胶水受潮无法可想，秘密信件就不能整点密语隐文吗？连一个收支委员都能看懂。这是昏着一。

徐锡麟没有告诉学生今日要起义，只是派了一个人守住门口不让学生走，觉得刺杀恩铭后，一呼百应，自然学生们就会揭竿而起。他没想到枪声一响，场面大乱，一个人怎么拦得住汹涌的人流？大部分学生都随着省里官吏跑掉了。这是昏着二。

谁都知道起义首要夺取军械，但徐锡麟并没有派人（估计也无人可用）事先控制军械所负责人，结果负责人带着钥匙跑掉了，巡警学堂学生虽然占领了军械所，地下室弹药库打不开，能找到的枪弹互相不配合，战炮上也缺少机铁。这是昏着三。

徐锡麟倒是想到了派学生去跟六十一标的官兵联络，请他们进城来领子弹，共同举事，但这人明显派出太晚，占领军械所之后才出发，此时安庆四门紧闭，禁止行人往来，信根本送不出城去。这是昏着四。

徐锡麟在军械所遇到了安庆巡防营统领刘利贞，未带军队，徐对刘说："你是汉人，我们推翻满清是民族革命，你应当协助，现在请你到电报局去监视电报机，不准人向外发电报，起义成功之后，你自然有大官做。"刘利贞答应着走了。刘回去后立刻反水，组织巡防营向军械所冲锋，徐锡麟等无枪无人，力战被擒。这是昏着五。

陶成章说徐锡麟"动与人忤，然性慈爱人"，真是没有说错。他不杀冯煦，轻信刘利贞，战事不利，陈伯平提议焚毁军械所，与清兵同归于尽，他认为这样会导致安庆城"玉石俱焚"。看来，徐锡麟从事暗杀尚可算人才，领导起义，难称合格。

此人自然极是汉子，在供词中承担了全部罪责："众学生程度太低，均无一可用之者，均不知情。你们杀我好了，将我心剖了，两手两足断了，全身碎了，不要冤杀学生，是我逼他去的。"别人问他是不是受孙文指使，他坚持"我与孙文宗旨不同，他亦不配使我行刺"。

面对伦理方面的指控，徐锡麟说出了惊世骇俗的一段话："尔等言抚台是好官，待我甚厚，但我既以排满为宗旨，即不能问其人之好坏，至于抚台厚我，系属个人私恩；我杀抚台，乃是排满公理。”清末革命，以排满为号召者不少，但真正信仰“排满”的不多，像徐锡麟这样坚持“杀尽满人，自然汉人强盛，再图立宪未迟”的极端主义者，就更少了。他是在以种族规则为旗，与世俗伦理作战。

伦理反过来要惩罚他。恩铭的夫人希望按照“张文祥刺马”的逆伦案例，将凶手剜心后再斩首。如果是别的家眷，也不见得有人理会。但恩铭夫人是庆亲王奕劻之女，有司不敢不重视她的要求。藩司冯煦念及徐锡麟的活命之恩，暗中指使刽子手先杀人再剜心。也有记载说要让徐锡麟先死，动刀又易为人所觉，于是先“将阴囊击碎”，再取出心脏，被恩铭的卫兵炒食殆尽。

徐锡麟惨烈的死法，与秋瑾的被处斩一道，为上海中外报刊大肆报道。虐杀与杀女人，是西方现代文明中最不能容忍的做法。清廷在丁未年一役大大失分，为四年后的崩盘埋下了伏笔。

行刑前，循例为死囚摄影一张以备案，拍完，徐锡麟说：“面无笑容，怎么留示后世？再拍一张！”但终没有再拍一张。

外来的和尚

饿着肚子闹革命

安庆有家客栈，坐北朝南，大门遥对着姚家口十字街上的斜坡。

你在饭点走进去，看见人头攒动，客来客往。但没人搭理你，你敲敲桌子：“伙计！点菜！”老半天才有个人远远地说：“客人若是住店，自己去后面看看有没有空房。吃饭请到外面街上，本店不开伙好些时了。”可不是？满店的客商，没有一个吃饭的，只管走来走去，大声小声谈话。

这家客栈，名唤萍萃楼。大家知道武昌黄土坡的同兴酒馆，是共进会的据点，专门吸收新军弟兄入会，才造成了武昌事变。萍萃楼的资格，却比同兴酒馆老得多。

八月十九武昌事变之后，本来就十分兴旺的萍萃楼更加热闹非凡，门庭若市，说着安徽各地方言的客人在这里进进出出，有些人进来就关起门来开会。

别家客栈的老板、掌柜，通常是坐在柜台里，一边算账，一边瞄着店面，伙计有没有偷懒，客人有没有伺候不周。萍萃楼的老板毕少斋，日里也坐在柜台里，但无所事事，除去与相熟人客打打招呼，简直就是个甩手掌柜。

只有看到有些人进来，他才不免用寿县话低声抱怨几声：“你们怎么还不动手？再不动，我这家店要关张了！”

不明就里的人未免奇怪：这么好的生意，哪能关张？不过听话的人当然知道底细，总是笑笑：毕老板莫急，快了！快了！

它从宣统元年开市，大约办了两年多，一二十个房间，既设住宿，又包三餐，只要两角钱。从开张那日起，就称得上客似云来，但月月都在蚀本。为只为有太多的老主顾，一住就是好几个月，占着房间，每日吃喝，偶有新来的伙计不晓事，提起要账的话头，他们总是点点头：“挂账！”伙计回头看柜台里的东家，东家也在点头，那还有什么话说？

白住白吃就算了，走的时候，或者还会走到柜台前，将手一拱，东家居然就乖乖地从钱匣里摸出两串三串铜钱递上。这样豪燥的开店法，便有金山银山也禁不住消耗哩。

到得宣统三年的夏末秋初，店里连伙食都开不出来了。奇怪的是，萍萃楼并未关张，每日大门敞开，也照样客似云来。毕老板照旧坐在柜台里，无事可管，无账可记。老主顾们依然每日回来住店，每日出去办事，有时关起门来嘀嘀咕咕。只是少了吃饭这一项要务，店堂里不免烟冷灶凉。但人气依然很旺，老板饿着肚子开店，主顾们饿着肚子住店，伙计也几乎不用，大家自己拾掇铺盖，倒也爽利。

好容易等着了九月九日，萍萃楼早早便砰砰地上了门板。店堂里坐满了人，有新军六十一标、六十二标马、炮、工程各营、陆军小学、陆军测绘学堂各处的代表。主持的是个合肥人，叫吴春阳。身边站着个江苏口音的黑脸小个子，许多人认得他是在安庆办读书会的韩衍。

清末安庆造反经验，为诸省之冠。1907年徐锡麟起事，1908年熊成基举义，那炮声枪声厮杀声，还回响在一班市民的耳边。唯是如此，清廷防备安庆极严，而前两场起义，皖中军事精英损折亦巨。吴春阳与韩衍也知道光靠新军的力量不济事，武昌事变后，便多方联络安徽巡抚朱家宝倚畀备至的巡防营与抚署卫队，希望里应外合。

不过历史告诉我们，这场起义还是失败了——可惜了毕老板枵腹开店的一番苦心。原因大略是：领导人不得力，病的病，怕的怕；有人告密；巡抚向南京请求的五营江防军已经抵达。

不过局势变化很快，几日后便传来了上海、江苏先后光复的消息，紧接着长江上游的九江也宣告独立。而省内，皖北的寿县，皖南的芜湖，都已经自行成立军政府，“安徽巡抚之政令，此时已不能出安庆城门一步”。

摆在巡抚朱家宝面前的路，无非是学湖北瑞澂那样逃亡，或像江苏程德全那样独立，再不，就是山西陆钟琦的下场，死。

借兵

面对革命党人、谘议局议长、绅士代表的联合逼宫，朱家宝表现得很顽固，说了一些“食清之禄，忠清之事，城存与存，城亡与亡”的硬话，而且放言要“严厉搜捕党人”。这时绅士代表童挹芳说，搜捕党人会导致“全城俱碎”。

理由呢？一是党人都“怀挟猛烈炸弹”，这种传言吓吓老百姓和边远地方官员也许可以，安徽巡抚倘若怕这个，九月九日的起义又何至被镇压？重点还是在另一句："党人皆青年志士，皖人之子弟，皖父老俱稔知之。"

朱家宝是云南华宁人。帝国不允许本省人当地方官，自然便形成了"官绅共治"的格局。纵然是被同僚评为"坚忍伉直"的朱家宝，诸事亦须看当地士绅三分情面。而且同治中兴以来，安徽出的高官显宦甚多，外地到此任父母官者，哪个不是打起十二分小心？

最有名的莫过于孙毓筠1906年策划在皖举事，以配合萍浏醴起义。这可是谋逆造反啊，十恶不赦的大罪，也惊动了两江总督端方，他抓到孙毓筠，但亦无可如何——孙某的叔祖父孙家鼐，咸丰年间状元，与翁同龢同任帝师，此时正是武英殿大学士，充政务大臣、编纂官制总司核定，即将成立的"资政院"，据说也是这位八十老翁出任总裁。这种"皖人子弟"如何动得？因此端方也只好将孙毓筠判了五年监禁，关他在两江总督衙门里"读书悔过"了事。

抓捕党人这事就此放下。但朱家宝不想、也不敢出任都督，宣布独立。他的顾虑跟程德全迟迟不让苏州光复的担忧是一样的，南京的清兵离安庆太近了！

一封密电替朱家宝解了围。密电发自河南彰德，发电人正是即将出任内阁总理大臣的袁世凯。袁世凯劝朱家宝"宜顺应时势，静候变化，不可胶执书生成见，贻误大局"。这说得再明白不过了：各省独立是大势所趋，与其让党人或士绅得了都督高位，何若咱们自家人守时待变——当然，这话只能私下讲。朱家宝心领神会，遂于九月十八日（11月8日）宣布独立。

对于这个结果，安徽的革命党人并不满意——他们九月九日的起义，可不是为朱抚台劝进的。然而，安徽新军中的革命势力，已经被朱家宝动用江防营打散了，不少人甚至逃离了安庆。副都督王天培是留日士官生，与革命党走得很近，但他无有兵权，也扳不动朱家宝。

于是有了吴春阳的“借兵”。

借兵这事儿，从古就很危险。试想哪个手握兵权的人是吃素的？你巴巴儿请了他来，他岂有帮你打跑对手，就皆大欢喜、班师回朝的道理？大清的天下，还不是靠着吴三桂所谓“借兵”得来的？所以曾国藩幕僚赵烈文说清室“得国太巧”，早晚会有报应。

按吴春阳的理想，最好是武昌黎元洪能借给“一混成协军火”——安徽有人，但军火不足，故受制于江防营。安徽都督一旦易手，可以集结万名以上的新淮军，取道颍州、亳州，直扑河南的信阳州，令冯国璋的北洋军首尾不能相顾，不仅可以稳住安徽，武昌之围也不攻自解。

但黎元洪实在无力援皖。从北至南，哪一省不在找他？不是要钱，就是要军火。黎菩萨自身难保，只好派出汉口军政分府主任詹大悲与吴春阳一道，去找江西的“浔军”借兵。

浔军都督马毓宝倒很痛快，当即派出一个叫黄焕章的旅长，率两千浔军入皖。吴春阳先走一步，到了安庆，芜湖急电，要他去主持起义。吴春阳认为安庆有王天培主持，浔军相助，当可无事，芜湖为进攻南京必由之地，要尽快光复方好，就丢下安庆赶往芜湖。

芜湖事并不难办，但芜湖方下，吴春阳就收到安庆急电：黄焕章围都督府，劫军械所，焚藩署，洗劫藩库，全城糜烂。

浔军到来确有效力，张勋的江防五营即撤回浦口，未曾交火。但正应了“前门驱虎，后门进狼”的俗谚，黄焕章不肯驻在安庆城外，强占安庆师范学堂，并向谘议局索饷一万元。议长说，一时间凑不齐这笔钱，先发两千五百元，再行筹饷。黄焕章部不同意，九月廿四日（11月14日），主要由“洪江会匪”组成的浔军哗变，不仅赶跑了都督朱家宝，黄焕章自称总司令，而且两天之内，“城内殷实富户，悉被搜劫，无一幸免，公私损失三百万”。

待得吴春阳11月18日赶回安庆，城中已是一片乱象，市衢狼藉，人心惶惧，不亚于当年太平军入城。合肥人吴春阳“愤极”，因为是他出面请来的这帮畜生！他直接去黄焕章的司令部，要面责黄焕章，身边的人都拉他，说黄焕章狼子野心，岂可轻入虎穴？吴春阳愤然回答：“黄焕章假借民军，行同盗贼，践我土地，虐我人民，安徽素称多志士，今事至此，就没有一个人仗义执言吗？”

吴春阳返回安庆时，芜湖军政分府表示愿意派兵相从，但吴认为两军交战，更增人民苦难，决意只身面斥黄焕章。黄焕章也确实被吴春阳拿言语拘住了，又顾忌吴会向江西马毓宝控诉，当面答应退还军械、库银和商民财产。吴春阳满意而退。但小人反复无常，吴次日再往，迎接他的是七颗子弹。

吴春阳也料到了这种结局。他头天晚上写信通知安庆城内各同志，要他们撤出城去，以免被一网打尽，又构思了一首绝命诗，一时心乱，也没有终篇。第二天就遇难了，同死的还有一位自愿护送的侠士毕大怀。

吴春阳之死震动全皖，散落在各处的新军士兵自发集结起来，要回安庆为吴春阳报仇。同时安庆士绅的请愿信也递往九江。此事不仅让皖赣两省势同水火，还间接伤了湖北黎元洪的面子，马毓宝也不敢大意，派参谋长李烈钧来安庆收拾残局。李烈钧跑来当了几天临时的安徽都督，将黄焕章部送回江西后，自己也声称要去武昌助战，弃位而去。

都督虚位，安庆党人与士绅自发地组织了“临时省参事会”，十月二十二日（12 月 12 日），票选孙毓筠为皖军都督，同时上海中国革命同盟会本部，也选任孙毓筠为皖军都督，还有寿县的淮上军、庐州军政分府、芜湖军政分府，也一致拥护。孙毓筠何以受此拥戴？他革命是老资格，又出身安徽世族，各方面都能接受。

孙毓筠此时刚刚被光复南京的江浙联军从两江总督衙门里放出来，到了上海。安徽迎接的专使一到，他就启程回皖，途中不免有些险阻，但末了还是来到安庆履任。从上海出发前，他写信给一位杭州的好友，请他务必回安徽来帮忙，因为孙毓筠自己，就是 1905 年被此人引入革命之路的。

收信人是陆军小学堂的陈仲甫，那时还没有人叫他陈独秀。

“皖人治皖”

陈独秀到了安庆后，据说是担任都督府秘书长，但民国政府的备案中，他只是“秘书”。都督府秘书科上书大总统孙文，要求保护刘光汉（刘师培），陈独秀的签名“陈仲”列于第五位，不太像是掌事权的人。

陈独秀在孙毓筠手下的时间也不长。这可能与他的性格有关。据当时安徽都督府掌管文书及收发的科长张啸岑回忆，陈独秀“性情过于急躁，想一下子就把政治改革好，常常为了改革而与人发生口角，每逢开会，会场上只听他一个人发言，还总是坚持己见，孙毓筠也无可奈何，还不得不从”。这样的秘书不好用，用不好，是很自然的。

更关键的问题是：1905年与陈独秀共同发起成立“岳王会”的柏文蔚，要与孙毓筠争做都督。陈独秀会站在谁的一边？论关系交情，自然是柏文蔚更深，否则柏当上都督后也不会请陈独秀正式担任都督府秘书长，但陈独秀是孙毓筠请回安庆，背之亦为不义。陈独秀没在都督府待多久，就辞职去办安徽高等学校，让人怀疑跟他在孙柏之争中难以自处有关。

柏文蔚也有难言的苦衷。“岳王会”解散后，他去南京入伍，曾做到第九镇三十三标二营管带。武昌事变后，柏文蔚从奉天南下，策动第九镇统制徐绍桢起义，攻打南京，立下大功，被任为第一军军长兼北伐联军总指挥。他本不必回安徽与孙毓筠争这个都督。

怎奈南北议和，终于告成。北伐梦想成为泡影，柏文蔚驻军浦口，位置十分尴尬。盖因此时张謇等人，实在难以容忍江苏境内驻扎着安徽、浙江等多省部队，提出“苏人治苏”的地方自治口号，客军难于存身。正好此时黄兴命柏文蔚率军护送孙毓筠回皖，清除地方势力。柏文蔚自觉论革命资历，论掌握实力，他都远在孙毓筠之上，动动都督的心思，很正常。

柏文蔚自己的回忆录里，将这一场争夺写得十分堂皇：孙毓筠不断请柏入皖，甚至说出“病在垂危，二子托孤”之语，柏文蔚推却不过，来到安庆，发现孙在骗他。柏文蔚说，孙毓筠的用意，是想请他代理安徽都督，孙自己可以乘机入京，与袁世凯接洽，“另谋其他之出路”。孙毓筠是如此渴望进京，以致不等柏文蔚同意，便致电北京，请袁世凯任柏文蔚为代理皖督，进一步更“运动皖省商民纷来浦口请求回皖主持皖事，代理都督”，于是柏“不得已从之”，后来柏文蔚还几次辞职，要把都督还给孙毓筠。（《烈武先生革命谈话》）

柏文蔚进行这段回忆谈话时，洪宪复辟早已结束，孙毓筠作为“筹安会六君子”早已臭名昭著，所以柏文蔚怎么说孙与袁世凯勾结也没关系。试想袁世凯能给孙毓筠什么样的“出路”，比做本省的都督更有吸引力？筹安会成员中的老革命党，如胡瑛，如李燮和，哪个不是被本地同志排挤得无处容身，才去北京投靠老袁的？

因此另一种说法可能更靠谱：柏文蔚一面放出风声，扬言孙毓筠吸食鸦片，白天不办公，不见客，一面又秘密求黄兴转请孙大总统派他为安徽都督。孙文回答说，柏文蔚、孙毓筠都是革命同志，又是安徽同乡，让他们自己商量。

于是柏文蔚仿张謇故智，提出一个口号叫“皖人治皖”——奇怪，孙毓筠也是安徽人，还是望族，他当都督难道不是皖人治皖？这里有个说道。柏文蔚对人说，孙毓筠只是刘阿斗，真正的诸葛亮是韩衍，都督府实权握于韩衍之手，这个人是江苏人，怎么能够治理安徽？孙毓筠任用外人，因此不配做安徽都督。

一时间，安庆城的目光都集中在这个江苏人身上。

奇士韩衍

韩衍光复前在安庆城中便颇有名气，他四十多岁，以乞丐身份出现，“身材短小，常穿一套褴褛布衣，面部黧黑且多斑点，头发蓬乱，胡须满面”，这副尊容在安庆丐帮中倒不算特殊，不过他带着个二十几岁的漂亮老婆林红叶，不免引得旁人侧目。

光复前，这对夫妇就在萍萃楼摆书摊，组织了一个读书会，自办一份《安徽通俗公报》。光复后，他们搬到同安岑街，韩衍此时开始张扬起来，漆红了大门，自题门额为“红叶诗馆”，两旁的对联写着“盘古第二，乞丐无双”。

于是韩衍夫妇的秘闻渐渐被传播出来。韩衍是江苏丹徒人，自幼家贫，立志向上，考入江南高等学堂，因为闹学潮被开除。那时南通张謇正在江苏，颇为赏识，收入门下，后来又介绍韩衍入北洋幕府，任督练处文案。此时大约韩已经是同盟会员。

关于他为何脱离北洋，有两种说法。一种是说韩衍在保路运动中，反对袁世凯派兵南下弹压沪杭甬铁路风潮，上书朝廷，攻讦袁“植势力于东南，居心叵测”。韩衍知道此举定会触怒老袁，上书后立即出走，经过直隶总督杨士骧转荐，到安徽巡抚冯煦幕中，继续当文案。

另一种说法则刺激得多。据说韩衍的文采，袁世凯也很赏识，令其教公馆里的使女识字，韩衍乘机拉拢了一名使女，要她注意偷听袁世凯的日常机密，尤其与革命党相关者。后来孙毓筠在南京密谋革命被捕，案子里涉及韩衍，两江总督端方密电袁世凯询问。韩衍与使女知道事败，便学那李靖红拂的故事，结伴逃往日本。韩衍给使女起名红叶，两人结缡。这年韩衍四十二岁，红叶廿四岁。

韩衍在光复前，以舆论家著称，主持《安徽通俗公报》，继陈独秀《安徽俗话报》之后，一面宣传革命，开启民智，一面揭发政治黑幕，批判官吏弄权，尤其是反对出卖铜官山矿权给洋人，颇遭人忌，居然导致韩衍遇刺，身中五刀，却没有死。

他的政治才干表现在浔军之乱后，彼时朱家宝已出走，吴春阳死难，李烈钧也不肯接这个乱局，安庆处于权力真空状态，韩衍挺身而出，发起组织“皖省维持统一机关处”，由前军政府的军政、民政、财政三部合成，韩衍出任秘书长，成为事实上的安徽都督。韩衍在机构发起文中说：“一线共和，萌芽于此，至以吾皖三千万人之生命财产为个人都督的代价，同人等不忍为也。虚此一席，以待完全会议成立，再行推举贤能，适合共和性质，如渝此盟及其他之丝毫图利者，我四万万人共诛殛之。”

待得孙毓筠就任，仍然很信重韩衍。陈独秀虽是孙毓筠旧友，恐怕在都督府中还没有韩衍得势。这时韩衍又发起创办了一张日报《安徽船》，有人说韩自任社长，陈独秀是总编辑，如是实情，两人关系当还不错。然而也有人，如张啸岑，说陈独秀眼光很高，瞧不起韩衍。

当时安庆说韩衍坏话的大有人在，说他说话杂乱无章，骂人不讲分寸，说他操纵都督，揽权自为，“说好可称他为‘革命志士’，说不好则是‘文化流氓’”。这种处境难免让人心中悲凉，韩衍创办的《安徽船》今日已无存，我们只知道他在创刊号上刊登了一首赠报社同志的诗：“怀宁驿口浪滔滔，万马声中茅一篙，寄语诸君须坐稳，前途月黑正风高。”

而韩衍最天才，也最为人忌的事业，不是办报，而是组织青年军。

韩衍身历安徽光复全过程，目睹同志吴春阳的惨死，他当然看出问题的症结何在：革命党人没有自己的军队。从武昌到上海，从滦州到通州，革命党人一直在尝试“运动”新军起事，或收编会党，但这些军队没有精神上的指引，也没有严密的组织，他们很容易溃败，很容易离散，也很容易腐化。

张謇与袁世凯对韩衍的赏识，并不是对一个诗才甚好的文学青年的赏识，他们都认为这个年轻人是大时代的奇才。他果然是。

韩衍以陆军小学、测绘学堂与尚志学堂学生为中心，成立了青年军。他不要新军，也不要会党，更不要专意吃粮的兵油子，这一点他倒是与对手柏文蔚心意相通：要保持革命队伍的纯洁性。

青年军初创时有七八百人，分为三个大队，每大队设大队长一人，军监一人。三大队之上，设总队长和总军监各一人。

军监是什么？听上去很像古代的监军，其实军监“掌理军中政令和文化教育事宜”，也就是后来北伐军中的党代表，工农红军中的政治委员那个角色。

韩衍自任总军监，三个大队的军监，都是为时论所重的文化人，如易白沙。

青年军的军旗，既不是铁血十八星旗，也不是五色旗，而是红底上缀一大大的黄色“人”字，以示军队奉行人道主义。

韩衍每星期向全体队员讲话两次，并著有《青年军讲义》十四讲，每人一册。每个学员入伍时要填志愿书，要求服从纪律，立志献身革命。

韩衍对青年军的训话里，反复说到“志士未尝不用钱，但是志士的钱要大家用，志士未尝不吃饭，但是志士的饭要大家吃”，青年军中从上到下，每人每月八块大洋的津贴，“吃饭是上下一样，并且要轮流挑水、买菜，有时还要集体劳动，做一些打柴、修路工作”。

韩衍还专门为青年军办了一份刊物叫《血报》，发刊词说：“以言破坏，则血洗乾坤；以言建设，则以血造山河。公理所在，以身殉之，则以血溅是非。”

可以说，韩衍打造了一支真正意义上的现代军队。袁世凯小站练兵，北洋军装备不可谓不精良，但说到理念推行，不外是“效忠皇上，报效大帅”的旧伦理。对于一名有知识有文化的现代士兵，这种价值观远不足让他效命沙场，进而实现人生意义。

这支青年军直接隶属都督孙毓筠。可惜，韩衍没能看到及锋而试的一天。

民国元年 2 月，孙、柏之争进入白热化阶段。柏文蔚既然高调提出“皖人治皖”，那好吧，由高语罕等人牵头，一群名流“联名邀请韩衍加入安徽太和县籍”，并在安庆北门醒民戏院召开“欢迎韩衍入籍大会”。

成了安徽人的韩衍，在《安徽船》上连续撰文，大骂柏文蔚不思推翻清室，反而抢夺地盘，一心升官发财。柏文蔚也不示弱，吩咐手下文案大发电报，与韩衍互相攻击。（我猜柏文蔚麾下那些笔杆子，定然骂不过韩衍。）几天下来，韩衍将来往电稿，编成《五日交涉记》，印成小册子向外散发。这带有法国大革命色彩的手段彻底激怒了柏文蔚。他认识到自己虽有兵权，但孙毓筠有韩衍，韩衍有《安徽船》与青年军，争夺都督将成画饼。

柏文蔚派出了自己的本家侄子柏若浩，在“红叶诗馆”附近刺杀了韩衍。果然，孙毓筠失去韩衍，再无力与柏文蔚一争雄长，只好让出都督位置，跑到北京去坐冷板凳。

柏文蔚上台后，立即停办《安徽船》，解散青年军，还当众焚毁了“人字旗”。然而，最后几期的《安徽船》上，刊出了《呈报韩君事迹并请旌恤文》，中云：“韩君以乞丐生涯，尽国民义务……其停辛伫苦，牺牲国事之劳，实不在熊成基、范传甲诸烈士之下。”此文的执笔者，有人说便是将任都督府秘书长、据说不太瞧得起韩衍的陈独秀。

非常时代，死人很寻常，纵然是韩衍这样有过大影响的人物。二次革命一起，袁世凯任用的安徽督军倪嗣冲攻占安庆，谁还记得这个破衣烂裳满面胡须的小个子江苏人？或许被解散的青年军学员手里，还遗留着他亲撰的《青年军讲义》，上面写着“彼以一死赴将军之命令，我以一死争世界之是非……且自家一身于身外，即世界主义之起点”。

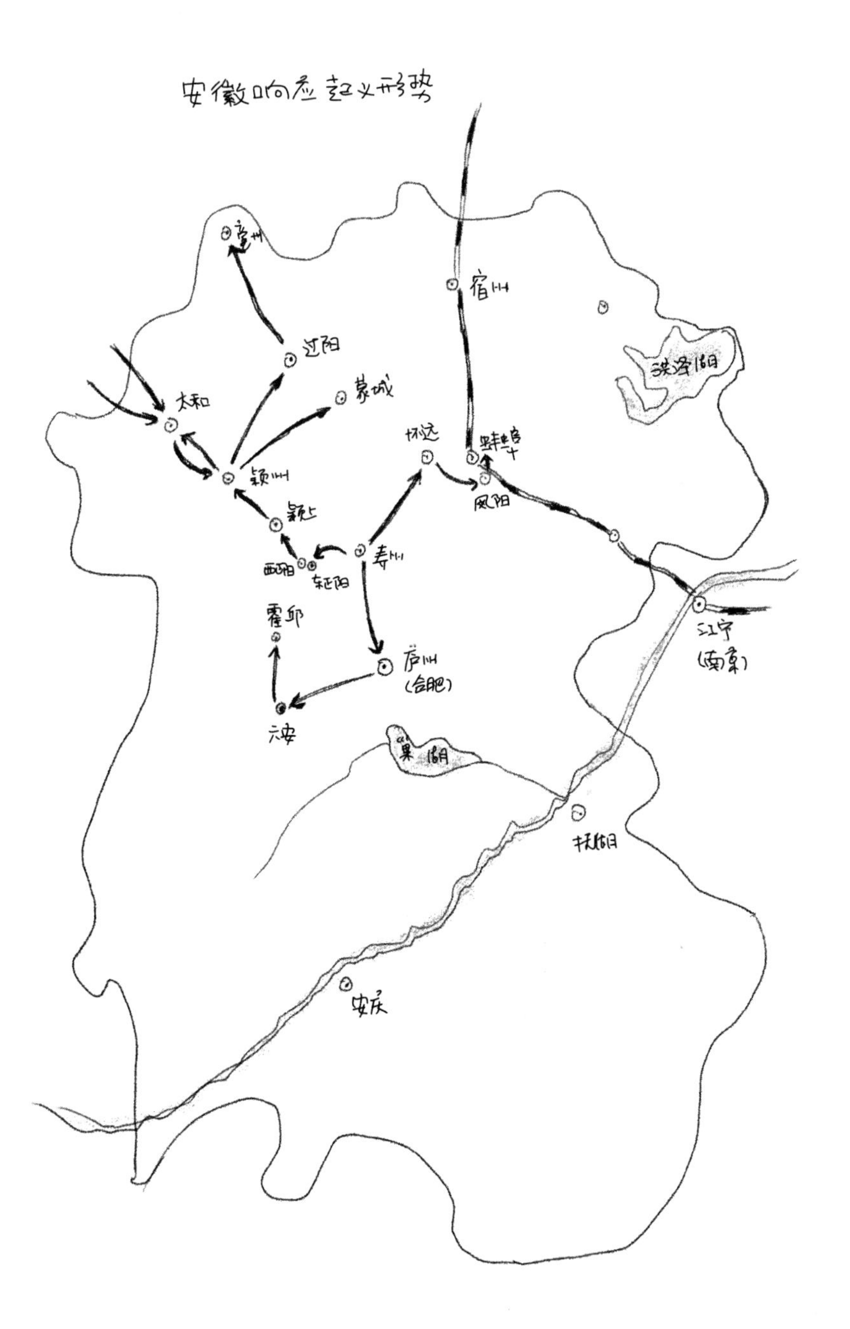
安徽响应起义形势
亳州
宿州
洪泽湖
过阳
蒙城
太和
颍州
怀远
蚌埠
凤阳
颍上
寿州
西阳
正阳
霍邱
庐州
(合肥)
六安
巢湖
江宁
(南京)
芜湖
安庆

列强围观下的战争

议取登州

“子鉴，你还记不记得光绪三十一年，你从日本归国，我们开登州同乡会，就在会中订交。你回日本时，留了三本书给我？”

“如何不记得？我就是那年介绍你加入同盟会的……那三本书是……《革命军》，还有章行严编的《黄帝魂》……还有一本是，是……”

“《三十三年落花梦》！”

“对！哈哈哈……”

“光绪三十三年你又回国，来杆石桥学堂访我，正好碰上学部侍郎清锐来鲁查学，前后任的提学使载昌、连甲陪着他。你望着堂上三人，怒不可遏，低声问我敢不敢血溅五步，杀此异种！记得么？”

“记得，记得……你当时吓得拿手把我的嘴堵住，骂我孟浪，我反骂你‘畏难苟安’，只挂记着老母幼女……”

“不错，当时你怀里揣着六轮手枪，立时便要出手。子鉴，杀三个满洲学官儿，于大事无补，但如果真干了，你我只怕等不到今天了……”

“汉尘！你倒说说看，今天又该如何？”

“你心里明白，你到登州来访我，就是为了这件大事……子鉴，今天是辛亥年十月十一，海内滔滔，全国廿省已非满清所有，满奴命运告终，即在目前。只可惜我山东独立未及两旬，就宣布取消独立……”

“孙宝琦是袁世凯和奕劻的儿女亲家，他怎么肯真独立？这也是意料中的事。”

“可是山东无事，直隶即不敢动，北都小朝廷就可以高枕无忧！子鉴，你是同盟会山东主盟，孙中山先生对你有厚望，我们当尽力一搏，给袁贼当头一棒！”

“说得好！汉尘，我久在国外，省内形势不如你熟。你说，该当如何下手？”

“你我都是登州人，当然知道本地自明以来，即为重镇。戚继光当年把水城炮台一直修到了丹崖山下的水上，人称‘海上长城’。袁崇焕经营辽东，以毛文龙守登州，以为犄角之势。甲午之战，日寇取威海，也是先以海军袭登州。所以我们当先从水上取登州，再攻黄县、莱州。你家是黄县的，当然知道黄县富绅巨室，商店林立，军费可以从那里筹集。到那时，胶东就可以与辽东联成一气！听说孙中山先生已经任命蓝天蔚为关外大都督，我军占据登州，与旅顺、大连、海城一衣带水，号召关外健儿，一鼓作气，可以直指京师！子鉴，你如果同意我这个计划，我们立即就可以着手，男儿热血，正要洒在这种时候！”

“汉尘，汉尘，果然胸中有百万甲兵……我没有看错你，走，今夜我们就要拟出取登州的方略来！”

1911年12月1日，山东同盟会主盟徐镜心（字子鉴）在登州华提士药房，与同科秀才、烟台东牟公学教员孙丹林（字汉尘），加上当天加入同盟会的药房主人柳仲乘，三人喝着辽阳白酒，筹划攻登州的方案。

子鉴，你说说，烟台是怎么回事？

独立如昙花一现

山东的事儿，得从济南说起。

平心而论，说各省革命，山东"寂然"，是不对的。山东的问题在于巡抚孙宝琦固然无心独立，谘议局又很不得人心，地方各势力的博弈缺乏制衡，很容易失控。试看取代谘议局的"山东全省各界联合总会"，居然举出一个在外宦游多年、11月2日才应邀回乡的前静海知县夏溥斋当会长，足见会中本地各方势力是如何颉颃不让。

早在11月5日，徐镜心就代表同盟会在各界座谈会上提出《山东独立大纲》七条，这七条决绝无比，不仅要"与满清政府永远断绝关系"，号召"凡我同胞，对于满清均有复仇之义务"，"满清课税一律停止交纳"，对于不听各界联合会调遣的军警团练，"与满贼一体仇视之"，虽然声明了"对于外国旅游绅商，均负保护之义务"，但言明山东之土地财产"无论抵押给何国、借何款"，"概不承认"。山东旧势力根基既深，德、英、日等外国利权复重，这个独立大纲若公开出去，顿时就会激起轩然大波。

经过所谓"和平派"的反复修正，交由孙宝琦代奏朝廷的"八项要求"，虽然已经抹去了对抗色彩过浓的条款，但仍然显得非常激烈——辛亥年，北省的革命诉求往往比南省更为激进，原因多种多样，如受压迫盘剥更深，利权外溢更甚，而最主要的一点，是绅商阶层于对立双方（官吏、革命党）的制约能力都不强，往往成为双方都可以凭借暴力压服的对象。

这八项要求是：

一、政府不得借外债充军饷，以杀戮我同胞。

二、政府须即速宣布罢战书，无论南军要求何条件，不得不允许。

三、现驻在山东境内之新军，不得调遣出境。

四、现在山东应解协款饷及节省项下，暂停协解，概留为本省练兵赈荒之用。

五、宪法须注明中国为联邦政体。

六、外官制、地方税，皆由本省自定，政府不得干涉。

七、谘议局章程，即为本省宪法，得自由改订之。

八、本省有练兵保卫地方之自由。

会议并声明，如清政府三日内不答复，山东即宣布独立。

这八项要求，看得孙宝琦直摇头。如果清廷居然答应八项要求，那么它所受的限制，比山东直接独立还要严厉得多：政府不仅失去了山东的立法权、财权、兵权，而且要用宪法确定山东自治的合法性，还必须任由南军提出要求，且不得借外债。说句笑话，这比列强以往各种令大清丧权辱国的条约还要严苛。山东人这是自己把自己变成了人质，用来要挟朝廷。

经过绅商代表们苦劝，孙宝琦才同意将此条款代奏。

朝廷果然在三日内就有了答复。很显然，清廷并不愿意在这个时候失去山东，它的分条回复极为缓和：第一条，外债已交资政院公决缓议，确无以山东土地作抵之说（这是山东人的一块心病），决不作为军饷之用。第二条，朝廷已宣布罢战，南军将来提出的条件，将征集各省意见，如意见相同，即可照准。第三条、第八条照准，已有电谕停止调遣。第五、六、七条，应先在宪法中规定，将来讨论宪法时，会“征集各省意见共同议决”。

应该说，朝廷对山东做了很大的让步，能同意的都同意了，第五、六、七条涉及的官制、立法权、税权，如果将来是立宪政府，自然应该由宪法确认，如果仍然是专制政府，它同意这三条，则无异同意山东独立。不作答复，委之将来，也是没有办法的办法。

然而革命热情已经燃起的山东人大为不满，认为清廷是在不负责任地推诿敷衍，“山东独立”之声再度高涨，连日开会，推动此事。孙宝琦也看出来了：不独立一把，过不去这关。而且第五镇新军也已倾向独立，这种关头大家都得听枪杆子的。他虽然口头对联合会代表称“惟有以身殉职，纵令不死，也不能领着大家独立”，私下却急电内阁：“万不得已，拟即组织临时政府。凡用人、调兵、理财，暂由本省自行主决，不复拘守部章与约，为保本境秩序、不予战争，一俟大局定后，中央政府完全无缺，即行撤消。”

孙宝琦很快就兑现了他的承诺。山东于11月12日宣布独立，11月24日又宣布“取消独立”，一共才十二天。如此倏起倏灭，考其缘由，第五镇新军内讧应占首位。军中反独立一派渐占上风，这事的背景是11月16日袁世凯出山，组织内阁，一纸令下，第五镇里的亲袁派全部超升，权力结构顿然改变——莫要忘了庚子之前袁世凯就是山东巡抚，培植的势力遍及山东。

山东离北京太近，鲁省绅商大抵唯旅京大佬马首是瞻（这也是为什么夏溥斋会当选联合会会长的重要原因），山东独立之后，旅京山东同乡“非常震惊怨恨”，认为山东根本没有独立的资格，通电反对之余，还要求清廷速派重兵，戡定大乱。北京同乡的反应，影响山东人心不小，当反对独立的“山东全体维持会”成立后，联合会连夜开会商讨应对之策，意见却大相分歧。革命党人主张按独立时的公告，参加民国军政府，就地组织武装暴动，原谘议局成员却主张北上晋见袁世凯，请这位前巡抚向朝廷进言，平息山东乱局。意见南辕北辙，联合会就此解体，各行其是。

外人插手了

济南取消独立了，可是烟台还独立着呢。

革命党人的主要活动范围在胶东，又分为两块：一是以烟台为中心的登州、黄县、文登、荣成、威海等沿海地区；一是以诸城为中心的青州、高密、即墨、胶县等胶济沿线地区。

胶济沿线的革命受到了在山东势力最强的德国的抑制。清末革命党在青岛这个德占自由港活动，较之内地方便，但一旦进入政权争夺阶段，德国人的态度马上鲜明起来。青岛的震旦公学是同盟会中心据点，清政府一直无法下手摧毁，却于12月14日被德国胶澳总督下令强行关闭。1912年1月28日，即墨被革命党攻占，宣布独立，青岛德国当局立即派出一百三十多人的骑兵队来即墨，声称根据条约，租界外百里内驻军，快枪不得超过五百一十支，民军也不能违反此约。

官司一直打到南京临时政府。孙中山回电，要求即墨民军“照约暂行退出，候本部与德国商定再行办理”，这一来等于绑住了胶济线革命的手脚。而德国当局明守中立，暗里却知会新任山东巡抚张广建，请清廷派兵收复失地。当袁世凯派北洋军入鲁时，德国控制的胶济铁路向他们完全开放。在清兵猛攻之下，即墨、诸城得而复失，诸城知县吴勋更是连城都没出，躲在德国神甫顾思德的天主教堂中。民军为恐引起外交事件，明知教堂匿藏清吏，也无可奈何。

德国人对清政府的维护收到了回报，清廷退位之后，青岛租界成为遗老们首选的逋逃薮。恭亲王溥伟、军机大臣那桐、邮传部大臣盛宣怀、东三省总督赵尔巽、直隶总督陈夔龙、两江总督周馥、云贵总督李经羲，除了没皇帝，青岛租界几乎可以建立一个流亡政府。

相比之下，烟台举事较早（比山东宣布独立还早一天），那正是袁世凯晦藏不出、整个北方风声鹤唳的当口。参与烟台起义的人里，除了几名外地来的革命党人，有警卫队管带、海防营管带的内弟、英国领事馆秘书、《渤海日报》主笔、尚志学校校长，还有太古船行的几名职员。他们向上海报告独立消息时，自称“十八豪杰”，就是这么十八个人夺取了海滨重镇烟台。

说来可怜，十八豪杰的军火，拢共只有一把十三太保枪（美国雷鸣登公司生产的转轮卡宾枪，共可装弹十三发，故名）和五把手枪。别的人怎么办呢？有拿手枪的，有拿炸弹的，反正人人都有手帕，手帕包着小笤帚，就是手枪；炸弹更容易，烟台产什么？大苹果！拿手帕包上，一手一个。

他们扑向海防营，海防营有内应（就是那位管带的内弟）放火。一见火光，豪杰们就在火油桶里点燃两万头的爆竹，一边拎着一边大喊“革命大军来了”，只听噼啪作响，烟尘弥漫，吓得警卫纷纷逃遁。革命豪杰攻占了烟台大清银行，发现了库里一堆钞票和现银，于是又到处大喊“各军警发饷一个月”，这下更没人抵抗啦。烟台道台徐世光，是徐世昌的弟弟，逃进了海关税务司英国人安文的公馆。

烟台如此轻易地陷落，让安文大为恼火。他在 11 月 22 日给总税务司安格联的信里说：“现在已经知道，此地的革命政变完全是由十八个本地的冒险家利用时机和人民激动而恐惧的心情搞出来的。他们不是革命党员，也不是决死队，他们没有接受任何人的命令，革命党首领也不认识他们。他们全是无能的废物。”

安文的信息来自王传炯，新任烟台临时军政府总司令。王传炯本是兵舰“舞凤”舰舰长，有人说他是应道台徐世光之召，从天津赶来增援，王则自称是带兵舰来烟台过冬而已。不想到了烟台，正赶上了独立大会。十八豪杰都没什么领导才能，发现王传炯一表人才，还会用中英双语发表演说（他在英国海军受过五年训练），一致拥戴他当领袖。

王传炯向安文抱怨十八豪杰不断向他“要地位、要薪水，使他经常感到受威胁和为难”。而革命党人也对王传炯不满，说他排挤有功之臣，而且与孙宝琦暗通款曲，在革命问题上首鼠两端，“见起义军打败仗，就挂出龙旗；及闻有一省宣布独立，则赶换白旗”。他们致电上海，希望正在那儿的徐镜心回烟台主持革命。

徐镜心回烟台后，发现胶东的局势变得非常危急。山东取消独立后，南京方面非常重视依然独立的烟台，因为“全省唯有烟台一隅尚全在吾民军之手”。孙中山与陈其美先派出刘基炎率兵三千，组成北伐先锋队赴烟台，又从福建调军接续增援。东北陆军第二混成协协统蓝天蔚被任命为关外大都督，自上海率“海琛”“海容”“南琛”三艘军舰赴烟台。南方政府明显要力保革命党在北方的唯一飞地，为此动用了所有可动用的力量。

袁世凯当然也难以容忍这根肉中刺的存在，他派张树元为胶东兵备道，带一旅北洋军进驻莱州，派叶长盛为登、莱、青三府镇守使。南北双方在此摆明车马，大战在即。

不夸张地说，烟台此时吸引着世界列强的目光。烟台独立前后，英国、日本、美国、俄国都将军舰驶至烟台海面。英国军舰替清军运送弹药，俄国与美国都向清政府提出了“登岸”的要求。列强的态度非常明朗：他们的利益不容侵犯。而要保障他们在山东的利益，一个已经证明相当听话的清政府，总胜于一个充满未知的新政权。

这期间最大的交涉事件，是1月18日民军赶走文登知县岳宝树后，又派人前往威海卫逮捕了巡检赵定宇，可能是要逼问他一些机密。赵定宇与英国威海卫总督平日交情不错，总督一听说赵被抓，立即带着一名警官和一小队警察，冲入威海城，把赵定宇救了出来。

事后威海卫总督“用一份冗长的函件向殖民部汇报了这件事的来龙去脉。这份报告自然令伦敦方面震惊不已，不可想象一位英国官员带领一支武装护卫队进入中国领地将会带来怎样的结果”，但总督没有受到任何处分，反倒因为反应之快速得到了表扬，伦敦方面只是担心大英帝国子民的安全受到威胁。

这位受到表彰的总督，便是日后的“帝师”、钦赐头品顶戴庄士敦。他的传记作者评论：“庄士敦显然还没有觉察到他是如此轻易地挑起了一场国际事端，但就算他早已意识到这个问题，也不一定就会改变行动。”（《回望庄士敦》）

双方对峙，列国围观。东海一隅，密布着战云。正如孙丹林分析的那样，民军要想站稳脚跟，进图山东，必须打通与海上的联系，与南方保持通畅的交通，同时就地筹款募兵。因此，必须夺取并保住登州！

黄县保卫战

1912年1月13日午后，华提士药房掌柜柳仲乘，收到孙丹林从大连发来的密电，只有五个字：“翰，全眷到，孙”。

“翰”是韵目代日，指代“十五日”，起义敢死队将于1912年1月15日到达；“全眷到”意味着来人数目超过一千；“孙”不只是指发报人姓孙，它是百家姓排序第三位，表明到达时间是寅时，即凌晨三点到四点。

孙丹林带来的部队有在东北招募的死士，也有一支叫“广东北伐十字军”的部队，队员都是青年学生。队伍中甚至有好些日本人，如《芝罘日报》的记者仓谷箕藏，还有桥本、北大、石井、粟田等，大都是徐镜心在日本时结交的好友。

孙丹林包下了日本商轮“永田丸”，声称直航烟台。仓谷箕藏是日本黑龙会成员，他出面买通了大连的宪兵、警察与“永田丸”的船长，让武器弹药可以顺利运上船。船至中途，孙丹林拔出手枪，逼令船长改道开赴登州。

果然如孙丹林的计划，15日凌晨四时，五人敢死组冒险登陆，突袭水城。水营统领王步青还在睡梦中，已被俘虏。紧接着柳仲乘打开登州北门，民军大部队进城，满街加贴四言告示，登州光复。

按计划，紧接着就是攻打黄县，新任都督连承基亲自领队，徐镜心也同往。刚出登州，前哨来报：黄县知县听说登州失陷，已弃城而逃。连承基哈哈大笑："我以东北健儿攻打清兵易如反掌，你们静听好音罢。"他是营口大商人，也是东北绿林巨擘，此次出资在旅顺购快枪七百支，被众人推为山东都督。

掖县大商人邱丕振劝他："清兵有个标统玉振，在日本士官学校与我同学，擅长炮术，素为良弼所倚重，我民军只有七百余支枪，请都督不要轻敌！"邱丕振与宋教仁在日本结为好友，此次毁家举义，还亲身参加了敢死队。但连承基根本不采纳他的劝告。

在黄县成立了新政府，连承基立即命民军向西进发。果如邱丕振所料，在城西三十里的北马，迎头碰上了玉振！更没料到的是，玉振带的不是一标（营）人马，而是整整一个混成协（旅）！有大炮、机枪，而民军只有步枪、手枪与自制炸弹。连承基与徐镜心只好急退回黄县县城。

连承基急电南京陆军总长黄兴求助，南京电令驻在烟台的沪军司令刘基炎率军二千往援。1月24日沪军抵达，25日沪鲁两军联手出击，在北马痛击清军，黄县之围遂解。

接下来却是革命军内部一连串的龃龉。先是在北马作战时，沪军抓到了两个行人，怀疑是敌探，送到都督府羁押。连承基大言在先，突遭新败，心情郁闷之极，一听说"敌探"，审都未审，就将两个行人枪决，并公告示众。沪军返城后听说此事，刘基炎大发雷霆，说如此滥杀，简直是有意破坏北伐沪军的军誉。

连承基的“东北健儿”很多是大连的绿林好汉或浮浪子弟，军纪确是远比不上有正规训练的沪军，但刘基炎也有些借题发挥。只因黄县之围初解时，全城感戴，连承基曾放话说要将山东都督让给刘基炎。后来这事却不提了。刘基炎觉得连承基出尔反尔，不免怀恨。

两人越闹越僵，刘基炎索性让沪军撤回了登州。清军复攻黄县，在守城问题上连承基与徐镜心又发生了争吵，两人命令互相抵触，部下无所适从，疲于奔命，闹了两三天，许多士兵竟在守城时睡着了。清军乘夜登城，黄县陷落。

这一仗中，仓谷手下的桥本战死于黄县北门。又一个为中国的革命牺牲的日本人——还记得天津起义中被炸死的谷村吗？

黄县城破前，副民政长王叔鹤写了一封急电，通报全国，堪称泣血之作。电文中说，黄县自江日（1月21日）以来，“无日不在战争状态”。连承基说部队刚从大连来，兵少械单，于是在城内筹款两次——前面说了，黄县素称富庶，为救危难，筹集款项应该不在小数。这些钱交专人往大连购买枪械，不料超过一个月，“枪不至而人亦杳然”，最近才听说去的人逍遥大连，纵情烟花。这是城破的原因之一。

刘基炎率军来援，黄县父老感激涕零，供给备至。原以为同是革命军，理应同仇敌忾，谁料刘、连二人，大生分歧，刘军竟就此班师。“以三军之司令，等群儿之抛惰，掷全城之生灵，睹二人之闲气！”王叔鹤走笔至此，其悲愤为何如？

更有第三桩可恨之事。蓝天蔚率领三艘军舰抵烟台，登州军政府电请支援。舰队回复说需要犒赏费三万元。“海琛”舰已经到了龙口湾，因为犒赏费一时凑不齐，舰队并不登陆。徐镜心曾乘舢板出海，希望能说明缘由，因为风大无法靠近军舰，写了信想射上舰去，又被风吹到海里。等到六七天后，款项筹足，风平浪静，“海琛”舰已经悄然驶回烟台。

后来苦守黄县的军官张静斋遇见了蓝天蔚的参谋张明远，问他当初何以“海琛”舰如此小气？张明远说：“蓝都督胆小如鼠，‘海琛’停泊龙口，难道莱州清兵叶长盛还能给劫去不成！”又叹道：“蓝都督就是这样！和滦州已期会好了，只要陆地再发动，海军即立即驰援，而滦州发动了，蓝偏迟迟不行，牺牲了好多同志！”蓝天蔚与吴禄贞、张绍曾并称“士官三杰”，于三人中成就最微，跟他的这种性格不无关系。

王叔鹤的电文最后说，黄县被围已经三日，“飞电告急，而云霓无望”，他作为司民官，已经做好了与城共存亡的准备，只是“殊不意我革命中人，其贪婪突梯，亦犹吾大夫崔子，一何可叹！”“犹吾大夫崔子”出自《论语·公冶长第五》，崔杼弑齐君，齐大夫陈文子弃车乘而去，至他邦，则曰：“犹吾大夫崔子”。王叔鹤的意思：什么革命党，贪财任气，还不是跟清朝官吏一个鸟样！

2月11日，黄县在困守廿二日后，终于全面陷落。连承基与徐镜心候援不至，被迫退走。打得红了眼睛的清军开始洗劫这座城市，而它最后的守护者王叔鹤，被绑在城西圩子门外一棵松树上，凌迟脔割、剖心剐胆而死，横尸街头数日。

大家都知道，就在第二天，宣统发布了退位诏书，大清帝国终结。烟台的沪军复又向黄县挺进，清军弃城而逃，临走前将俘虏的民军廿八名官兵，尽行处死。又过了几天，袁世凯被选为临时大总统，派来了新的山东都督周自齐。烟台军政府撤销。围观的列强也各自散去。

清军进城时，王叔鹤避往“西悦来”丁家花园，被丁家一个小伙计看见了。王叔鹤给了他一块大洋，叫他不要声张。晚上，小伙计回家，父亲发现他身上有大洋，逼问出实情，不敢隐瞒，报告家主。丁家也不敢隐瞒，报告了清军。

南北统一后，由一些革命党人出面，责成丁家出一笔钱，作为给王叔鹤的抚恤金。王家不要这笔钱，捐给了莱园泊学堂，盖了座小楼。这座小楼，到20世纪50年代，还在。

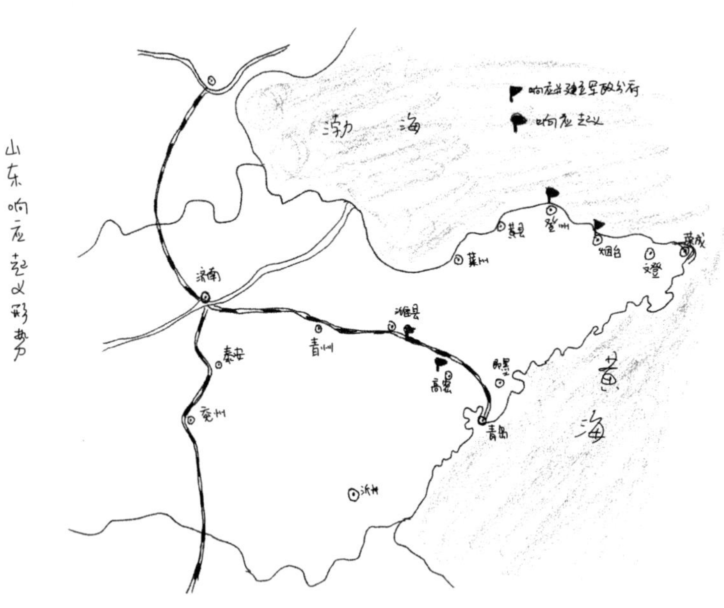

大清了，民国了

新的新年

1912年1月2日，中华民国临时大总统孙文向各省都督发出通电："中华民国改用阳历，以黄帝纪元四千六百九年十一月十三日为中华民国元年元旦，经由各省代表团决议，由本总统颁行。"

几乎所有省份在独立后，都立即改用了黄帝纪元，不过，历法还是阴历。南京临时政府成立后，孙中山力主废阴历，用阳历。改元正朔，本是改朝换代的惯例。不过改用"西历"，还是引起了很大争议。表面上的理由，大抵是夏历已用了两千年，何必轻改？反驳者则说西历"进于世界大同"，而且更符合轩辕黄帝"以冬至为岁首"的原则云云。

私下的说法就多了。有说孙中山本人是基督徒，又在西方受教育，所以坚持用洋历法；还有人怀疑，"黄帝纪年"是章炳麟核定的，孙黄系竭力反对，会不会要跟光复会别苗头？

不管怎么说，孙中山声称，如果不用新历法，他就留在上海，不去南京就职。这种时候自然就有人出来斡旋。不过中国人一向讲名正言顺，历法并非小事。僵局始终没有打破，直到1911

年的最后一天。

这一天各省代表联合会议开会讨论历法，据吴铁城回忆，“至深宵才算决定，即连夜电复总理”。孙中山接电后，立即启程，不过他的专车“沿途城市都有地方官吏军队迎送”，开得很慢，一行人赶到南京时，“天色已黑”，总以为就职典礼至少要明天了。临时总统秘书任鸿隽吃过晚饭，倒头便睡，次日清早起来，才知道大总统就职典礼已经举行过了。(《记南京临时政府及其他》)

孙中山显然刻意要在1月1日这天就职，以完成民国改元的象征意义。因此尽管已经入夜，尽管路途疲惫，他仍然坚持立即举行就职典礼。等到各省代表聚齐，已是夜里十点。典礼时间当然不可能太长。最遗憾的是，南京一时间找不到镁光灯，典礼竟未能留下一张照片。

抛开历法之争，手创民国这样的大事，还是足以让当事者兴奋莫名。夜深人静，也没有足够的车辆，“各代表在半夜里由总统府步行回三牌楼旧谘议局”，那夜的月亮很大，有人说，这样惊天动地的大喜事，不可以毫无动静，于是有人带头高喊口号，众人欢呼雀跃，有些代表干脆大声唱起歌来，沿途居民被吓醒的不少，纷纷隔着门缝往外张望，还以为南京又闹兵变哩。

就职典礼这事各省都不知道，不过改元倒是早传出去了。1月1日上午，苏州草桥中学学生叶圣陶正准备上课，有同学告诉他已改用阳历，大家都不相信（政府还没公布嘛），推出一个人去打电话问苏州军政府，那边答话说：“是的，今天就是元旦。”这个消息让这些十八九岁的中学生非常兴奋，叶圣陶在当晚的日记中写道：“今日乃吾国改用阳历之第一日，而吾之日记，亦于今日始改用阳历矣。”这时，孙中山的就职典礼还没举行呢。

叶圣陶是新政府的热烈拥护者。1月5日，他亲自动手，为父亲剪去了发辫。1月8日，苏州公立中学监督袁希洛自南京回苏，袁是各省代表联合会议里的江苏代表，也是阳历的铁杆拥趸，“阳历更符合黄帝历”的说法就是他提出来的。师生见面，分外高兴，1月9日，叶圣陶与同学们与袁先生摄影留念，大家都穿上西装，以示“咸与维新”。叶圣陶对新政府的热爱明显受到了袁希洛的影响，照完相，叶在照相馆就手买了孙中山的小像，“印工纸料皆非常精美”。

元旦没得及庆贺，真是个遗憾，叶圣陶与同学们决定庆祝“第一元宵”。经过几天筹备，到了1月15日那日，学校里彩灯遍挂，旗杆高竖，“悬五色国旗及校旗焉，更悬小灯十，其色一如国旗。校门以内则遍经五色灯及万国旗，门前杨树一带亦经绳而悬以灯”。不仅是草桥中学，苏州城这天也遍燃灯火，“恍入不夜城矣”，学生们循例提灯出巡后，在校门前燃放花炮，观者如堵，鞭炮声夹杂着“民国万岁”的欢呼声，“乐不可支之狂笑声拍手声，声声相应”，归途望去，家家门首，尚红灯闪闪。

民国元年的正月，于叶圣陶而言，可谓喜事连连。1月28日，叶圣陶正式从草桥中学毕业，成为一名社会人。本来他还颇为就业担心，但经袁希洛郑重介绍，苏州教育课长吴讷士聘叶圣陶为苏州中区第三初等小学教员。叶圣陶家境不宽裕，有这份教职，家困可以纾解不少。

同时，叶圣陶也与顾颉刚等朋友一起，加入了中国社会党。这个由江亢虎创建的政党发展迅猛，苏州支部1月14日成立，2月初已经发展了三百多名党员。中国社会党主张“社会主义”，党纲声明“赞成共和”“融化种界”“改良法律”“普及平民教育”等，叶圣陶他们却认为自己信奉的是“无政府主义”。

叶圣陶与顾颉刚、王伯祥等友人一同“研究社会主义”，在参加王伯祥一位朋友婚礼时，叶圣陶送的一幅贺字，被当场一位女士相中，找人介绍，把自己的侄女胡墨林许配给了叶圣陶。这可真是革命带来的又一件好事。

四十四天：交织的时光

与春风得意的叶圣陶相比，同是十八岁的年轻人，吴宓的日子可不太好过。他从北京辗转逃来上海，已经有两个月了。清华复学无望，而且随着局势的发展，好像是越来越无望啦——首都都改了地方，庚子赔款还会继续投往北京的海淀镇吗？

回归清华既然希望渺茫，学业总要继续。吴宓思量再三，终于决定与几位同乡一道，报考设在上海梵王渡的圣约翰学堂。这是教会办的学校，比较稳当，学的课程与清华也较易对接。

1912 年 1 月 29 日，吴宓与同乡到黄浦滩游逛，下午回寓时落了大雪，絮飞片片，南方的阴冷让北方青年吴宓很不习惯。当夜三点，对街的馥康里失火，迅即延烧了六七家。寄居在姑丈家的吴宓冒着雪后的冷，披衣站在弄堂口观火。“当火之时，居人号呼，警吏奔驰。火映水汽，半天空皆红色辉耀，火星四迸。而屋之焚烧或倒落，复时作劈拍震击之声”，吴宓不禁在日记里感慨：冯国璋攻入汉口时那场大火，自己虽然未能目睹，看看这场小火，也能想象当时的惨状啊。

第二日清晨，吴宓又到火场看视，火烧后的余烬，雪化后的水流，混在一起，流得遍街都是。失火的家庭，站在寒冷的户外，守着仅余的什物，衣冠不整，面色懊丧。听说，这些住客大都是避联军攻城之乱，从南京迁来的……

吴宓的故乡陕西，此时也在水深火热之中。甘肃的升允仍在猛烈地向东攻伐，《时事新报》甚至报道说西安已被攻陷。陕西多番告急。旅沪的陕西商人，连日在一品香等处聚会，策划成立救援队与运输队。《民立报》的于右任伯伯、吴宓的生父吴建寅都参与其中。

这些事轮不到吴宓管。他的头等大事是应考，2 月 5 日，四点即起，六点半出发，八点钟入考场。出乎吴同学的意外，英汉考题都相当浅易。在考场还碰到三位清华同学——看来大家对清华前途都很悲观。可惜吴宓太紧张，竟然忘了问他们的住址，不然也可以联络联络，抱团取暖。

两天后，圣约翰学堂的录取名单登在《民立报》上，吴宓与清华的两位同学都取中了。接下来是陪未考中圣约翰的表哥胡仲侯报考麦伦书院，忽忽又过了五六天，中间几次去《民立报》馆看望父亲，多见不着，只听说有“同乡败类”集会反对于右任伯伯，大家公推吴建寅去南京向于伯伯说明情况，以谋对付之策。

待得 2 月 12 日，终于见着了父亲。吴建寅告诉吴宓，圣约翰的学费不必担心，有陕西商号汇款。吴宓希望能跟父亲长谈一次，但吴建寅忙着送“豫晋秦陇红十字会”乘船往西北战场，只能向吴宓点点头：“改日吧，改日咱们谈谈。”

2 月 13 日，上海大雨。几天来都觉得身体不适的吴宓“枯坐楼中，寂寥实甚，无术消遣”，终于病倒了。吃了几粒仁丹，似乎也不管用。而且上海的冬天实在过不惯，吴宓口角冻裂，张不了嘴，吃饭说话都很辛苦，“诸种交至，益觉怅怅”。这“怅怅”中大概不包括昨日清帝的逊位、今天孙中山的辞职。

密切关注政权交接大事的上海客，是早就自许“清国遗老”的郑孝胥。他的日记自然坚持不用阳历，但人在上海，对新历要敏感得多。1912年1月1日，郑孝胥在日记中写道：“今日乃西历一千九百十二年元旦也。朝廷欲改用阳历，宜以今日宣布，闻项城有此意，竟不能用，惜哉！”

他“惜哉”的是南北所争，不在大局，而在私怨。在郑孝胥看来，“前日朝廷所颁信誓十九条，大权全在国会，政治改革之事已无可争。今革党欲倾覆王室，清臣欲保存王室，实则王室已成虚号，所争者乃对于王室之恩怨，固与改革政治毫无关涉者也。若争此而战，则所谓自乱自亡而已”。

郑孝胥觉得，南北议和尚未成功，南京方面就召集国会，决定政体，企图以此逼北京政府屈服，还自以为得计，实在愚蠢兼搞笑。“使政府在北京亦集国会，决定君主政体，亦行颁布，则如之何？”而且，“此次选举总统，止十七人，孙文得十六票，黄兴得一票，遂自称全国公举，真可笑杀人也”。

1月14日，郑孝胥在日记里怀念起故人端方来。当日端方两次来电，求郑孝胥同往四川，郑孝胥坚决不允。如今阴阳异途，总不免会想：倘若当日我去了，是不是端陶斋就可以不死？而今回头想来，有两条路：一是，未从武昌出发，先请入都，声称要密奏方略，电报发出马上启程北上，到了北京，再设法拖延，那时武昌事变或许已起，或许被平，连四川或许都不必再去，这是上策；二呢，是入川后驻兵重庆，武昌新军不稳，让他们直接赴成都平乱，自己再从陕西、贵州调兵来护，即使来不及，重庆的新军也靠不住，至少兵变时可以逃进某国领事署，也不至于被害。郑孝胥盘算了半晌，觉得端方号称满臣能员，智不足以自救，难怪清室倾覆在即……

这些话都只是在日记里说说，对外，无论是南京来人联络，还是上海领事会要反对陈其美，郑孝胥都不参与，表示“久无动静，真守中立”。

从1月1日到2月12日，中国存在着两个政权，两套历法，同时也处于“战”与“和”的十字路口。这一段交织的时光，在每个人心中留下了不同的烙痕。

郑孝胥希望南北议和成功，但国会必须在北京召开，否则“南方人民惧革党之恫喝，终不能抱定主见”，所谓主见，便是君主立宪。郑孝胥引《大陆报》上的评论：美国虽号共和，却接近立宪专制，总统的职权很像从前的英王，反而今日之英国，“虽曰君主立宪，实最有共和之精神”。

吴宓也支持南北议和，因为他的家乡陕西，正在承受着新旧两个阵营的拉锯战，只有南北实现和平，陕事才能平复。即使回不去清华，也能在上海好好念书。

叶圣陶则最激进。他赞同《天铎报》发起国事纠正会的举动，认为连“优待清室条件”都大可不必：“民国之中固人人平等，无或超出者也。清帝既逊位，则只居于齐民之列；既齐民矣，何以曰优待？优待即不平等也。”“进而言之，是谁之位而乃曰‘逊’？必待其逊，是已如受清廷之命令矣。故苟其见机而自去，则为至善；如不自去，则北伐军队在，令之肯去亦去，不肯去亦去。”（2月13日日记）不肯让位，那就打呗！

我们印象中主持语文改革、写童话的白胡子老先生，那时真是年轻啊。

1643—1912

侍卫武官唐在礼于宣统三年十一月廿四日（1912 年 2 月 11 日）接到内阁秘书处通知：明日清晨，护卫各国务大臣前往乾清宫参加接奉皇帝退位诏书的仪式。

十一月廿五日，也就是阳历 2 月 12 日，天刚亮，唐在礼与其余三名侍卫武官一道，进东华门，奔乾清宫。只见东华门外戒备森严，“象是有什么重大事情发生的样子”。后来听说是各大臣很担心，怕闯出几个宗社党来拼命，“宗社党”在北京传得很厉害，说是连袁宫保都没把握制住他们。

到了乾清宫宫门内东南角的长廊上，国务大臣们都已经到齐，袁世凯自从 1 月 16 日遇炸，便称病不朝，内阁交胡惟德代领。十名国务大臣中，满人有度支大臣绍英、工农商大臣熙彦、理藩大臣达寿，汉人有外务大臣胡惟德、民政大臣赵秉钧、陆军大臣王士珍、海军大臣谭学衡、学部大臣唐景崇、司法大臣沈家本、邮传大臣梁士诒。养心殿里，就这么十位袍帽顶戴的大臣，四名军装军刀的武官。

没过多少时候，有人来说“太后要上殿了”，大伙儿依序往殿里走，大臣们走到离宝座一丈的地方，面向宝座，横列一行排开。四名侍从武官站在他们身后。

两名太监走了出来，分站两旁，像京剧里打旗儿的。隆裕太后带着小皇帝出现了。唐在礼也顾不得什么天颜不天颜，从两位大臣的肩膀之间望过去，仔细看了看小皇帝。他后来记道："溥仪生得很清秀，只是看上去天庭虽还饱满，口鼻生得迫近，下颏尖促。我心里就想：'这个小皇上到底不是个福相。'"（《辛亥前后我所亲历的大事》）

唐在礼有机会细看小皇帝，还发此大逆不道之想，全因当日臣下没行三跪九叩的大礼，而只是由胡惟德带领着，向皇上、太后三鞠躬——这是商量了好些回才定下来的，所以隆裕也不吃惊，宣统可能有些奇怪，但他没说话。

隆裕落座之后，与胡惟德自然有一番早经设计好的对话。隆裕的大意跟逊位诏书一致，就是说希望全国老百姓早一天得到安顿，国家早一天得到统一，过太平日子不打仗，所以"我按照议和的条件把国家的大权交出来，交给袁世凯办共和政府"。胡惟德赶紧安慰几句，说"太后睿明鉴远，顾全皇室，顾全百姓"，"今后这个天下就是大家的太平天下了。敬祈太后保重，太后放心"。这种时候，在场诸人当然都不会有什么好脸色。

据说此时宫外也还有些人想阻止诏书的发布，自然被拦住了。隆裕太后这几天被袁世凯、小德张等人吓得够呛，什么路易十六全家上断头台之类的故事听了不少，此时也就下了决心，对内阁说："我们先办了这事，我再见他们，免得又有耽搁。"一旦用印，木已成舟，再反对也没用了。

饶是如此，往逊位诏书上盖印之事，仍然没有让隆裕亲自动手。倒不是怕她悲痛过度手劲不足盖歪了，而是有人担心这位太后会效仿汉元帝皇后那样，面对王莽逼宫摔玉玺，所以专设了用玺官。其实隆裕哪有这份勇气？不过也反映出大伙儿潜意识里都觉得今天这事儿很像西汉末年。

因为诏书里言明“即由袁世凯全权组织临时共和政府”，退朝之后，十大臣便直奔石大人胡同外交大楼。袁世凯早已在那里守候，外交大楼今天重重警卫，比皇宫守卫得还要森严。里面早设下一张大条案，条案中间放着一个紫檀雕花的大帖架。大楼内外人很多，但静静地都没有声息。

十大臣站在上首，袁世凯站在下首。袁世凯深鞠一躬，胡惟德将诏书递过去。袁世凯并未宣读，只是将之放在大帖架上。胡、袁两人谈了两句，仪式结束。当天晚上，袁世凯在外交大楼剪了辫子，据说“在剪的时候袁自己不断哈哈大笑，谈话中显出异乎寻常的高兴”，在袁的一生中，如此感情外露，似乎是唯一一次。

第二天，各家报纸都发表了诏书全文。警察厅用黄纸缮写了逊位诏书，供在天安门外一个牌座上，供人观览。辛亥年的最后几天，皇城内三殿与社稷坛都对外开放，任人游览，不收门票。不过游社稷坛的人多，进皇城开眼的人少。

龙旗都收起来了。北京人还不是太清楚逊位意味着什么，不过至少是不打仗了，马上就是年关，愁云惨雾了四个月，强行挤出一丝喜庆来，逛逛未曾去过的社稷坛、太和殿，也是好的。

新的国

仿佛真有天人感应，2月12日这天，上海的天气居然是“骤暖，甚有春气”。

逊位诏书，南北政府各拟有稿。北方的那份，之前几天报章便有披露，开头便说自武昌变起，朝廷已俯顺人民之请，颁布“十九信条”，“将一切政权付诸国务大臣”，早已显示朝廷“不私君位之心”。但是现在情势危急，“若徐待国会之召集，诚恐延长战祸，大局难支”，而总理大臣之权势，“对内不足统制全国，对外不足综理外交”，所以将总理大臣名目取消，改为大总统，“一切政权悉由大总统主持，其大总统即由国民公举”。

诏书稿强调说：“惟皇帝之尊严，除谢去政权外，与前定‘十九信条’无甚差异”，然后是“特命袁世凯会同南北官绅暂行组织临时统一政府，以消乱萌”。最后说“凡我军民人等，须知朝廷此举纯为国利民福，维持治安起见，一切事宜悉如其旧，万毋听信谣言，致滋纷扰”。

这份诏书稿，可以用俗谚形容，叫作“倒驴不倒架”，又叫作“鸭子死了嘴还硬”。可以想见，这种居高临下的态度，是不太可能为南方接受的。这一点，清廷中人何尝不知？所以他们最终还是采用了南方张謇主持拟定的诏稿，只是加上了“即由袁世凯全权组织临时共和政府”。这句话，有人说是袁世凯加的，有人说是隆裕太后的主意。从清廷的角度说，将政权移交给一位大臣，总比移交给“孙汶”之流的乱党，来得稳当，也来得体面。

郑孝胥直到辛亥年的除夕（2 月 17 日），才在日记中抄录了逊位诏书。在诏书之前，他写道：“北为乱臣，南为贼子，天下安得不亡！”抄完又大骂列名诏书诸大臣：“干名犯义，丧心昧良，此乃豺狼狗彘之种族耳，何足以列于世界之人类乎！孟子曰：‘上无礼，下无学，贼民兴。’今日之谓也。”

辛亥年的上海除夕，热闹倒似乎过于京师。漫天的爆竹声中，郑孝胥写道："于是乎大清二百六十八年至此夕而毕。"他有没有想到有一天会由他来逆天而行，重兴大清？大概连郑孝胥都不曾梦到，二十年后，他将站在今日紫禁城里那个六岁稚子身边，出任"满洲国第一任总理"。

而此时，青年吴宓站在上海大马路一带，看着灯火光明，听着笙歌嘹亮，"回忆昨年今夕，其情况真不可问"——去年除夕，吴宓随父亲进京考清华学堂，被大雪堵在河南府，住在泰安客栈里。听栈里诸客谈论，有说京中鼠疫盛行，京奉铁路已停开，又有人谈起清华园，离城二十余里，靠近颐和园，风景优美，听得从未离乡的吴宓心中七上八下。路上雪厚近尺，无处可游，街道旁的人家都已换了新的门联，晚间爆竹声大作，"劈拍可厌"，想起家乡，吴宓又不免黯然神伤——可是，跟辛亥年的动荡坎坷比起来，旧年除夕"真不可问"矣。

叶圣陶于旧年除夕毫无感觉。他正沉浸对"袁世凯任临时大总统"的失望与愤恨之中。"以专制之魔王而任共和国之总统，吾不知其可也！如火如荼之革命，大雄无畏之革命家，竖自由旗，策国民军，血花飞舞，城市尽烬，乃其结果为不三不四之议和，为袁世凯任大总统！呜呼，吾希望者已失望矣！"那么，在叶同学，不，现在是小学堂的叶先生了，在叶先生心目中，辛亥革命是失败了。

整整一个月，他都在与顾颉刚等朋友讨论"无政府主义"，认定"政府之行为断不能为吾人造福"。仿佛为了印证他的观点，3 月 27 日，苏州发生兵变，军队持枪抢劫，"将阊门马路及上塘街、下塘街、山塘街、南濠街各商铺及民家尽行抢完……抢毕后复各处放火，延烧竟夜"。这场兵变当然不像 2 月 29 日北京曹锟兵变那样具有政治意义，却足以打击一般民众对“天下从此太平”的向往。叶圣陶写道：“触我目入我耳者，无非此不情世界之恶消息。余本热心人，乃欲作厌世观矣。”这种厌世的情绪，在今后数年内，还将压在许多人心头。

也许，还是让大清最后一任侍从武官唐在礼说着了：“很多人只知‘共和’，但是这个共和怎样共法，怎样建立新局面，新局面究竟如何，谁也不知道。”

欲知民元后事，请看《元周记》，孙中山、袁世凯、蔡元培、端方、梁启超、蒋介石事迹续有叙述。

后记　《民国了》是一份读书笔记

《民国了》2012年出版后，我接受了许多媒体的采访，大概，嗯，刚数了一下，有五万余字，简直快又是小半本书了。

360度无死角被追问之后，我对于这本书的感想基本已经说尽。我倒是想把这些采访内容全放在新版的书后，一来无必要（里面重复内容亦不少），二来太自恋。自恋是要一点的，多了就不好。

于是我把这些内容甩锅给本书责编，请她凭己所好，精选出不到三千字的内容，作为《民国了》新版的代后记。我想，也就够了。

在《民国了》的末章，我引了大清最后的侍从武官唐在礼回忆录里的一句话："很多人只知'共和'，但是这个共和怎样共法，怎样建立新局面，新局面究竟如何，谁也不知道。"

这个疑惑也是当时走笔至此，我自己的疑惑。于是在《民国了》交稿后，我花了一年时间抄1912年《申报》，得一百多万字。我不要看史书里的提纲挈领，我想借新闻里的庞杂与即时，体会当时人的信息世界，也藉此观察民元的社会、细节与人物。

所以《民国了》是有续集的，书名大概是《共和是》，只是还没写完（哭脸）。读到这里，还没有对本书失去兴趣的读者，可以关注一下哈。

感谢为《民国了》付出努力的人，刘雁、高磊、王楷威、于飞。感谢邀请我做访谈的媒体，请我去做活动的书店，还有给我写书评的朋友，恕不一一具名。

感谢出版方后浪出版公司。新版里的绘图者是绿茶，能找好朋友做这种事真是爽，不给钱还能紧倒催。还要感谢封面设计师。

这次就这样，下本书再见。

问：书名《民国了》，让我想起老舍话剧《茶馆》里的一句台词："人家都给咱改了民国了！"您用这样一个书名，用意是什么？又是因为什么写这本书的？

答："民国了"是当时社会的常用语，光复了，剪了辫子，用了新历，用鞠躬握手代替请安跪拜，大家都会说一句"民国了"。民国之代清，不是简单的朝代嬗变，而是从法理与观念上肯定了"民"的至高无上。民代君治，是当时主流的共识。然而，如何打造一个真正的民国？如何做一个真正的民国国民？连孙中山、黄兴等人也模模糊糊，更不要说张謇、袁世凯、赵尔巽了。所以"民国"是一个摸着石头过河的探索过程，这里面出现了很多的可能性，也湮灭了很多的可能性。

我自己对《民国了》的定位，是一份"读书笔记"。我从 2010 年 8 月开始读辛亥材料，读了年把时间，比不上专业研究者涉猎广，但基本材料大抵过眼。里面有很多我觉得新鲜的故事与细节，我就把它们写出来跟读得比我少的那些同好分享一下。当然我自己的眼光、兴趣也融进了叙述之中。所以这是一本很趣味化的笔记。

纯粹的史料不是历史，历史是对史料的叙述。在这个意义上，任何历史都是当代史。历史的叙述都受制于叙事者的学养、经历、立场以及时代。我个人很反对说“历史有什么用”。历史没有什么用，历史是人类的一种本能。历史上每一个事件发生的环境不一样，不可能根据历史上的相似事件帮助你解决当下出现的问题。既然如此，为什么大家还那么喜欢历史而且研究历史？因为人类有回溯过往的本能。还有一点，历史的存在可以帮助我们掌握自己的定位，根据历史可以知道我们从哪儿来，为什么这样，有可能会怎么样。

问：这本书要向读者展现一个什么样的“辛亥”？

答：首先是地域化的辛亥。中国这么大，而且1900年之后各省对中央的离心力非常强。因此辛亥绝对不该做一个整体化的理解。大部分的史著都喜欢将辛亥—中国当作一个整体，除了保路四川、首义武昌这些绕不过去的节点外，焦点往往集中于北京、南京（还有上海）的双方高层政治。

其次是个人化的辛亥。在看材料时，我特别有兴趣关注“大时代中的小人物”的命运。他们对革命的理解是有限的，他们对革命的参与是千差万别的，但革命在他们生活留下的影响就有可能在将来的某一天显现出来……这样的个人命运变化让我着迷。

再次是细节化的辛亥。虽说与辛亥相关的书汗牛充栋，但除了原始材料外，我还没见到一本书提供这么多的生活、事件细节。写作《民国了》的野心之一，就是想尽可能多的记录与讲述这些细节。

问：通过这本书，您想表达的东西是什么？

答：《民国了》所写大致是从武昌首义到清帝逊位这四个月中，数个重点省份与地区的故事。当然也包括某些“前史”，如秋瑾、徐锡麟等。其特色是“历史新闻化”，即用新闻特写的方式来书写这段历史，关注从前的主流历史有意无意忽略、遮蔽、摒弃的人物与细节，希望能为易代之际的中国拼图，贡献一种不同的叙述。

具体来说，这本书的主要材料来自历史文件、日记、回忆录甚至小说，本书并没有什么独家材料，这本书的写作重点是叙述方式，我尽量试图还原现场的气氛，以及那些历史关键时刻的可能性，还有就是私人视角中的时代巨变。比如我并不太刻意去写那些“大人物”如孙中山、袁世凯、黄兴、黎元洪，反而更关注那些参与历史的小人物，一位士兵，一名学子，或是一些有代表的模式，比如四川一个县是怎么完成独立光复—重建政权这件大事的。

以第一章为例，章名为“三位北京客的辛亥年”，选了恽毓鼎、郑孝胥、吴宓三个年龄、身份相去甚远的人，写他们的辛亥年。选这三个人的原因，一是因为他们都有很完整的日记记录；二是这三个人都远离革命核心，又各有代表性，他们的生活与观感，其实更能反映“革命之外”又关心革命的各阶层的状态；三是三个人的政治立场分别近于保守派、立宪派与革命派，这三种立场基本可以概括当年中国的主要思潮。这一章也并不是只写这三个人与辛亥事变相关的见闻想法，而是力图将之融入到他们的日常生活当中，让读者可以看清，革命与日常生活的“相关”与“无关”。

问：《民国了》里面有一章“让子弹飞”，提到刘同一不小心点燃了火药使事情败露，之后武昌匆忙起义。惯常的宏大历史叙事会关注一种必然性，这些看上去不太靠谱的偶然性往往被解释成曲折道路的一部分，这些环节成了“小节”。你怎么看待这些偶然性？

答：你提出一个很有意思的话题，我所写的这个时段里肯定有不同可能性，不可能说它再来一遍还是这么发展。我们以前说历史既有必然性也有偶然性。我们作为现代人作为后人不要那么骄傲，不要以为你隔得远就能把这个事情看得清楚。实际上你是在拿到结果后，再推导原因。比如从来都是把黄花岗起义说是辛亥革命的先声，但从当时的状态看起来，黄花岗跟武昌起义没有什么关系，没有唤起广大民众的意识，就是单纯的暴力事件。

武昌起义肯定是一个偶然，可以找出很多变量，如果端方不入川会怎么样，如果四川不爆发保路运动怎么样，但清政府始终解决不了跟社会之间重建默契这个根本矛盾。自从太平天国以后形成了内轻外重、汉人当权的局面，满人第一需要向西方学习，第二需要收权。这两个东西谁先谁后，满人在整个国家失去信誉的情况下，这种改革急还是缓？在那个环境里面非常非常脆弱的火花就可以燃起大火，周围全部是干草，这个大事实不会变化，问题是谁来点燃这个火，正好武昌起义。

问：在《民国了》之中，我们注意到很多细节写得很传神，仿佛您本人就在事发现场，那么这些细节的还原究竟是基于史实，还是您个人的合理想象？

答：我基本上可以保证，书中每一个细节都有出处。但我在处理的时候，不是原文照录，我会基于文本，做一个氛围的想象，给它描上一些背景色。因为我写史的目标不是“求真”，而是“求活”，我希望我的读者能获得某种现场感，觉得这些历史事件并不冰冷，它们可以借助我们共同的想象在脑海中复活。

《民国了》里面大量使用回忆录，回忆录其实很多是后来追忆的，其中会出现很多变异，因为自己的利益、记忆的模糊等因素，会把事情叙述的不太一样。在这种情况下你要想探究真实是非常困难的，尤其在细节问题上。我比较关注的是事情是怎么被传说的，这个事情本身可能重要但那不是我关注的重点，我关注它在传说中是怎么被叙述的。以前很多人说笔记、回忆录有它的不可信之处，有意思在于他为什么这么说，不在于他说什么，而在于他为什么把这个事情说成这个样子，把事情说成这个样子是要满足什么样的心态？

图书在版编目（CIP）数据

民国了 / 杨早著 ; -- 成都 : 四川人民出版社，
2018.01（2021.12 重印）
ISBN 978-7-220-10430-5

Ⅰ. ①民… Ⅱ. ①杨… Ⅲ. ①长篇历史小说—中国—
当代 Ⅳ. ① I247.5

中国版本图书馆 CIP 数据核字 (2017) 第 244932 号

本书中文简体版权归属银杏树下（北京）图书有限责任公司。

MINGUOLE
民国了
杨早　著

选题策划	后浪出版公司
出版统筹	吴兴元
特约编辑	林立扬
责任编辑	叶　驰　赵　静　陈　欣
装帧制造	墨白空间 · 李渔
营销推广	ONEBOOK
出版发行	四川人民出版社（成都槐树街 2 号）
网　　址	http://www.scpph.com
E － mail	scrmcbs@sina.com
印　　刷	华睿林（天津）印刷有限公司
成品尺寸	143mm × 210mm
印　　张	9.75
字　　数	211 千
版　　次	2018 年 1 月第 1 版
印　　次	2021 年 12 月第 6 次
书　　号	978-7-220-10430-5
定　　价	68. 00 元

后浪出版咨询(北京)有限责任公司 常年法律顾问：北京大成律师事务所　周天晖　copyright@hinabook.com
未经许可，不得以任何方式复制或抄袭本书部分或全部内容
版权所有，侵权必究
本书若有质量问题，请与本公司图书销售中心联系调换。电话：010-64010019